KALTES WEISS

AUTONOME PROVINZ BOZEN SÜDTIROL
PROVINCIA AUTONOMA DI BOLZANO ALTO ADIGE
Deutsche Kultur

Die Drucklegung dieses Buches wurde ermöglicht durch
die Südtiroler Landesregierung / Abteilung Deutsche Kultur.

SIMONE DARK

KALTES WEISS

THRILLER

ATHESIA VERLAG

Die Personen und die Handlung dieses Buches sind frei erfunden. Etwaige Ähnlichkeiten mit tatsächlichen Begebenheiten oder lebenden oder verstorbenen Personen wären rein zufällig.

Nach einer Idee von Christian Kranauer

DANK

Meiner Familie,

meinen Lieben,

meinen Freunden,

meinen Helfern.

Prolog
26. Februar 2018

Ferdinand streckte sich, drückte den Rücken durch und setzte sich dann wieder kerzengerade auf den Besucherstuhl. Sein Blick wanderte durch das weiße Zimmer. Die kahle Wand wurde von einem schmutzigen Fenster unterbrochen. In der linken Ecke des Zimmers, also genau hinter ihm, hing ein Fernseher. Sein Nutzen war Ferdinand allerdings unklar, schließlich schaltete sein Vater ihn ja nie ein. Wie denn auch, er konnte ja nicht einmal die Finger bewegen, um die Fernbedienung zu benutzen, geschweige denn fernsehen oder zuhören.

Über dem Bett hing ein kleines hölzernes Kruzifix. Ferdinands Blick blieb daran hängen. Er sah Jesus mit der Dornenkrone und den Stigmata einige Minuten lang an. Sein bärtiges Gesicht war leidend, schicksalsergeben, dennoch weinte der Gekreuzigte nicht. Seine Hände und Füße bluteten, die Rippen hoben sich von seinem mageren Körper ab. Unter den Rippen sah man die Wunden, die man ihm mit den Lanzen in den Leib gestoßen hatte, um zu sehen, ob er noch lebte.

Ferdinand mochte das Kruzifix nicht. Vor einigen Wochen, als man seinen Vater hierhergebracht hatte, hatte Ferdinand beim Anblick des hölzernen Jesus Hoffnung geschöpft. Er hatte gedacht, nun ist er bei meinem Papi, er wird ihm schon wieder auf die Beine helfen, er und die Ärzte werden es schon richten. Es würde schon alles wieder gut werden. Doch nichts wurde gut, egal, wie oft er Jesus am Kreuze um Hilfe gebeten hatte. Erst hatte er ihn ganz leise und vorsichtig angesprochen und ein kleines Gebet aufgesagt. Er hatte geflüstert, weil er sich ein wenig geschämt hatte. Dann, als tagelang nichts passiert war, hatte er ihn angefleht. Er hatte geweint, hatte ihn wieder und wieder gefragt, wie er denn bloß seinem Vater helfen könne, doch Jesus hatte stets geschwiegen. Dann hatte Ferdinand die Wut gepackt und er hatte ihn angeschrien, er solle ihm endlich eine Antwort oder ein Zeichen geben, doch nichts war geschehen. Jesus hatte einfach nur weiter da oben an seinem Kreuz gehangen und Ferdinand hatte versucht, ihn zu strafen, indem er ihn nicht einmal mehr beachtete, wenn er ins Zimmer kam.

Jetzt verengten sich seine Augen und er ließ vom Kruzifix ab. Er drehte den Kopf, stand langsam auf und ging zum Fenster. Dieser ewige Schnee, er hörte einfach nicht auf. Immer noch fielen die Flocken dick und nass vom wolkenverhangenen Himmel und glitzerten im Schein der Straßenlampen, die den Parkplatz erhellten. Ferdinand mochte auch den Schnee nicht mehr, genau wie Jesus.

Früher einmal, da hatte er den Schnee geliebt. Sein ruhiges Weiß, die Kälte und die Stille, die er brachte, hatten ihm stets ein Gefühl der Geborgenheit gegeben. Doch nun hatte sich auch der Schnee als falscher Freund entpuppt und ihm das Liebste genommen. Eine Lawine war vor einem knappen Monat abgegangen und hatte seine Mutter erstickt und nahezu alle Knochen ihres schmalen Körpers zerbrochen. Man hatte sie geborgen, ihr Leben hing noch an einem seidenen Faden. Sie war ins Krankenhaus gebracht worden und dann auf dem Operationstisch ihren schlimmen Verletzungen erlegen.

Ferdinand sah sie immer wieder vor sich, wie sie auf dem Totenbett gelegen hatte, ihre schwarzen Haare, die sie sonst als Zopf trug, lagen offen auf dem Kissen. Ihre Augen waren geschlossen, ihr Gesicht weißer als der Schnee. Ihre feinen, schwarzen Wimpern hatten sich keinen Millimeter bewegt. Überall hatte sie dunkle Flecken gehabt, im Gesicht, am Hals, auf den Armen. Als er ihr einen Kuss auf die Stirn geben wollte, hatte sich ihre Haut ganz kalt angefühlt, die Wärme war schon Stunden zuvor aus ihrem zierlichen Körper gewichen. Er hatte sie sanft an den Schultern gepackt, Ferdinand hatte einfach nicht verstanden, dass sie tot war. Er begriff nicht, dass sie ihre Seele am Berg gelassen hatte, dass er nun keine Mutter mehr hatte. Er hatte sie bei den Oberarmen genommen und kräftig geschüttelt, doch der Körper seiner Mutter war starr liegen geblieben.

Er hatte seine Großmutter um Hilfe gebeten, doch diese hatte nur mit Schluchzen und einem Vaterunser reagiert. Ferdinand war wütend geworden, schreiend war er aus dem Zimmer gelaufen, hatte geflucht und die Ärztin angerempelt. Ein Pfleger war hinzugekommen, dann hatte der Großvater ihm eine ordentliche Ohrfeige gegeben und ihn an sich gezogen. Erst in diesem Moment hatte Ferdinand begriffen, dass seine Mutter Marie nicht mehr mit ihnen nach Hause kommen würde. Daraufhin hatte er sich zitternd auf einen Besucherstuhl gesetzt und eine halbe Stunde vor sich hin gestarrt, bis sie endlich kamen, die erlösenden Tränen. Der Pfarrer, die Großeltern und die Ärztin hatten neben ihm gesessen, bis er sich wieder gefangen hatte.

Ferdinands Vater Reinhold hatte den Lawinenabgang im hinteren Martelltal überlebt. Er hatte es geschafft, in der Lawine zu schwimmen und an ihrer Oberfläche zu bleiben. Er wusste, wie man sich zu bewegen hatte und dass man vor dem Gesicht einen Hohlraum mit den Händen bilden musste, um sich wenigstens ein paar Minuten Sauerstoff zu sichern. Doch trotz seiner Geistesgegenwart und allen Geschicks war es ihm nicht gelungen, bei Bewusstsein zu bleiben. Man hatte ihn schließlich kopfüber im Lawinenkegel gefunden, er war ohnmächtig, die Lawine hatte seine Gliedmaßen verdreht. Mit dem Hubschrauber wurde er ins Krankenhaus nach Schlanders gebracht, wo man ein schlimmes Schädel-Hirn-Trauma festgestellt hatte.

Zwei Wochen lang hatte er im Koma gelegen, dann hatte er einen Moment lang das Bewusstsein wiedererlangt, die Familie und die Ärzte hatten Hoffnung geschöpft, doch was dann folgte, war schlimmer als der dauernde Schlaf. Ferdinands Vater hatte schlimme Schmerzen und wenn er nicht gerade vor sich hin dämmerte, verkrampften sich seine Glieder und sein Gesicht. Er litt unter Fieberschüben und schaffte es oft kaum zu atmen, er röchelte und manchmal weinte er sogar dicke Tränen, die sein Kissen durchnässten. Die Ärztin hatte Ferdinand erklärt, dass diese Tränen von der Verletzung seines Gehirns herrührten, doch Ferdinand war sich sicher, dass Reinhold vor Schmerzen und aus Trauer um Marie weinte. Die Mediziner wussten nicht weiter, sie hatten ihn untersucht, wo sie nur konnten, die verschiedensten Arzneien ausprobiert, aber nichts schien zu helfen. Sein Körper hatte unter der Last der Lawine einen zu großen Schaden genommen, zu lange hatte seinem Gehirn der nötige Sauerstoff gefehlt.

Mit jeder Flocke, die vom Himmel fiel, wuchs Ferdinands Zorn auf den Schnee. Er biss die Zähne aufeinander, bis sie knirschten. Seine Hände, die er in den Hosentaschen hielt, ballten sich zu Fäusten. Er spürte, wie sich seine Fingernägel in die Handballen gruben, er drückte noch fester zu, der beißende Schmerz tat gut. Er presste die Lippen zusammen, bis auch sie wehtaten, und drehte sich dann brüsk um, starrte erst seinen Vater, dann Jesus am Kreuze und dann wieder seinen Vater an. Zwei Sekunden später schnappte er sich seine Jacke, die er über die Stuhllehne gehängt hatte, und verließ hinkend das Zimmer. Er lief durch die Gänge des Krankenhauses, nahm den Fahrstuhl ins Parterre, ging eilig an der Pforte vorbei und stieg in den grünen Panda seines Großvaters, der bereits seit zehn Minuten dort auf ihn wartete. Der Geruch von Kälte, Schnee, Tabak und Alkohol schlugen Ferdinand entgegen. Auf der Fahrt sprachen sie nicht miteinander. Ferdinand und sein Großvater brauchten keine Worte, um einander zu verstehen. Überhaupt hatten sie selten miteinander gesprochen.

TEIL I

Kapitel 1
November 1994

Vom malerischen, auf 1300 Metern gelegenen Dorf Martell gelangte man in einer knappen Autostunde zum hinteren Ufer des Zufrittsees, einem blaugrünen Stausee mitten in den von dichten Lärchen bewachsenen schroffen Felsen Südtirols. Vom Zufrittsee führten die Serpentinen hinauf in Richtung Talschluss und zur Enzianalm. Hinter einer Kurve lag der ehemalige Borromeohof. Verfolgte man den Forstweg weiter, erreichte man nach einer knappen Stunde zu Fuß die Lyfialm. Auf einem etwas weniger bequemen Trampelpfad kam man durch den Wald zum Pedertal und zur Schildhütte. Man benötigte etwa eine Stunde und gutes Schuhwerk, um das steinerne Häuschen auf etwa zweitausend Metern Meereshöhe zu erreichen. Wer auf die Schildhütte wollte, musste einfach nur dem Pederbach folgen. Bereits vor der Abzweigung, an der sich die Wanderwege zur Lyfialm und zur Schildhütte trennten, hörte man sein leises Plätschern am Wegesrand. In den meisten Monaten des Jahres war der Pederbach ein liebliches, unscheinbares Bächlein, doch in den Zeiten der Schneeschmelze konnte er schnell zu einem reißenden, eiskalten Gewässer anschwellen, der nicht wenige gefährliche Stellen aufwies. Einige Brücken führten über das Bachbett, die im Herbst schnell zu rutschigen Hindernissen wurden. Eine kleine Brücke hatte es ganz besonders in sich: Sie war aus einem alten Baumstamm gefertigt worden, der sich nach einem Unwetter über den rauschenden Bach gelegt hatte. Eifrige Handwerker hatten den Baumstamm mit einigen Brettern und einer Brüstung begehbar gemacht. Das Glatteis, das sich im Herbst auf dem runden Baumstamm bildete, hatten sie jedoch nicht bedacht, und so holte sich so mancher Wanderer nasse Füße und blaue Flecken in der kalten Jahreszeit.

Einmal aus dem Wald herausgetreten, durchschritt man das grüne Hochtal. Ohne große Steigung ging der Weg bis zur Hütte, die sich nach weiteren hundert Höhenmetern auf einem kleinen Hügel inmitten der schroffen Wände präsentierte. Stolz stand sie da auf ihrem Hügel, aus schwarzem Schieferstein gebaut. Neben ihr standen ein kleiner Stall, in dem ein paar Ziegen und Schafe Platz hatten, eine *Schupfe*, in der Heu und allerhand Werkzeug gelagert wurden, davor zwei Bänke und ein Tisch, an dem die Familie Platz nahm, wenn es das Wetter erlaubte. Ein paar Meter von der Hütte entfernt hatte man einige Wegweiser aufgestellt, um den Wanderern den Weg zurück zur Enzianalm oder hinauf zur Plattenspitze und Schildspitze anzuzeigen. Wer sich getraute, konnte die Schildhütte auch mit dem Auto über einen kleinen Schotterweg erreichen. Doch nicht viele hatten den Mut, ihren Wagen über den steinigen Weg zu lenken, und tatsächlich waren die Schildbauern, wenn sie denn einmal ins Tal mussten, keinen Verkehr auf ihrer kleinen Zufahrtsstraße gewohnt.

Die Schildbauern, das waren Franz Gufler und seine Frau Else. Geheiratet hatten sie im Jahre 1965, fünf Jahre später, in einer stürmischen Nacht im November, wurde ihr Sohn Reinhold geboren. Sieben Stunden hatte Else in den Wehen gelegen, die Hebamme hatte es kaum durch Schnee und Eis zur Schildhütte geschafft und den sturen Willen der Bauern verflucht, die ihre Kinder nicht im Dorf zur Welt bringen wollten. Der weitere Kindersegen in der Familie blieb aus, sehr zur Verwunderung der eigenen Verwandtschaft. Schließlich wussten alle, wie einsam und kalt es oben auf der Schildhütte war und dass man dort mit den Tieren zu Bett ging. Etwas stimme mit der Else nicht, munkelte man im Dorf, vermutlich lag es daran, dass sie noch einer anderen Liebe nachtrauerte, die sie in den *Bombenjahren* verloren hatte. Oder es lag am Franz, sagten die anderen, schließlich war ihm bewusst, dass er die Verlobte eines anderen zunächst begehrt und schließlich geehelicht hatte. Sicherlich nahm ihm das schlechte Gewissen die Manneskraft, flüsterten die Spötter hinter vorgehaltener Hand.

Reinhold wuchs zu einem kräftigen Burschen heran. Er war ein fleißiger und guter Schüler. Seinem Vater ging er beim Schafscheren und bei der Herstellung des Ziegenkäses stets zur Hand. Für den Hof war er unersetzlich und sein Vater versicherte ihm nahezu jeden Tag, dass er, sobald er alt genug dafür sei, der rechtmäßige Besitzer der Schildhütte werden würde. Reinhold war seinem Vater dankbar, doch winkte er stets ab, zum Altwerden hätten die Eltern ja noch später Zeit.

*

Es war im Jahre 1995, Reinhold war gerade fünfundzwanzig Jahre alt geworden, als eines Tages der Pfarrer schnaufend und mit vor Kälte geröteter Nase zur Schildhütte kam und Franz einen Brief in die Hand drückte. Zwei Wochen zuvor war Franz' einziger Bruder Horst verstorben, nachdem er mal wieder allzu tief ins Glas geschaut hatte und mit dem Auto vom vereisten Weg gerutscht war. Das Auto hatte sich bei dem Unfall überschlagen, der Onkel war noch aus dem Auto gekrochen, dann aber liegen geblieben und erfroren. Gehen hatte er nicht mehr gekonnt, der Aufprall hatte ihm beide Beine gebrochen. Tags darauf hatte ihn eine Frau tot im verschneiten Abhang gefunden.

Franz hatte den Pfarrer in die Schildhütte gebeten, ihm einen Schnaps angeboten und gefragt, was denn nun schon wieder passiert sei, schließlich hatten sie doch gerade erst seinen Bruder, Gott hab ihn selig, zu Grabe getragen.

»Da, schau in den Brief, Franz. Dein Junge hat geerbt. Das war der letzte Wille vom Horst«, antwortete der Pfarrer, leerte das Schnapsglas in einem Zuge und rieb sich die roten Hände.

Franz nahm den Brief entgegen, riss ihn auf und las das Testament seines Bruders langsam und aufmerksam durch. Ja, der

Pfarrer hatte die Wahrheit gesagt, der Hof oberhalb des Dorfes Martell gehörte nun seinem Sohn. Horst hatte keine Kinder gehabt und so wäre er, Franz, der nächste Erbe gewesen. Da die Brüder aber nach einem Streit in jungen Jahren keinen Kontakt mehr miteinander pflegten, wunderte Franz die Entscheidung seines Bruders nicht.

Er rief seinen Sohn zu sich, befahl ihm, sich hinzusetzen, und legte ihm das Testament hin: »So, Bub, jetzt bist du Hofbesitzer. Der Horst hat dir seinen Saustall hinterlassen.«

Reinhold hatte erst ungläubig seinen Vater, dann den Pfarrer und zum Schluss das Testament angestarrt. »Wie? Hofbesitzer? Ich?«

»Ja, da steht's, schwarz auf weiß. Der letzte Willen vom Horst. Na dann, viel Glück, Bub«, polterte Franz, setzte das Schnapsglas noch einmal an und verließ dann die Stube.

Reinhold sah seinem Vater nach. War er nun wütend auf den eigenen verstorbenen Bruder, weil er nicht ihm, sondern dem Neffen den Hof vererbt hatte? Und warum hatte er ihm Glück gewünscht? So recht wusste Reinhold nicht, was er davon halten sollte. Aber der letzte Wille war nun eben der letzte Wille, daran war nicht zu rütteln. Da konnte der Vater sich noch so sehr aufregen, der Hof vom Horst gehörte nun ihm. Reinhold sah den Pfarrer fragend an.

Der antwortete nur: »Wenn du was brauchst, kommst du am Sonntag zur heiligen Messe. Weißt ja, wo sie stattfindet.« Dann hatte er sich noch einen Schnaps eingeschenkt, ihn wiederum in einem Zug geleert und war aus der Hütte gegangen.

Reinhold stellte sich ans Fenster und sah dem schimpfenden Pfarrer nach, dem im Sturm die Kappe davongeflogen war.

Tags darauf ging Reinhold selbst in den Ort hinunter, um seinen neuen Besitz zu begutachten. Beim Anblick des Hofes stellten sich Reinhold die Nackenhaare auf. Der erste Gedanke war, das Erbe sofort abzulehnen. Der Garten und das riesige Erdbeerfeld waren verwildert. Wo einmal Kartoffeln, Kürbisse,

Tomaten und Salat angebaut worden waren, hatte nun meterhohes Unkraut das Kommando übernommen. Wilde Brombeeren waren gewachsen, ihre vertrockneten stacheligen Ranken waren überall, das Gemüsebeet glich einem grauweißen Urwald. Die Scheune wollte er gar nicht betreten, er hatte Angst, dass sie beim Öffnen des Tores in sich zusammenbrechen würde. Das Erdbeerfeld hinter dem Haus lag brach. Als er sich ihm näherte, konnte er eine streunende Katze beobachten, die gerade eine riesige Maus gefangen hatte. Oder war es gar eine Ratte? Sie fauchte, als sie ihn sah, und verschwand mit ihrer fetten Beute im Gestrüpp.

Der Zustand der Beete wurde vom Stall übertroffen: Horst hatte Vieh gehalten, vier Milchkühe und einen Bullen. Reinhold hatte den Onkel zugegebenermaßen seit einigen Monaten nicht mehr gesehen und auch nicht mehr von ihm reden gehört. Hätte er sich nur einmal erkundigt, dachte er, als er den Stall betrat und – vom Verwesungsgestank benommen – wieder rückwärts hinaustaumelte. Vom Zuchtbullen war keine Spur, vermutlich hatte Horst ihn verkauft. Von den vier Kühen waren nur noch zwei übrig, deren verendete Leiber nun im Stall lagen und verwesten. Ein schrecklicher süßer Geruch hatte sich breitgemacht, überall surrten Schmeißfliegen herum.

Reinhold konnte sich nicht beherrschen, er rannte davon und übergab sich hinter dem Stall. Mit so einem grausigen Nachlass hatte er beim besten Willen nicht gerechnet. Auch um das Wohnhaus war es nicht gut bestellt. Die Stube glich einer wüsten Kellerei, überall lagen leere Schnaps- und Weinflaschen herum. Der Onkel schien sich in der letzten Zeit nur noch vom Alkohol ernährt zu haben. Die Speisekammer war voller verdorbener Lebensmittel, im winzigen Schlafzimmer des Onkels wimmelte es nur so von Ungeziefer. Als Reinhold in den Dachboden des Hauses ging, um sich dort umzuschauen, knirschten die Dielen erst warnend, dann brach das Holz unter seinem Gewicht entzwei und er landete im Bett des Onkels, das sich genau unter dem Dachboden befand. Reinhold war gehörig erschrocken und hatte auch ein paar Schrammen abbekommen, aber das verwanzte Bett hatte ihm in diesem Moment wohl die Knochen gerettet, und so entschied er, es als einziges Möbelstück zu behalten. Den Rest der Möbel würde er gleich morgen zur Mülldeponie fahren lassen.

Im kommenden Jahr war Reinhold damit beschäftigt, den Hof wieder auf Vordermann zu bringen. Aus dem Vorhaben, die Möbel gleich am nächsten Tage abholen zu lassen, wurde natürlich nichts, der Container wurde erst im Januar geliefert. Immerhin kam am nächsten Morgen der Lkw des Abdeckers vorgefahren, um die beiden toten Kuhleiber aus dem Stall zu holen. Reinhold hatte ja schon vieles in seinem jungen Leben gesehen und war eigentlich den Anblick toter Tiere gewohnt, doch der Verwesungsgestank und die schwarzen Fliegenschwärme, die bei der Bergung der beiden Tiere aufstiegen, übertrafen seine Vorstellungskraft und stellten seinen Magen erneut auf eine harte Probe.

»Was wird jetzt aus den beiden?«, fragte er den Abdecker mit zugehaltener Nase.

»Seife, wo noch was rauszuholen ist. Der Rest wird verbrannt. Man sieht sich«, sagte der Mann und streckte ihm die Hand entgegen, mit der er gerade seine grausige Arbeit verrichtet hatte.

Reinhold gab ihm angewidert die Hand – auch wenn er nur aus Dankbarkeit einschlug. »Hoffentlich nicht«, murmelte er, als der Abdecker vom Hof fuhr.

Kapitel 2
April 1995

Es war im April des Jahres 1995, als Reinhold seine zukünftige Frau Marie kennenlernte. Reinhold war nach Mals gefahren, um auf dem Georgimarkt junge Pflanzen zu kaufen. Das Feld hinter seinem Haus hatte die ganzen Jahre seit seinem Einzug in das alte Bauernhaus brach gelegen, die Arbeiten im Haus und im Stall hatten den jungen Mann viel zu sehr auf Trab gehalten, als dass er sich auch noch um die Beete hätte kümmern können. Überhaupt waren ihm seine Schafe und Ziegen viel wichtiger als all das Obst und Gemüse, doch seine Mutter Else hatte ihm seit geraumer Zeit in den Ohren gelegen, er solle nun endlich den fruchtbaren Boden nutzen, so gutes Obst und Gemüse wie das vom Horst habe sie seit seinem Tod nicht mehr gegessen. Man könne es schließlich für den Winter einkochen oder auf dem Markt verkaufen ... oder der eigenen Mutter schenken, hatte sie lächelnd gesagt.

Reinhold hatte seine Einkäufe schnell erledigt, er hatte beim erstbesten Stand angehalten und der jungen Gärtnerin die verschiedensten Pflänzchen abgekauft. Tomaten, Salat, Kohlrabi, Bohnen, einige Gewürze und auch ein paar Erdbeerpflanzen, obwohl es noch viel zu früh war, sie zu pflanzen, schließlich war im April der Boden im Martelltal noch tiefgefroren. Die junge Verkäuferin mit den langen schwarzen Haaren hatte ihn nur kurz angesehen und nahezu wortlos bedient, nicht etwa, weil sie unfreundlich, sondern weil sie sehr schüchtern war. Auch Reinhold war kein besonders redseliger junger Mann und froh darüber, mit der Dame nicht auch noch einen Anstandsplausch halten zu müssen. Sie überreichte ihm die Quittung und die Kisten mit Setzlingen, Reinhold nahm sie entgegen und bedankte sich. Das restliche Geld steckte er in die Tasche und beschloss, sich am Getränkestand doch noch einen Kaffee zu genehmigen, bevor er nach Hause fahren würde, um die Pflanzen ins Warme zu bringen. Er hatte eigens für sie ein kleines Treibhaus neben dem Stall aufgestellt, damit sie in diesem eiskalten Frühling nicht erfroren. Im Mai würde er sie setzen.

Richtig sündig kam er sich vor, als er die Tasse mit heißem Kaffee entgegennahm, Milch und Zucker dazugab und sie dann genüsslich im Stehen trank. Solchen Firlefanz hätte sein Vater nie gemacht. Reinhold fühlte sich plötzlich wie ein Mann von Welt und beobachtete das bunte Treiben auf dem Pflanzenmarkt, der jedes Jahr im April stattfand. Gemüse, Kräuter, kleine Bäume, Rosen, eine wahre Pracht, obwohl es im April noch empfindlich kalt war. An anderen Ständen wurden Werkzeug, Holzspielzeug und Handarbeiten verkauft. Gegenüber von dem Stand, an dem er sich seinen Kaffee gegönnt hatte, bot ein Gärtner seine Geranien an. »Geranien, Geranien, Geranien …«, dachte Reinhold. Er hatte einen Balkon, den er eigentlich schmücken sollte. Ein wenig Geld war ihm ja noch geblieben, da konnte er schon noch ein paar Pflanzen mitnehmen, um sein neues trautes Heim zu schmücken. Ohne Blumen wirke sein Hof verlassen, hatte Else im letzten Sommer gesagt und dann leise gebrummt: »Dem fehlt die Seele …«

Als Reinhold sich darauf ein wenig genauer bei den Nachbarsleuten umgeschaut hatte, war ihm aufgefallen, wie recht seine Mutter hatte. Alle hatten sie die »Brennende Liebe« vor ihren Häusern wachsen, sie strahlten in Rot, Weiß und Violett und zeigten so ihre Liebe und Treue zum Vaterland. Damals, 1939, so hatte Else ihm erklärt, als seine Großeltern bei der *Option* vor die Wahl gestellt wurden, ob sie das Land verlassen oder bleiben wollten, hatten sie sich entschieden zu bleiben, obwohl ihnen nichts Gutes versprochen worden war. Zum Beweis hatten sie trotz der Widrigkeiten jener Jahre ihren Balkon und den Herrgottswinkel in der Stube immer mit roten Geranien geschmückt. Genauso hatte es später auch Else getan, dem kalten Wetter des Hochtals zum Trotz, denn der Frühling und der Sommer waren dort oben Gäste, die schnell wieder das Weite suchten.

Reinhold nahm also seine Erdbeerpflanzen, kaufte noch zwanzig Geranien dazu und ließ sich eine Schubkarre leihen, um seine Einkäufe zum Auto zu bringen, das er außerhalb des Marktgeländes geparkt hatte. Als er an dem Stand der jungen Erdbeerverkäuferin vorbeiging, stand dort an ihrer Stelle eine ältere Frau und schwatzte eifrig mit einer Kundin. Reinhold ging weiter und schob seine Einkäufe vorsichtig vor sich her, um die jungen empfindlichen Pflanzen nicht kaputt zu machen. Seinen Jeep hatte er an einer Hauswand geparkt, inzwischen stand links neben ihm ein Auto, der Fahrer hatte ihm kaum Platz gelassen. Er belud die Ladefläche, ließ gedankenverloren die Schubkarre neben dem Auto stehen, zwängte sich ächzend auf den Fahrersitz und setzte zurück. Dann wendete er, er musste achtgeben, niemanden über den Haufen zu fahren, und fuhr los. Zwei Straßenecken weiter fiel ihm ein, dass er die Schubkarre dem rechtmäßigen Besitzer hätte zurückbringen müssen, und schlug sich gegen die Stirn.

Als er wieder am Parkplatz war, stand die Schubkarre nicht mehr dort, wo er sie vergessen hatte. Reinhold fluchte, das würde ihn teuer zu stehen kommen. Er parkte, stieg hastig aus und sah im Gedränge die junge schwarzhaarige Frau, die ihm die Erdbeerpflanzen verkauft hatte. Sie schob die Karre über den erdigen Boden und musste ein paarmal stehen bleiben, weil sie sich im Schlamm festgefahren hatte. Na warte, dir werd' ich's zeigen, knurrte Reinhold und rannte ihr hinterher. Die junge Frau lief aber nicht zum eigenen Stand, sondern bog links zu dem Geranienverkäufer ab. Sie grüßte den Verkäufer mit einem schüchternen Winken, stellte die Schubkarre ab und ging dann wieder zu ihrem Stand. Reinhold wusste nicht recht, was er tun sollte. Das Einzige, was ihm in diesem Moment richtig erschien, war, sich beim Händler zu entschuldigen.

Dieser sagte: »Ist nicht schlimm, nächstes Mal denkst halt dran. Nur gut, dass die Marie immer ein waches Auge hat.«

Reinhold kramte den letzten 5000-Lire-Schein aus seinen Taschen hervor, drückte ihn dem Händler in die Hand und bat ihn um eine weitere Geranienpflanze, die er ihr zum Dank schenken würde.

»Soso«, meinte er, »dann hast du wohl deine brennende Lieb' gefunden …«

Reinhold bedankte sich, entschuldigte sich noch einmal für seine Vergesslichkeit und ging erneut zum Stand, an dem er die Pflänzchen gekauft hatte. Die junge Frau band gerade ihre Schürze und zählte den Kassenbestand, als er ihr schüchtern die Pflanze in ihrem erdigen Töpfchen entgegenstreckte. Sie blickte von der Kasse auf, sah erst die grüne Pflanze, dann Reinhold an und wurde rot.

»Danke, dass du die Karre zurückgebracht hast«, stammelte dieser, »ich hab sie in der Eile ganz vergessen.«

»Schon recht«, flüsterte sie und wagte noch einen kurzen Blick in Reinholds blaue Augen, senkte dann aber gleich wieder den Kopf und schloss sanft die Kasse.

»Die ist für dich«, sagte er und wedelte mit der Pflanze vor ihrer Nase herum, »… als Dankeschön.«

Marie nahm Reinhold die Blumen ab und stellte sie vorsichtig auf ihren kleinen Tisch. Sie wusste nicht recht, was sie noch sagen sollte, schließlich hatte sie ja nur dafür gesorgt, dass ihr Nachbar seine Schubkarre wiederbekam. Sie hatte nicht damit gerechnet, dass der vergessliche junge Mann zurückkehren und ihr Blumen schenken würde. Da ihr keine passenden Worte einfielen, blieb sie einfach still und sah ihn weiter an, ohne ihm dabei zu sehr in die Augen zu starren. Ihre Mutter hatte ihr beigebracht, dass sich dies für junge Mädchen nicht schickte.

»Nun, dann werde ich mal wieder heimfahren. Danke noch mal. Wie heißt du denn?«

»Ich bin die Marie von Katharinaberg in Schnals«, antwortete sie artig, genau wie es sich Fremden gegenüber gehörte.

»Ich bin der Reinhold. Von Martell. Ich wünsch dir einen schönen Tag, Marie. Vielleicht sieht man sich ja mal wieder.«

»Ja, wer weiß. Auf Wiedersehen«, flüsterte sie und berührte vorsichtig die noch geschlossenen Geranienblüten.

*

Marie stammte aus einer fünfköpfigen Familie, die seit jeher in Katharinaberg im vorderen Schnalstal gelebt hatte. Ihr Vater war bei einem Unfall im Wald verstorben, als Marie gerade mal sieben Jahre alt gewesen war. Im späten Herbst hatte er mit seinen Brüdern und Vettern ein paar Bäume gefällt. Sie schlugen junge kräftige Bäume, die im Winter ordentlich Brennholz abgeben würden, und auch ein paar alte morsche Stämme, damit sie nicht unter der Last des Schnees brachen und unkontrolliert ins Tal rutschten. Die Arbeit war schon fast getan, als Hans Leitner feststellte, dass er sein Beil im Wald liegen gelassen hatte. Er ging noch einmal alleine durch das steile Waldstück und suchte nach seiner Axt. Als er sich wieder auf den Rückweg machte, merkte er vermutlich, wie sehr ihn die Blase drückte, und wollte sich hinter einem Baum erleichtern. Dabei glitt er auf dem vereisten Waldweg aus und stürzte in die Tiefe, wobei er fast seine Hose verlor und sich das Genick brach.

Die anderen beiden Männer hatten sich bereits ins Auto gesetzt, den Flachmann angesetzt und den Wagen gestartet. Durch das Motorengeräusch hatten sie Hans' Hilfeschrei nicht gehört. Erst als er eine halbe Stunde später nicht auftauchte, machten sich die Männer auf die Suche nach ihrem Vetter und fanden ihn mit gebrochenem Genick und zerrissenen Hosen auf dem eisigen Waldboden. Auf der Rückfahrt aus dem Wald befanden sich auf dem Anhänger nicht nur die meterlangen

Baumstämme, sondern auch der Leichnam von Maries Vater, der gerade einmal zweiunddreißig Jahre alt geworden war.

Hans Leitner hinterließ seine Frau Elisabeth und drei Kinder: Katharina, mit ihren zwölf Jahren die Älteste, Lenz, der damals zehn Jahre alt gewesen war, und die kleine Marie. Es folgten harte Zeiten für die Leitners, nun musste die junge Mutter ihre drei Kinder alleine aufziehen und sich gleichzeitig um den Hof kümmern. Eine neue Heirat kam für Elisabeth nicht infrage; zu sehr litt sie unter dem Verlust ihres geliebten Ehemannes. Soweit Marie zurückdenken konnte, hatte sie ihre Mutter nach jenem Samstag im Winter nur noch in schwarzer Kleidung gesehen. Tagein, tagaus, zu jeder Jahreszeit: Elisabeth trug Trauer. Sie erzog ihre Kinder mit liebevoller Strenge, schließlich musste sie nun auch den Vater ersetzen. Jeden Sonntag, wenn die heilige Messe am späten Vormittag vorbei war, blieb die »schwarze Liese«, wie sie sie nun im Dorf nannten, noch eine Weile in der Pfarrkirche sitzen, die auf dem hohen Felsen über dem Eingang des Schnalstals thronte. Sobald die Gläubigen das Kirchlein verlassen hatten, kniete sie vor der Jesusstatue nieder, die angeblich ein Blinder geschnitzt hatte.

Marie hatte sich nie in die Nähe dieser Statue gewagt, das viele Blut auf dem kauernden Körper und der leidende Gesichtsausdruck des Gottessohnes machten ihr große Angst. Die drei Geschwister warteten immer auf ihre Mutter, die einfach nicht aufhören wollte, den Jesus des blinden Mannes anzubeten. Meistens wischte sie sich nach ihrem Gebet verstohlen ein paar Tränen von den Wangen, nahm ihre drei Kinder bei den Händen und führte sie am Pfarrer vorbei aus der Kirche hinaus. Ohne das Haupt zu heben, gingen sie gemeinsam durch die kleine Menschenmenge die Straße entlang bis zu ihrem Hof, der sich ein paar hundert Meter oberhalb der Dreihundertseelengemeinde befand.

Eines Tages hatte Marie den Mut aufgebracht, ihre Mutter zu fragen, warum sie denn immer vor dem Jesus stehen bleibe, den der blinde Mann geschaffen hatte.

»Der Mann, der das Bildnis geschaffen hat, war nicht blind. Er sah Jesus mit dem Herzen. Ich bete zu diesem Bildnis, um euren Vater mit meinem Herzen sehen zu können und nicht blind zu werden wie die Männer, die im Wald nicht auf ihn achtgegeben haben.«

Nach dieser Erklärung gab sich Marie redlich Mühe, die Dinge um sich herum nicht nur mit den Augen, sondern auch mit ihrem Herzen wahrzunehmen. Sie nahm sich fest vor, niemals zu erblinden und immer aufmerksam zu sein. Als sie nun die kleine Geranie vorsichtig wiederaufnahm, um sie in ein Tuch zu wickeln, musste sie erneut an die Jesusstatue des blinden Mannes und die Erklärung ihrer Mutter denken. Es war schon gut, die Dinge immer im Blick zu haben – selbst wenn es sich nur um die Schubkarre des Nachbarn handelte.

Kapitel 3
Dezember 1995

Noch im selben Jahr, nachdem Reinhold seine Marie auf dem Georgimarkt in Mals kennengelernt hatte, entschied er, um ihre Hand anzuhalten. Oft hatten sie sich in der Zwischenzeit nicht gesehen, schließlich lag eine gute Autostunde zwischen den beiden Höfen und die alltäglichen Aufgaben ließen den beiden jungen Menschen nur wenig Freizeit. An diesem Abend zum ersten Advent aber würde es so weit sein. Reinhold hatte sich rasiert, stand in seinem kleinen Badezimmer vor dem Spiegel, versuchte noch einmal seine braunen Locken zu bändigen und versprach seinem Spiegelbild immer und immer wieder seine ewige Liebe und Treue. Ein Blick auf die Uhr verriet ihm, dass er längst auf dem Weg zu Marie sein sollte, also warf er sich schnell den Janker über und schlüpfte in die guten Schuhe, die sofort an den Füßen kniffen. Kaum saß er im Auto, sehnte er sich nach seinen derben Stiefeln, die er sonst jeden Tag trug. Nach dem dritten Versuch sprang sein Wagen endlich an und er fuhr die Kehren durchs Martelltal hinunter, auf der Staatsstraße an Latsch und Kastelbell vorbei und bog schließlich links ab, um ins Schnalstal und zu Marie zu gelangen. Bereits in den ersten Kehren trieb der Wind die Flocken vor seinem Auto wild durcheinander. Einige Kilometer weiter tauchte endlich das Schild zu Katharinaberg auf und sein Jeep tuckerte behäbig die letzten Kehren hinauf.

Zehn Minuten später stand Reinhold vor Maries Haustür. Nervös rieb er sich die Hände und klopfte erst zaghaft, dann lauter an die Tür. Nichts regte sich, nicht einmal der Hund bellte. Er klopfte erneut, rief ihren Namen. Stille und Dunkelheit umgaben ihn, er legte das Ohr dicht an die Tür, da hörte er, wie das Licht angeschaltet wurde. Noch einmal wummerte er an die Tür, als er endlich die dumpfe Stimme von Maries Mutter vernahm. Die Frau öffnete, hielt die Haustür aber nur einen Spalt auf, vermutlich hatte sie Angst vor dem unbekannten Gast.

»Was wollen Sie?«

»Ich wollte zur Marie. Ist sie nicht zu Hause?«

»Wer sind Sie?«

Reinhold wurde bewusst, dass er für Maries Mutter ein Fremder war. Schließlich stand er zum ersten Mal vor Maries Tür, sie hatte ihn ihrer Mutter noch nicht vorgestellt. Elisabeth Leitner musste etwa fünfzig Jahre alt sein, aber in ihrem dunklen Schlafrock und mit ihrem faltigen Gesicht hinterließ sie bei Reinhold den Eindruck, dass sie Maries Großmutter sei. Sie blickte den jungen Mann kritisch an. Im fahlen Licht sah er, dass ihr linkes Auge grau vom Star war.

»Ich bin der Reinhold. Ich wollte die Marie heute Abend ausführen. Ist sie nicht zu Hause?«

»Naa, die ist ins Tal hinuntergefahren, einen jungen Mann treffen. Ich weiß nicht, wann sie wiederkommt. Da kommen Sie wohl zu spät. Wiederschauen.«

Weitere Fragen erlaubte Maries Mutter nicht. Sie schloss die Tür leise und schaltete das Licht wieder aus. Reinhold konnte nicht fassen, was er da hörte. Ihn packte die blinde Wut. Dieses Weibsbild hatte ihm die ganze Zeit etwas vorgegaukelt. Von wegen große Liebe, von wegen ewige Treue. Deshalb hatte sie ihn nie zu sich nach Hause gebeten, da war noch ein anderer Mann, der um sie warb. Nun hatte sie sich für einen anderen entschieden und ihm Hörner aufgesetzt, bevor er sie überhaupt hatte fragen können. Leise fluchend und mit Zornestränen in den Augen stolperte Reinhold die schneenassen Treppen hinunter, ging zu seinem Auto und fuhr die Serpentinen ins Tal zurück.

Ein paarmal musste er anhalten, so weh tat die Eifersucht. Sein Herz schien in Stücke zu zerspringen, wenn er daran dachte, wie Marie nun bei einem anderen saß oder vielleicht sogar schon in seinen Armen lag. Wie hatte er sich nur so sehr in ihr täuschen können. Dann war ihre ganze Schüchternheit nur ein Schauspiel gewesen, in Wahrheit hatte sie ihn einfach nur zappeln lassen. Er ließ das Schnalstal und den Sturm hinter sich und schwor sich, nie wieder nach Katharinaberg zurückzukehren. Er hätte auf seinen Vater hören sollen, der ihm geraten hatte, die Frau fürs Leben im eigenen Tal zu suchen. Wie dumm war er nur gewesen, zu glauben, dass eine hübsche junge Frau wie Marie auf ihn warten würde, der nie Zeit für die schönsten Dinge im Leben hatte? Nun, das hatte er jetzt davon.

Er bog wieder auf die Staatsstraße ab, Schnee und Wind hatten nachgelassen. Bei Goldrain bog er ins Martelltal ab und lenkte seinen Wagen über die Serpentinen in Richtung des Dorfes Martell. In der dritten Kehre sah er einen kleinen grauen Wagen an der Leitplanke stehen. Reinhold fuhr im Schritttempo an dem stehenden Fahrzeug vorbei und sah, dass die Motorhaube offen stand. Eine kleine Gestalt hatte sich über das Innenleben des Autos gebeugt. Reinhold wollte schon weiterfahren, ihm war nun wirklich nicht danach, nach dieser Erfahrung auch noch einen kochenden Kühler zu reparieren. Doch dann packte ihn das Mitleid und er hielt an. Beim Aussteigen erkannte er Marie.

»Na, ist die Reise zu deinem Liebsten hier schon zu Ende?«, fragte er laut, als er auf sie zuging. Im Licht der Scheinwerfer sah er, dass sie geweint hatte.

»Ja, er war nämlich nicht zu Hause, so wie wir es vereinbart hatten«, antwortete sie trotzig.

»Nun, da haben wir etwas gemeinsam. Statt auf mich zu warten, ist meine Liebste ausnahmsweise einfach mit einem anderen ausgegangen. Marie, ruf den Abschleppdienst und scher dich zum Teufel.«

»Wovon sprichst du? Überhaupt, wie redest du mit mir? Wo warst du? Ich bin bis zu deinem Hof gefahren, genau wie wir es ausgemacht hatten. Du warst nicht da, dein Nachbar hat nur gesagt, dass du heute Abend eine junge Frau bezirzen wolltest, so wie du dich rausgeputzt hättest. Wie heißt sie denn? Ist sie eine bessere Partie als ich?«, schrie sie und trommelte dabei auf Reinholds Brust, der endlich seinen Irrtum erkannte und Marie an sich drückte. Plötzlich musste er vor Erleichterung so laut lachen, dass Marie verdutzt innehielt und ihn anstarrte.

»Ich wollte doch zu dir, Marie. So fein gemacht habe ich mich nur, weil ich mit dir über etwas ganz Wichtiges sprechen wollte. Komm, setz dich ins Auto, deinen Wagen holen wir morgen früh ab. Kommst mit zu mir, ja? Nur heute Nacht?«

Kapitel 4
Juni 1996

Marie stand in ihrer dunklen Kammer vor dem Spiegel und starrte sich an. Noch trug sie ihre Alltagskleidung, die, mit der sie den Stall ausmistete und das Vieh molk. Ihre Hochzeitstracht hing bedrohlich an einem Bügel und verdeckte den halben fichtenhölzernen Schrank. Marie hatte Angst. Sie war glücklich, schließlich liebte sie Reinhold. Sie hatte sich die ganze Zeit nichts sehnlicher gewünscht, als seine Frau zu werden, aber nun, wo es so weit war, wollte sie nur noch flüchten. Sie sah auf die Wanduhr, sie hatte noch gute zwei Stunden Zeit, dann würden die Kirchenglocken unten im Dorf läuten und sie zur Kirche rufen. Pünktlich zum Läuten würde ihr Bruder in ihrem Zimmerchen auftauchen, sie würde sich bei ihm unterhaken und sich von ihm durch das Haus, den Hof, das Dorf und schließlich zum Altar führen lassen. Langsam würde sie die schmale Treppe hinuntergehen. Dabei würde sie aufpassen müssen, nicht aus Versehen zu stolpern. Bei dem Gedanken, die schmale Treppe hinunterzufallen, schauderte Marie.

Plötzlich stand ihre Mutter in der Tür. Sie hatte das Knarren der Dielen nicht wahrgenommen, zu sehr war sie damit beschäftigt gewesen, ihr Spiegelbild anzusehen und sich für die eigene Angst zu rügen.

»Kind, was ist? Magst du das Gewand nicht anziehen? Wie schauen denn deine Haare aus, Marie? So zerzaust kannst mir aber nicht vor den Altar treten. Was soll denn dein Mann denken?«, fragte sie streng und nahm die Bürste in ihre Hand.

Marie wusste, dass ihre Mutter es nicht allzu ernst meinte, die Gedanken der anderen Leute waren ihr immer gleich gewesen. Sie schielte zu ihr hinüber, um ihr verschmitztes Lächeln zu sehen. Dabei bewegte sie sich keinen Zentimeter vom Spiegel weg.

»Geh her da«, befahl Elisabeth und schob ihr den Stuhl hin. Dann begann sie, das lange, glatte schwarze Haar ihrer Tochter zu bürsten. Sie knüpfte es säuberlich zu einem Zopf und steckte ihn fest an ihrem Hinterkopf zusammen. Marie genoss die Berührungen ihrer Mutter, auch wenn sie dabei nicht gerade viel Feingefühl zeigte. Dennoch: Es waren vertraute Berührungen von Händen, die sie kannte und liebte. Gerade als Elisabeth die letzte Haarklammer an Maries Hinterkopf versteckt hatte, stand diese mit einem heftigen Ruck auf und rannte aus der Tür. Sie hörte, wie ihrer Mutter vor Schreck die Bürste aus der Hand fiel. Sie landete mit einem Poltern auf dem Dielenboden.

»Kind, was ist denn? Wart doch. Ich war noch nicht fertig«, rief die Mutter und stürzte ihr nach. Doch Marie war längst die Treppe zum Hof hinuntergerannt.

Das helle Tageslicht blendete sie, als sie sich wie eine flüchtige Schwerverbrecherin kurz auf der Straße umsah und diese dann hektisch überquerte. Hinter sich hörte sie die Stimme ihrer Mutter, die sich aus dem Küchenfenster gebeugt hatte und nach ihr rief. Marie drehte sich nicht um, sie brauchte ein paar Minuten an der frischen Luft, sie musste nur ein wenig durchatmen. Nur noch einmal zu meinen Kühen, dachte sie und rannte in Richtung Weide. Völlig außer Atem stand sie am Weidezaun, sie schnaufte und schwitzte in der Sommersonne. Dann ging sie langsam an ihm entlang und betrat die Weide. Sie nahm ihre Schuhe ab, spürte das weiche Gras unter ihren Fußsohlen. Sie atmete tief durch, eine Mischung aus dem Duft von Kuhfladen und Sommerblumen machte sich in ihrer Nase breit. Schon wurde ihr leichter ums Herz. Langsam lief sie weiter, auf die vier Kühe zu, die friedlich grasten und wiederkäuten.

Sie verscheuchte Reinholds Bild, das sie seit Tagen vor Augen hatte, und versuchte angestrengt, an ihre Kindheit zu denken. Sie wollte das Bild ihres Vaters heraufbeschwören, doch sie sah nur die alten Fotografien vor sich, die nichts mit leibhaftigen Erinnerungen zu tun hatten. Wie er wohl gewesen ist? Ob er ein guter Ehemann war? Die Mutter hatte immer mit Tränen in den Augen von ihm gesprochen, sie musste ihn sehr lieb gehabt haben. Einen anderen hatte sie danach auch nicht gewollt. Wie es wohl sein würde, mit Reinhold zusammenzuleben? So recht konnte sie es sich nicht vorstellen. Überhaupt konnte sie sich gar nicht vorstellen, woanders als zu Hause zu leben. Sie würde Katharinaberg verlassen. Ihre Heimat, ihren Geburtsort, für immer. Nie wieder Weihnachten mit den Geschwistern und der Mutter, sondern nur zu zweit.

Bei dem Gedanken, die eigene Familie so trist beim Christbaum sitzen zu sehen, zog sich ihr Herz so fest zusammen, dass sie fast keine Luft bekam. Wenn die Mutter nun krank werden würde und Hilfe brauchte? Wer würde dann nach ihr sehen? Wenn sie es nicht mehr schaffte, rechtzeitig die Herztabletten zu nehmen? Wenn sie vor Kummer und Einsamkeit eingehen würde? Sie konnte die eigene Mutter doch nicht einfach im Stich lassen. Welcher Teufel hatte sie nur geritten, einer Heirat mit einem aus Martell zuzustimmen? Hätte sie sich denn nicht einen Mann aus dem Dorf suchen können, so wie alle anderen Frauen auch? Aber nein, sie hatte sich in einen Fremden verliebt und nun würde sie all dies hier verlassen müssen. Plötzlich musste sie weinen, die Tränen kamen einfach und ließen sich nicht aufhalten. Sie zitterte, fühlte sich elend, setzte sich nieder und legte den Kopf auf die Knie und ließ ihren Tränen freien Lauf.

»Junge Frau, geht es Ihnen nicht gut?«, fragte eine leise Stimme hinter ihr. Marie erschrak fast zu Tode und sah abrupt auf. Neben ihr stand eine Frau, ihr Haar war schlohweiß, ihr Gesicht vom Wetter und Alter zerfurcht. Sie hatte sich zu ihr heruntergebeugt wie eine Großmutter zu ihrem kleinen Enkelkind.

»Nein. Also, ja, mir geht es gut«, stammelte Marie.

»Warum dann all diese Tränen an einem so herrlichen Sommertag?«, fragte die Alte und zeigte ein nahezu zahnloses Lächeln. Trotz des Dufts nach Weide und Kühen roch Marie, dass die Kleidung der alten Frau nach Mottenkugeln stank.

»Nein, das kann ich Ihnen nicht sagen. Es ist nichts, wirklich. Ich muss jetzt auch wieder gehen. Danke, dass Sie sich gesorgt haben«, antwortete Marie höflich und stand auf, um sich das Gras vom Hosenboden zu klopfen.

»Du bist die Leitner Marie, oder? Hast du heute nicht Hochzeit?«, fragte die Frau und legte ihr sanft die Hand auf die Schulter. Dann setzte sie sich umständlich und mit einem Stöhnen ins Gras. Marie sah sie verdutzt an und rieb sich die Tränen von der Wange.

»Ja, woher kennen Sie mich?«

»Ich kenne dich schon sehr lange, mein Kind. Und deinen Vater hab ich gekannt, den Hans. Ein braver Mann, ich hab ihn in guter Erinnerung, auch wenn's weiß Gott schon eine Weile her ist. Ich weiß noch genau, wie aufgeregt er vor der Geburt seiner Kinder immer gewesen ist. In der Nacht vor der Geburt von der Katharina hat er sich einen angesoffen, so glücklich war er. Unbedingt feiern musste er, weil er spürte, dass sie bald kommen würde. Am nächsten Tag wurde seine erste Tochter geboren und er hatte einen furchtbaren Schädel. Beim Lenz hatte er dann dazugelernt und mit dem Feiern gewartet, bis der Bub da war. Und bei dir … mei, bei dir …«

Marie starrte die Frau an, die ihr da so frei weg von ihrem Vater erzählte. Sie verstand nicht recht, wer die alte Dame war und warum sie ihr ausgerechnet in diesem Moment von ihrem Vater erzählte. Erst wollte sie aufstehen und vor ihr davonlaufen, doch dann packte sie die Neugier.

»Was war bei mir?«, fragte sie so leise, als ob sie die Antwort fürchtete.

»Bei dir, da hat der Hans vor lauter Glück geweint. Damals in den Siebzigern, da war ja alles noch anders als heute. Die Männer durften bei der Geburt nicht dabei sein, sie wurden ins Nebenzimmer verbannt. Einen Mann konnte man bei einer Geburt nicht dabeihaben, das brachte nur Unglück und außerdem standen sie einem nur im Weg. Unbedingt wollte er dabei sein, ich musste ihm sogar die Tür vor der Nase zuschlagen. Dann kamen sie, die Wehen, aber lang hat die Geburt nicht gedauert. Warst ja schließlich schon das dritte Kind, da hatte deine Frau Mama schon Übung. Als du dann da warst und ich dich sauber gemacht hatte, habe ich den Hans gerufen. Da stand er wie ein Häufchen Elend in der Tür und heulte wie ein Schlosshund. Ein Sträußchen mit Wiesenblumen hatte er gepflückt, um sie der Liese zu schenken. Ich hab ihn gefragt: »Warum weinst du denn?«

»Was hat er gesagt?«, fragte Marie aufgeregt und legte ihre Hand auf die der alten Frau.

»Er hat gesagt, er weine doch nur vor Glück. Weil seine Familie nun vollständig sei. Drei wundervolle Kinder, das hatte er sich immer gewünscht. Dann hat er noch etwas getan, was er sich bei deinen Geschwistern nie getraut hat. Er hat dich auf den Arm genommen und ist einen Moment lang mit dir vor die Tür getreten. Er hat dir irgendetwas ins Ohr geflüstert, so richtig habe ich es nicht verstanden. Ich weiß nur, dass dabei die Worte Wurzeln und Flügel fielen. Dann brachte er dich wieder zu deiner Mutter.«

Marie sah die alte Frau liebevoll an. Sie war ihre Hebamme gewesen, die gekommen war, um damals erst ihre beiden Geschwister und dann sie selbst zur Welt zu bringen. Sie hatte ihr genau den gebracht, den sie sich in diesem Moment so sehr herbeigewünscht hatte: ihren Vater, an den sie keine Erinnerungen besaß. Die Hebamme hatte ihr etwas geschenkt, das sie für immer behalten durfte: einen Moment, den sie mit ihrem Vater an ihrem ersten Lebenstag geteilt hatte. Die alte Dame drückte ihr die Hand und streichelte ihr kurz über das schmale Gesicht. Noch einmal zeigte sie ihr zahnloses Lächeln.

»Geh endlich zurück nach Hause. Deine Mutter verzweifelt schier, weil sie Angst hat, du könntest dich davonstehlen. Der Reinhold ist ein Guter, das hat sie mir versichert. Du wirst es fein haben im Leben. Wenn's bei euch so weit ist und ich noch bin, dann magst mich nur rufen. Die alten Hände schaffen das schon noch.«

»Was hat er damit gemeint, mit den Wurzeln und den Flügeln?«, fragte Marie und sah der alten Frau geradewegs in die Augen.

»Darauf musst dir schon selbst einen Reim machen, Marie. Aber schau, dein Vater und deine Mutter, die haben dir die Wurzeln geschenkt. Der Reinhold, der wird dir nun die Flügel für den neuen Lebensabschnitt schenken. Das heißt aber nicht, dass du deine Wurzeln verlierst.«

*

Es war eine wunderschöne Zeremonie, die in der kleinen Pfarrkirche zu Katharinaberg im Schnalstal stattfand. Lenz hatte seine kleine Schwester Marie pünktlich um Viertel vor elf in ihrem Zimmerchen abgeholt, die schmale Treppe hinunter in die Stube und dann auf die Straße geführt. Die sonst so stille Marie schien ihm wie ausgewechselt: Sie hatte rote, strahlende Wangen und eine klare Stimme, sie plapperte mit ihm über das Wetter und sprach von der Hebamme, die Katharina, ihn und sie selbst auf die Welt gebracht hatte. Lenz konnte sich nicht an sie erinnern, überhaupt wusste er nicht einmal, dass die alte Frau noch lebte. »Doch, doch«, hatte Marie beteuert, sie habe sie vorhin getroffen. Sie habe ihr vom Vater erzählt und von den Geburten der drei Geschwister. Lenz hatte nur gelächelt und sie weiter durchs Dorf bis zur Kirche auf dem hervorspringenden Felsen begleitet, wo der Pfarrer, die Gemeinde und die Verwandten bereits warteten. Sie mussten einige Minuten vor der Kirche warten, dann ließ der betagte Geistliche die kleine Menschenmenge eintreten. Zuletzt betraten Lenz und Marie die Pfarrkirche. Reinhold stand am Altar und strahlte vor Glück, als Lenz Maries Hand in seine legte. Dann setzte Lenz sich neben seine Mutter, die wie immer neben der Jesusstatue des blinden Künstlers Platz genommen hatte. Niemand hätte es gewagt, den Stammplatz der schwarzen Liese zu besetzen. Alle im Dorf wussten, dass sie eher gestanden wäre, als sich eine andere Bank zu suchen.

*

»Willst du, Reinhold, die hier anwesende Marie zu deiner Frau nehmen und sie lieben und ehren, bis dass der Tod euch scheidet?«

»Ja, das will ich«, antwortete Reinhold mit fester, überzeugter Stimme.

»Und willst du, Marie, den hier anwesenden Reinhold zu deinem Mann nehmen und sie lieben und ehren, bis dass der Tod euch scheidet?«

»Ihn«, verbesserte Marie den Geistlichen.

Mit dieser Antwort hatte er nicht gerechnet. Mit großen Augen sah er Marie an und versuchte, ihr ein Ja zu entlocken, das die beiden auf ewig binden würde.

»Ihn, den Reinhold. Nicht sie. Der Reinhold ist doch keine Frau.«

Erst jetzt verstand der Pfarrer seinen peinlichen Fehler und lächelte leise in sich hinein.

»Verzeiht mir, Marie und Reinhold. Und so frage ich dich noch einmal, Marie: Willst du den hier anwesenden Reinhold zu deiner Frau nehmen und ihn lieben und ehren, bis dass der Tod sie scheidet?«

Marie und Reinhold sahen sich verzweifelt an, während die Gemeinde sich vor Lachen in den Bänken bog. Selbst Elisabeth, die die ganze Zeit mit den Tränen der Rührung gekämpft hatte, konnte sich das Kichern nicht verkneifen.

Der Priester hatte sich inzwischen beschämt zum Bildnis der heiligen Katharina umgedreht und sie postwendend um Verzeihung gebeten. Dann wandte er sich mit hochrotem Kopf wieder dem Brautpaar zu. »Lieber Reinhold, liebe Marie, liebe Gemeinde«, begann er mit zittriger Stimme, »ich bin wohl selbst ein wenig aufgeregt. Man vermählt schließlich nicht jeden Tag so ein wunderbares Paar. Deshalb will ich es ganz einfach machen: Marie, magst du den Reinhold denn nun heiraten?«

Marie gluckste kurz vor Lachen, dann strahlte sie Reinhold feierlich an und sagte: »Ja, das will ich. Und ich will dich lieben und ehren, bis dass der Tod uns scheidet. Und danach auch noch. Und ich will Kinder mit dir haben. Am besten gleich fünf. Ich hab dich so fest lieb, dass du es dir gar nicht vorstellen kannst. Du bist ein guter Mann, du bist die große Liebe meines Lebens und ich bin so froh, dass du deine Pflanzen bei mir gekauft hast. Du hast mir damals schon gefallen, weißt du, aber ich war einfach ganz furchtbar schüchtern und hab mich nicht getraut, mit dir zu reden. Als du dann die Schubkarre vergessen hast, hab ich dich für einen Schluderer gehalten, aber das ist ja nicht schlimm. Dann bist du zurückgekommen und hast mir die schönen Blumen gebracht. Weißt du überhaupt, dass Geranien meine Lieblingsblumen sind? Die sind so einfach und so rot und sie erinnern mich immer an zu Hause. Und jetzt bist du mein Zuhause. Ich hab halt nur ein bisschen Angst davor, hier wegzugehen, eigentlich bin ich nämlich noch nie von zu Hause weggegangen. Aber das wird schon werden, mit dir kann ich überall hingehen. Sogar nach Martell. Musst mir halt nur versprechen, dass wir die Mutter und meine Geschwister ab und zu mal besuchen gehen.«

Plötzlich verstummte Marie. Sie schlug sich die Hand vor den Mund, wurde noch röter als der Pfarrer und drehte sich zu der kleinen Gemeinde um, die mit offenen Mündern auf den harten Kirchenbänken saß. So viel hatte noch keiner von ihnen die sonst so stille Marie reden hören. Sie war stets ein freundliches Mädchen gewesen, das brav gegrüßt hatte, doch mehr als zwei zusammenhängende Sätze waren ihr nie über die Lippen gekommen. Dann sah Marie ihrem frischgebackenen

Ehemann ins Gesicht. Seine Augen leuchteten, sie waren rot. Er nahm ihr Gesicht in die Hände und küsste sie, wie er sie zuvor noch nie geküsst hatte. Ganz weich legten sich seine Lippen auf ihre. Marie schloss die Augen.

Im Hintergrund hörte sie ein verhaltenes »Ja, der Reinhold darf seine Braut nun küssen«.

Als sie sich voneinander lösten und Reinholds Trauzeuge ihm endlich die goldenen Ringe überreichte, applaudierten die Leute in der Kirche. Marie bekam Gänsehaut. Dass die Leute einmal wegen ihr und Reinhold klatschen würden, das hatte sie sich nie erwartet. Sie hatte nicht einmal gewusst, dass man in einer Kirche überhaupt klatschen durfte. Sie betrachtete ihre Mutter, die sich mit einem Taschentuch die Tränen trocknete. Gleich hinter ihr saßen Reinholds Eltern, Else weinte, ihr Mann Franz lächelte beseelt. Ganz hinten im Kirchenschiff, gleich neben der Tür, konnte Marie die Hebamme erkennen, die sie wenige Stunden zuvor noch getröstet hatte. Sie lächelte und fuhr sich dann mit dem Handrücken über die Wange. Dann winkte sie Marie unmerklich zu und verließ leise die Kirche. Niemand drehte sich um, die Menschen auf den Bänken schienen ihre Anwesenheit gar nicht wahrgenommen zu haben.

Kapitel 5
25. November 1997

Reinhold erwachte. Er sah schlaftrunken auf die Uhr, es war kurz vor sechs Uhr in der Früh. Ein stockdunkler Morgen in Martell. Langsam stieg er aus dem Bett, es quietschte leise unter seinen vorsichtigen Bewegungen. Er drehte sich zu Marie um, sie schlief bewegungslos unter ihrem Federbett. Oft schlief sie so still, dass Reinhold morgens mit der Befürchtung aufwachte, allein zu sein. Nie bewegte sie sich, nie schnarchte sie, nicht einmal ganz leise. Reinhold lächelte sie liebevoll an. Sie hatte sich die Ruhe redlich verdient – nach all den Anstrengungen der letzten Monate. Jeden Abend hatte sie bis spät in die Nacht die gewonnene Schafs- und Ziegenmilch zu Käse und Joghurt verarbeitet, jeden Tag in der Küche gestanden, um ihre Marmeladen zu kochen, die Bergkräuter zu mischen, das Brot zu backen und das Obst zu trocknen. Und selbst wenn das alles erledigt war, hatte sie nicht etwa herumgesessen, sondern hatte sich daran gemacht, die Schafswolle zu warmen Schals und Mützen zu verarbeiten, die ihre Schwester Katharina auf dem Christkindlmarkt verkaufen würde.

Auf leisen Sohlen verließ Reinhold das Schlafzimmer und trat an das Küchenfenster. Die Nacht war sternenklar, er konnte den Großen Wagen eindeutig am Himmel erkennen. Das kleine Thermometer außen am Fenster zeigte zehn Grad unter null an. Wenn er es sich recht überlegte, hatte Reinhold noch keinen Geburtstag erlebt, bei dem die Temperatur auf über fünf Grad gestiegen war. Aber ihm sollte es recht sein, die Sommerhitze konnte er sowieso nicht leiden. Gegen Kälte konnte er sich besser schützen.

Er zog sich seine alte Jacke über und schlüpfte in die Stiefel, verließ das Wohnhaus und ging vorsichtig in Richtung Stall. Noch war es ruhig, doch in ein paar Sekunden würden die Kirchenglocken das Dorf wecken. Drei Schritte noch, dann ging es los: Sechs Mal schlugen die Glocken. Reinhold zählte mit und blieb dann stehen, um die kommenden Sekunden durch kein noch so kleines Geräusch zu stören. Er lehnte sich an die Hauswand und schloss die Augen. Um das zu hören, was er so sehr liebte, durfte nicht einmal der Schnee unter seinen Stiefeln knirschen. Da war sie: die vollkommene Stille, unterbrochen nur vom Schall der Glocken, der an den Hauswänden nachhallte. Reinhold lauschte dem leisen Wummern und verfolgte ihr immer leiser werdendes Echo noch eine halbe Minute lang.

Nachdem er seinen Kühen, Schafen und Ziegen das Futter gebracht und selbst gemeinsam mit Marie gefrühstückt hatte, klopfte sein Nachbar an der Haustür. Sie hatten verabredet, gemeinsam den Spanferkelgrill für die Geburtstagsfeier aufzustellen. Pünktlich um kurz vor acht Uhr parkte Reinholds Vater Franz im Hof und hievte das Ferkel aus dem Kofferraum. Marie hatte am Abend zuvor eine Marinade aus Öl und allerlei getrockneten Kräutern zubereitet, nun stand sie bereits mit einem kleinen Apfel und einer Karotte bewaffnet in der Küche und konnte es kaum erwarten, dem toten Ferkel damit »die Löcher zu stopfen«, wie sie sich ausdrückte. Eine gute Stunde waren sie und ihre Schwiegermutter Else damit beschäftigt, dem Tier die letzte Ölung zu geben und es für den Grill vorzubereiten. Indessen hatten Reinhold, sein Nachbar und Franz den Grill angeheizt, was bei den Außentemperaturen an diesem kalten 25. November einem kleinen Wunder glich. Mit vereinten Kräften banden sie schließlich das Ferkel auf die Eisenstange, hoben es auf die Schultern und trugen es gemeinsam zum Grill hinter dem Haus. Sie hatten ihn zwischen dem Gemüsebeet und dem Erdbeerfeld aufgestellt.

Etwa vier Stunden musste das Spanferkel über dem Grill garen und dabei ständig gedreht werden. Unter dem Grill befand sich ein kleiner Elektromotor, der über eine alte Fahrradkette den Spieß langsam drehte. Reinhold hatte natürlich nicht nur die eigenen Eltern und Maries Familie zu seiner Geburtstagsfeier eingeladen; gegen Mittag kamen auch die Männer, die gemeinsam mit ihm als ehrenamtliche Bergretter arbeiteten. Da sie ihre Familien nicht alleine zu Hause lassen wollten, waren sie allesamt mit Kind und Kegel angereist. Bald standen fast zwanzig Menschen in ihrem Hof herum und warteten darauf, dass das Spanferkel endlich gar wurde. Dem würzigen Bergkäse und dem Speck hatten sie schließlich schon seit einer halben Stunde den Garaus gemacht. Ein paar der kleinen Kinder hatten sich neugierig dem Grill genähert, waren aber in respektvollem Abstand davor stehen geblieben.

Franz hatte das Spanferkel nicht einen Moment lang außer Acht gelassen, doch nun drückte ihn das kühle Bier so sehr auf die Blase, dass er nicht umhinkam, sich kurz hinter die Scheune zu stellen und seinem Bedürfnis nachzugeben. Gerade als er den Hosenladen aufgemacht hatte, zischte und fauchte der kleine Elektromotor, sprühte ein paar Funken und gab dann den Geist auf. Die Kinder erschraken und riefen nach Franz, der fluchend seine Hose richtete und unverrichteter Dinge mit schweren Schritten durch den vereisten Schnee zurückstapfte. Inzwischen hatte sich eine kleine Menschentraube um den Grill gebildet. Jeder von ihnen wusste einen besseren Rat. Reinhold versuchte verzweifelt, den Elektromotor wieder zu starten, doch der hatte endgültig das Zeitliche gesegnet. Marie stach dem Spanferkel in den Leib, um zu sehen, ob es schon gar war, doch so weit war es noch nicht.

»Wartet, ich hab eine Idee ...«, rief Reinhold auf einmal und rannte in den Keller des Wohnhauses.

»Wo will er denn jetzt hin?«, fragte Else und stemmte die Hände in die Hüften. Sie war drauf und dran, in die Küche zu gehen und für die gesamte Mannschaft Knödel ins kochende Wasser zu schmeißen.

»Vielleicht holt er das Radl und schließt den Grill an«, spottete einer der Gäste.

»Dann muss er aber kräftig treten«, sagte ein anderer und lachte schallend.

Fünf Minuten später tauchte Reinhold wieder auf. Auf seinem Arm trug er einen zweiten, etwas größeren Motor.

»Wo hast du den denn her?«, fragte Franz überrascht.

»Der ist von der alten Waschmaschine vom Onkel Horst. Die Aufhängung der Waschtrommel war hin, wahrscheinlich hat er im Suff seine Schuhe drin gewaschen. Aber der Motor tat noch, da dacht' ich mir, ich bau ihn aus, vielleicht kann man ihn noch brauchen.«

»Na, ob das funktioniert?« Marie betrachtete skeptisch ihren Mann, als er die beiden Motoren austauschte. Sie deckte das Spanferkel vorsichtshalber mit Aluminiumfolie ab, damit seine rotbraune Kruste über den glühenden Kohlen nicht aufplatzte.

Tatsächlich drehte der Spieß sich eine halbe Stunde später wieder. Natürlich hatte der Garprozess unter der Drehpause gelitten, und so musste die Gesellschaft sich noch ein wenig bei Schüttelbrot und Bier gedulden. Marie und Reinhold stießen an, einer der Freunde holte zur Unterhaltung die Ziehharmonika aus dem Auto und sorgte mit seinen Liedchen für Unterhaltung. Das Spanferkel beachtete in der folgenden halben Stunde niemand mehr, schließlich hatte Reinhold den Schaden ja fachmännisch repariert.

Plötzlich wurden die Feiernden auf ein ratterndes Geräusch aufmerksam. Als sie endlich verstanden hatten, dass es der Elektromotor von Horsts alter Waschmaschine erzeugte, war es längst zu spät: Erschüttert und mit offenen Mündern mussten sie zusehen, wie sich das Spanferkel immer schneller und schneller an seinem Spieß drehte, sich der Apfel lockerte, in hohem Bogen auf den Boden flog und ins Erdbeerfeld kollerte, das Fett durch die Gegend und in die Glut spritzte, dass die Funken nur so sprühten. Dann folgten einige Sekunden Stillstand, bevor es richtig losging: Das Spanferkel drehte sich noch schneller, die Stange löste sich aus ihrer Verankerung, die

Umdrehungen wurden immer heftiger, die Stange vollführte einen irrwitzigen Tanz auf dem Grill, dann hüpfte sie samt dem schwindligen Spanferkel aus ihrer Halterung und fiel ein paar Meter weiter auf die vereiste Erde. Franz und Reinhold gingen hin, so schnell sie über das Eis kamen, um das Ferkel zu retten, doch die Stange war glühend heiß und so verbrannten sie sich zu allem Überfluss auch noch die Finger an dem ruinierten Geburtstagsschmaus.

Kapitel 6
Dezember 1999

Else hob vorsichtig das alte vergilbte Tischtuch an, zog es hoch und faltete es vor ihrer Brust zusammen. Es war schon immer ein besonderer Moment, wenn sie gemeinsam die alte Weihnachtskrippe in die Stube holten. Franz legte seine Hand auf ihre Schulter und drückte seine Frau ein wenig an sich. Else atmete tief ein und betrachtete das hölzerne Kunstwerk, das ihr Schwiegervater ihnen vor über vierzig Jahren kurz vor seinem Tod geschenkt hatte. Jeden Winterabend hatte er mit seinem Sohn Franz in der Stube gesessen und an den Figuren geschnitzt, die Maria, Josef, das Jesuskind, einen Hirten, den Engel und die Tiere darstellten. Maria hielt die Hände im Gebet gefaltet. Sie schien in sich gekehrt, ihr Kopf war leicht zur Seite geneigt. Aus ihren Augen sprach Dankbarkeit, sie hatte einen gesunden Sohn zur Welt gebracht. Josef stand ihr gegenüber, er stützte sich auf einen dürren hölzernen Stock. Der weite Weg nach Bethlehem hatte ihm zugesetzt, die Angst um seine Frau Maria und den Gottessohn hatten ihn noch nicht losgelassen. In der rechten Hand hielt er eine kleine Laterne, mit der er das Antlitz Jesu erhellte. Das Kind lag auf Stroh gebettet, es reckte seine Ärmchen in die Höhe und lächelte friedlich. Ein Hirte kam des Weges, auf seinen Schultern trug er ein Lamm. Weiter hinten im Stall lag ein Ochse, daneben stand ein Esel. Ein Schaf graste vor der ärmlichen Hütte, die aus alten Ästen, Moos, Baumrinde und Tannenzapfen gefertigt worden war. Über Jesus schwebte ein Engel, in seinen Händen hielt er ein weißes Band. Franz' Vater hatte »Gloria in excelsis Deo« hineingeritzt.

»Jaja, Ehre sei Gott in der Höhe, wenn die Krippe dieses Weihnachten noch übersteht«, brummte Else und legte das zusammengelegte Tischtuch beiseite. Heute war bereits der 23. Dezember und es war höchste Zeit, die Krippe in die Stube zu bringen.

»Die hat die letzten vierzig Jahre überlebt, warum dann *heuer* nicht?«, entgegnete Franz und nahm die Hand von Elses Schulter. Er berührte vorsichtig die alten Stämme und Rindenstücke, die den Krippenfiguren als Hüttendach dienten. Als er mit den Fingerkuppen darüberfuhr, rieselte ein wenig Holzstaub auf das Jesuskind. Else nahm es heraus und pustete es sauber. Dann rieb sie das hölzerne Figürchen an ihrem *Schurz* und legte es wieder zwischen Maria und Josef.

»Geh du vor«, sagte Franz zu ihr, »halt mir die Türen auf. Nicht, dass wieder alles wie letztes Jahr im Schnee landet. Wir sollten wirklich einen besseren Platz für sie finden. So eine Krippe gehört auf den Dachboden, nicht in die Scheune.«

Else schob das schwere Scheunentor auf, die Türangel quietschte gehörig. Der Wind schlug ihr entgegen. Franz nahm die Krippe hoch und balancierte sie vorsichtig aus der dunklen Scheune hinaus. Else ging voran, sie schlang die Strickjacke fester um ihren Leib, es war ein eiskalter Nachmittag. Noch ließ der Neuschnee auf sich warten, aber in den nächsten Stunden würde er schon kommen. Im Radio hatten sie die ganze Zeit von weißen Weihnachten gesprochen. Eigentlich brauchten die Schildbauern hierzu das Radio ja nicht, die Tiere und ihre schmerzenden Knochen waren ihnen Wettervorhersage genug.

Franz ging Else langsam hinterher und versuchte dabei, möglichst kleine Schritte zu machen, um ja nicht auf dem vereisten Weg auszurutschen. Den Stein, der im Weg lag, konnte er natürlich nicht sehen. Auch Else hatte nicht auf ihn geachtet, sie war zu sehr damit beschäftigt, zur Hüttentür zu eilen und sie in den Windböen aufzuhalten. Franz stolperte und schaffte es gerade noch, nicht hinzufallen, doch die Krippe war nicht mehr zu retten: Sie entglitt ihm. Er fluchte und schimpfte laut und versuchte, sie wieder einzufangen, doch da lag sie schon in allen Einzelteilen auf dem eisigen Weg zwischen Scheune und Hütte.

Franz kniete sich herunter, nahm Maria und Josef, das Jesuskind, den Hirten, den Engel und die Tiere auf und steckte die ganze Mannschaft in seinen blauen *Schurz*. Dann griff er nach der Holzplatte, auf der die Krippe aufgebaut wurde. Als er die großen Baumrindenstücke und Äste in die Hand nahm, um sie auf die Holzplatte zu legen, zerfielen sie zwischen seinen Händen zu feinem hellbraunen Staub. Franz traten die Tränen in die Augen. Die Weihnachtskrippe war hin, der Holzwurm hatte sie befallen und zerfressen. Vierzig Jahre lang hatte er Weihnachten mit dieser Krippe gefeiert. Sie war das letzte Andenken an seinen Vater gewesen. Nun war sie ihm heruntergefallen und zwischen den Händen zu Staub zerfallen. Das Holz war vollkommen spröde und ausgetrocknet, da war nichts mehr zu machen.

Franz rieb sich verschämt die Augen, stand auf und klaubte die Reste des grünen Mooses und die kleinen Tannenzapfen zusammen. Dann sah er in den Himmel hinauf. Es hatte zugezogen, der Himmel war weißgrau und der Schnee würde nicht mehr lange auf sich warten lassen.

»Verzeih mir, Vater«, sagte er leise in den Himmel und ging mit den traurigen Überresten der Weihnachtskrippe in die Hütte zurück.

»Wo bleibst du denn?«, rief Else aus der Stube. Sie hatte bereits den kleinen Tisch sauber gemacht, auf dem die Krippe jedes Jahr um die Weihnachtszeit ihren Platz fand.

»Sie ist hin«, antwortete Franz.

»Wer ist hin?«

»Die Krippe. Vom Holzwurm gefressen. Ist nur mehr Staub.«

Else richtete sich auf und starrte Franz an. Ihre Augen hatten sich ebenfalls mit Tränen gefüllt, als sie das enttäuschte, tieftraurige Gesicht ihres Mannes sah. »Das ist jetzt nicht wahr, oder, Franz?«

»Doch, Else. Kaputt ist sie. Da sind die Figürchen, die hat er nicht zerfressen. Haben ihm wohl nicht geschmeckt«, sagte er leise und legte Maria, Josef, das Jesuskind, den Engel und die Tiere in Elses rote Hände.

»Und nun, Franz? Weihnachten ohne Krippe?«

»Nichts da, kein Weihnachten ohne Krippe. Ich geh in den Wald und schau zu, dass ich ein paar Prügel Holz und ein bisschen Moos finde, damit die Herrschaften wieder ein Zuhause haben. Pfiati, Else, in ein paar Stunden bin ich zurück.«

Else kam nicht einmal dazu, sich von ihrem Mann zu verabschieden, da war er schon zur Tür hinausgegangen. Sie sah ihm aus dem Fenster hinterher, wie er einen schwarzen Plastiksack in seiner Tasche verstaute und dann schnellen Schrittes den Hügel hinab und zur schmalen Brücke ging, die sich über den gefrorenen Pederbach legte.

»Er wird schon wissen, was er tut«, murmelte sie und stellte vorsichtig die Holzfiguren auf das Fensterbrett. Dabei fiel ihr auf, dass Franz ihr zwar Maria, Josef, Jesus, den Engel und die Tiere gegeben hatte, der Hirte mit seinem Opferlamm aber fehlte. Sie ging noch einmal hinaus in den eisigen Wind und suchte den Weg zwischen der Hütte und der Scheune ab, aber da war weit und breit kein Hirte zu sehen. »Nun, dann wird jetzt der Hirte wohl den Hirten beschützen. Heilige Maria, Mutter Gottes!«

*

Eine gute Stunde später kam Franz im kleinen Waldstück an, das sich zwischen dem Hochtal und der Enzianalm befand. Er kannte hier jeden Stein, jeden Baum, er wusste genau, an welchen Ecken er geeignetes Material für die Krippe finden würde. Tatsächlich hatte er auch bald die schwarze Plastiktüte mit allerlei Moosen und Hölzern gefüllt. Nun fehlte nur noch ein großes Stück Baumrinde, das als Dach dienen sollte. Hierfür musste er aber noch ein Stück tiefer hinunter, an den Pederbach, dort standen ein paar alte Zirben, die ihm sicher ein Stück ihrer Rinde abgeben würden. Er lief hinunter, bis er an der kleinen aus einem Stamm gefertigten Brücke stand.

Genau gegenüber stand der Baum, den er suchte. Er sah schon, er würde ein wenig nachhelfen müssen, um an die Rinde zu gelangen.

Der Förster würde um diese Tageszeit sicher nicht des Weges kommen, im Moment hatte er bestimmt Besseres zu tun, als ihm beim Baumrindeschneiden aufzulauern. Franz legte den schwarzen Plastiksack ab und trat auf die Brücke, sie war spiegelglatt. Er hielt sich an der Brüstung fest und machte vorsichtig einen Schritt nach dem anderen. Er war schon fast auf der anderen Seite angelangt, da erschreckte ihn plötzlich ein Geräusch, das wie aus dem Nichts zu kommen schien: Es raschelte, es bellte, dann stand auf einmal der knurrende Hund des Försters vor ihm und fletschte die Zähne. Zwar hatte Franz keine Angst vor ihm, fühlte sich aber auf frischer Tat ertappt. Er fuchtelte wild mit den Händen, um das Tier zu verscheuchen. Kaum hatte er die Hände von der Brüstung genommen, glitt er auch schon mit den Füßen aus und landete laut schreiend erst mit dem Hosenboden auf dem Baumstamm und dann mit beiden Beinen im eiskalten Wasser. Er fluchte schlimmer als ein Waldarbeiter und versuchte einerseits, sich den Hund vom Leibe zu halten, andererseits musste er von der Brücke herunter, um nicht noch einmal auszurutschen und ein Vollbad im klirrend kalten Bach zu riskieren.

Erst ertönte ein schrilles Pfeifen, dann ein »Komm, bei Fuß, ist jetzt gut«. Der Hund gehorchte. Er trollte sich und lief zu seinem Herrchen, das in grüner Uniform zur Brücke hinunterstieg.

»Schildbauer, was tust du denn da?«, fragte der Förster. Der Feldstecher schaukelte vor seinem dicken Bauch hin und her, als er langsam auf die Brücke stieg.

Franz fluchte noch einmal und erklärte aufgeregt, dass er seinen Hund zurückhalten solle, er habe schließlich nichts getan, dafür habe er jetzt nasse und eiskalte Füße. Der Förster lachte auf, dann hielt er ihm die Hand hin und half Franz wieder auf die Beine.

»Na bitte, entschuldige, Franz. Komm mit nach Hause, kriegst einen Schnaps, das wärmt dich auf. Was machst du hier überhaupt? Wildern?«

»Wildern? Ich? Ich wollt nur ein bisschen Holz und Moos aus dem Wald holen, die Weihnachtskrippe vom Vater ist hin geworden. Stell dir vor, nach vierzig Jahren vom Holzwurm befallen.«

»Du weißt aber schon, dass der Wald kein Ersatzteillager ist, oder, Franz? Na, lass gut sein. Hast deine Strafe ja schon bekommen. Auf geht's, daheim gibt's was Warmes.«

Franz folgte dem Förster bis zu seinem Haus, das sich oberhalb der Enzianalm befand. Als der die Haustür öffnete, dämmerte es bereits. Sie setzten sich in die Stube, Franz zog seine Schuhe aus, die Frau des Försters stopfte ordentlich Zeitungspapier hinein und stellte sie an den Kachelofen. Dann gab sie ihm ein paar saubere Strickstrümpfe. Franz zog sie an und fühlte eine wohlige Wärme in den Füßen, auch wenn die Socken an den Zehen Löcher hatten. Es gefiel ihm, beim Förster zu sitzen, vor allem, weil seine schöne blond gelockte Frau ihm nicht nur Socken gab, sondern auch einen doppelten Schnaps kredenzte.

»Dank dir, Anneliese. Den brauch ich jetzt auch«, sagte Franz und stieß mit dem Förster an. »Auf dich, Karl. Und auf deinen Hund. Immerhin hat er uns so mal wieder zusammengebracht.«

»Ja«, lachte Karl und stieß sein Stamperl gegen das von Franz, »sonst kommst ja nie von deiner Hütte ins Tal herunter.«

»Mir geht's gut da oben. Mir und der Else. Aber seit der Reinhold nimmer bei uns wohnt, ist es schon manchmal ein wenig einsam.«

»Darauf trinken wir noch einen«, beschloss Karl und schenkte Franz erneut ein.

»Worauf? Auf die Einsamkeit?«

»Nein, auf den Reinhold. Hat er eigentlich noch kein Kind? Ist doch nun schon mehr als ein Jahr her, dass er geheiratet hat.«

»Ach, das Kind wird schon noch kommen. Die Hochzeit war übrigens vor über zwei Jahren. War schon ein kleines Wunder, wie die Marie damals so vor den Leuten gesprochen hat. Sonst ist sie ja eher eine stille.«

»Dann trinken wir jetzt auch auf die Marie und einen baldigen Kindersegen in der Familie.«

Eine Stunde später, nachdem Franz und der Förster auf das Wohl aller Familienmitglieder getrunken hatten, tauchte die schöne Anneliese mit einem großen Speckbrett und einem Korb voller Schüttelbrotstücke auf.

»Wir können den Franz doch nicht so hungrig gehen lassen. Geht's dir denn besser, Franz? Hast dich aufgewärmt? Nicht, dass du zu Weihnachten noch krank wirst.«

»Naa, Annelliie ...«, lallte Franz und lachte auf, »ich werd' doch nicht krank, wenn du dich so fein um mich kümmerssst.«

»Ich glaub, den Schnaps stellen wir besser mal wieder in den Schrank. Und dann ruf ich die Else an, die macht sich sicher schon Sorgen. Wie ist denn eure Telefonnummer?«

»Weiß ich nicht«, antwortete Franz, nachdem er ein paar Sekunden lang gegrübelt hatte.

»Wieso weißt du deine Nummer nicht, Franz? Wie soll ich ihr denn dann sagen, dass du hier bist?«

»Ich weiß meine Nummer nicht, Liese. Woher denn auch? Ich ruf mich doch nie selbst an.«

Der Förster lachte schallend. »Die Nummer vom Reinhold steht sicher im Telefonbuch. Gufler Reinhold, Anneliese. Er soll ihn besser abholen und mit dem Auto heimfahren.«

*

Zunächst empfand Else es gar nicht als so schlimm, allein in der Hütte zu sein. Sie ging ihrer täglichen Hausarbeit nach, wusch ein paar Teller und Töpfe ab, die noch vom Mittagessen in der Spüle standen. Das Essen für den Heiligen Abend hatte sie längst zubereitet und in die kleine kühle Speisekammer hinter der Stube gestellt. Die Kekse und Zelten waren gebacken und warteten nur noch darauf, über die Weihnachtsfeiertage beim Kaffee gegessen zu werden. Sie lächelte und freute sich auf den morgigen Nachmittag, wenn Reinhold und Marie zu ihnen kommen und sie später am Abend gemeinsam zur Christmette ins Dorf fahren würden. Sie vermisste ihren Sohn bisweilen sehr, auch wenn er schon seit vielen Jahren nicht mehr bei ihnen auf der Schildhütte wohnte. Doch es war recht so, er hatte eine liebe Frau in Marie gefunden, eine, die immer fleißig und gut zu ihm war und ihm sicher bald einen Nachkommen schenken würde. Zumindest hoffte Else das. Und wer weiß, vielleicht würden sie ja sogar zwei oder drei Kinderlein bekommen.

Else legte das Geschirrtuch beiseite und sah aus dem Fenster. Die Wolken wurden immer dichter und legten sich langsam wie graue Wattebausche über das gesamte Hochtal. Gerade trieb der Wind eine dicke Wolke über den Bach, er verschwand gänzlich im Grau und tauchte nach einigen Minuten wieder auf. Noch eine, höchstens zwei Stunden, dann würde der Schnee kommen. Ob der Franz wohl etwas Brauchbares gefunden hatte? Jetzt im Winter war alles gefroren und voller Schnee, da war es unmöglich, schönes Holz und trockenes Moos für die Krippe zu finden.

Else hätte ihren Mann von seinem Vorhaben, in den Wald zu gehen, abbringen können, doch dann hätte er das ganze Weihnachtsfest mit seiner schlechten Laune und der Trauer über die kaputte Krippe verdorben. Es war klug gewesen, ihn gehen zu lassen, beschloss sie und freute sich insgeheim darüber, auch mal ein paar Stündchen für sich zu haben. Dann tat sie etwas, was ihr noch nie in den Sinn gekommen war: Sie stibitzte einen Keks aus der Blechdose, brühte ein wenig frischen Kaffee auf und setzte sich in den alten Schaukelstuhl, der in der Stube neben dem Kachelofen stand. Sie breitete Franz' Wolldecke über ihre Beine und saß ein paar Minuten einfach nur still da. Sie aß ihren Keks, trank den Kaffee und schaute aus dem Fenster.

Noch nie hatte sie die Stille auf der Hütte so intensiv wahrgenommen. Ab und zu knackte es im Kachelofen, wenn ein Stück Holz im Feuer zersprang. Sie lauschte, schloss die Augen, noch einmal knackte das brennende Holz, dann pfiff der Wind leise vor der Türe. Sie bewegte sich vorsichtig auf dem Schaukelstuhl, er ließ den Holzboden der Hütte leise knarren. Nachdem sie ihren Kaffee genossen hatte, nahm sie ihr Strickzeug auf. Der Franz brauchte neue Socken, die alten konnte sie nicht mehr flicken. Sie waren fast fertig, nur die Spitze der linken Socke musste noch fertig gestrickt und zusammengenäht werden. Während die Nadeln klapperten und ihre Finger immer wärmer wurden, begann es draußen zu schneien und langsam dunkel zu werden.

Else sah auf die Wanduhr, es war bereits nach fünf Uhr. Es war stockdunkel, sie schaute kurz vor die Hüttentür und schloss sie gleich wieder. Der Wind hatte ihr kleine eisige Schneekristalle ins Gesicht getrieben. Es waren keine großen, dicken Flocken, die bei null Grad fielen, sondern winzige, schneidende Eissplitter. Wenn sie auf die Erde fielen, gefroren sie sofort und die Wege zur Hütte und in den Wald wurden zu einer Rutschbahn. Bei dieser Witterung hatte sich schon so mancher Wanderer die Haxen gebrochen, egal, wie gut er den Weg und das Hochtal kannte.

Else zögerte noch einen Moment, dann ging sie zum Telefon und wählte Reinholds Nummer. Sie ließ es lange läuten, sicher zehn- oder fünfzehnmal, doch niemand nahm ab. Wo der Junge nur wieder steckte, fragte sie sich. Dann wurde ihr klar, dass er und Marie sicher gerade dabei waren, die Tiere zu melken. Es konnte noch zwei Stunden dauern, bis sie wieder im Wohnhaus waren.

Else wurde bange. Wenn der Franz jetzt im Wald umherirrte oder vielleicht sogar schon auf den rutschigen Wegen ausgeglitten war und sich verletzt hatte? Oder wenn er sogar in den

Bach gefallen war und nun jämmerlich zu erfrieren drohte? Schließlich war er seit den Mittagsstunden unterwegs und hatte sich nicht einmal etwas zu essen oder zu trinken mitgenommen. Nur diesen schwarzen Plastiksack hatte er sich eingesteckt und die Jacke übergeworfen. Selbst seine Handschuhe hatte er liegen lassen.

Reinhold weiterhin anzurufen, hatte keinen Sinn. Er würde das Telefon nicht hören. Also wählte Else die Nummer der Bergrettung und versuchte dem jungen Mann am anderen Ende der Leitung sachlich zu erklären, dass ihr Mann seit mehreren Stunden im Wald unterwegs sei und sie ihn bitte schön suchen sollten, bevor er als erfrorene Leiche in ein paar Tagen geborgen würde. Und dass sie sich beeilen sollten, morgen sei schließlich Weihnachten.

Der junge Mann versuchte Else zu beruhigen, doch je mehr er auf sie einredete, desto verzweifelter wurde sie.

»Jetzt reden S' nicht lange daher, sondern gehen Sie meinen Franz suchen«, rief sie in den Hörer und legte auf. Mit Tränen in den Augen und einem dicken Kloß im Hals zog sie sich Jacke, Stiefel und Handschuhe an und verließ die Hütte, um ihren Mann selbst zu suchen. Auf die anderen war sowieso kein Verlass, denen konnte es ja egal sein, ein toter alter Mann mehr oder weniger, das machte für sie doch keinen Unterschied.

*

»Hallo?«, rief Anneliese ins Telefon. »Ist da der Reinhold?«

In der Leitung krächzte und rauschte es, als fände darin ein Schneesturm statt.

»Nein, die Marie. Wer ist da?«, fragte eine leise Stimme am anderen Ende.

»Hier ist die Pfattner Anneliese«, rief sie in die Sprechmuschel, »vom Förster die Frau. Ich muss den Reinhold sprechen.«

»Der ist nicht da. Was wollen Sie denn von ihm?« Anneliese konnte die Worte der anderen Frau nur erahnen.

»Sein Vater ist hier bei uns. Der Gufler Franz. Er soll's der Mutter sagen, damit sie sich nicht sorgt«, rief Anneliese in den Hörer. Als sie noch einmal fragte, ob Marie es verstanden habe, antwortete niemand mehr. Die Verbindung war unterbrochen worden. Anneliese legte den Hörer auf und wählte die Nummer noch einmal, doch nun wurde die Verbindung nicht einmal mehr aufgebaut. Kein Wunder bei dem Wetter, dachte sie und sah durch das Fenster hinaus auf den dunklen Weg. Der Wind peitschte den Eisregen gegen das Glas.

Anneliese ging zurück ins Wohnzimmer, wo ihr Mann sich den restlichen Speck und das Schüttelbrot schmecken ließ. Franz saß ihm gegenüber auf einem der Holzstühle und gab laute Schnarchgeräusche von sich.

»Dass ihr Männer es mit dem Schnaps auch immer gleich übertreiben müsst«, schimpfte sie und räumte die Gläser ab.

»Na horch, der Arme war ja schon ganz durchgefroren«, entgegnete Karl und gab seiner Frau einen ordentlichen Klaps auf den Hintern.

Sie zuckte kurz zusammen und lachte. »Karl, bevor der Franz nicht wieder heil daheim ist, wird das nichts. Wie heißt es so schön? Die kleinen Sünden ...«

»Jaja, Anneliese, ich weiß, die kleinen Sünden bestraft der liebe Gott zuerst. Aber kann denn Liebe Sünde sein?«

»Ich weiß, Karl. Und auf der Alm gibt's keine Sünde, weil im Herbst abgetrieben wird. Ich kenne sie alle, deine Sprüche. Nix da. Ich versuche jetzt noch mal, den Reinhold zu erreichen. Sieh zu, dass unser Gast nicht vom Stuhl fällt.«

*

Der Schnee knirschte unter Elses Schritten. Die Kälte packte sie, wie eine Hand strich sie erst über ihr Gesicht, dann kroch sie in ihre Handschuhe, in den Nacken und schließlich in die Schuhe. Else blieb in Bewegung, sie setzte tapfer einen Fuß vor den anderen und zwang sich, immer geradeaus zu gehen. Der Sturm zerrte an ihrer wollenen Mütze, wollte sie ihr vom Kopfe reißen, doch sie zog ihren Schal darüber und band ihn unter dem Kinn fest. Der Wind schmiss ihr die Eiskristalle ins Gesicht, sie schloss kurz die brennenden Augen, atmete vorsichtig die klirrend kalte Luft ein, nur ein bisschen, sonst würde sie den kalten Schmerz in der Nase nicht ertragen. Weiter ging es.

Da vorne war er, der Wald, und dort würde ihr Mann liegen. Else war überzeugt davon, dass dem Franz etwas Schlimmes passiert war. Den Fuß wird er sich verstaucht haben oder er ist im Fluss gelandet, malte sie sich aus. Liegt da, zitternd. Oder sein Herz macht nicht mehr mit. Hat in der Kälte einfach aufgehört zu schlagen. Wäre ja nicht der Erste, der in einer Winternacht bitterlich zugrunde ging. An alldem war nur der Holzwurm schuld. Hätte er die Krippe nicht auslassen können? Nun, sei's drum, Holzwurm hin oder her, der Franz war nicht mehr, schimpfte Else innerlich und dachte darüber nach, wie sie ihrem Sohn Reinhold die traurige Nachricht überbringen würde.

Der nächste Windstoß brachte Else ins Wanken. Sie sammelte sich kurz, dann ging sie die letzten hundert Meter in den Wald hinein. Stockdunkel lag er vor ihr, so dunkel hatte sie ihn nicht in Erinnerung. Sie knipste die kleine Taschenlampe an, die sie mitgenommen hatte. Die Batterie war schwach, das Birnchen flackerte ein wenig und strahlte dann müde in den Wald hinein. Else versuchte sich zu orientieren. Hier musste sie entlang, sie erkannte den Trampelpfad, der sie zum Pederbach führen würde. Sie ging weiter, hielt sich an einem großen Stein fest, der links am Wegesrand stand. Wenn sie sich nun hier verirren würde? Sie musste eine Spur hinterlassen. Sie opferte erst ihren linken, weitere hundert Schritte später ihren rechten Handschuh. Diese Entscheidung bedauerte sie keine fünf Minuten später, als sie ihre Finger vor Kälte nicht einmal mehr spürte.

Als sie das Rauschen des Baches hörte, schöpfte sie neuen Mut und ging weiter über den kleinen Pfad, bis sie endlich vor der Brücke stand, auf der Franz wenige Stunden zuvor ausgerutscht war. Sie wollte gerade auf den glatten Baumstamm steigen, als sie gegen etwas stieß. Sie erschrak furchtbar, dachte im ersten Moment, es sei Franz' gefrorener Leichnam. Hektisch und mit steifen schmerzenden Fingern knipste sie die Taschenlampe noch einmal an. Vor ihr stand der schwarze Plastiksack, den Franz mitgenommen hatte. Sie schob den Schnee beiseite und öffnete ihn. Er war randvoll mit Holzprügeln und durchnässtem Moos. Sie schloss ihn wieder. Sie konnte den Sack nicht mitnehmen, er war zu schwer und unwichtig, sie wollte schließlich nur ihren Franz heil wiederhaben.

Else trat aus dem Wald, weit und breit konnte sie niemanden sehen. In der Ferne hörte sie ein Auto, dann war es wieder still. Sie fror fürchterlich. Sie hatte Angst, Hunger, Durst. Sie drehte sich um, vor ihr lagen die ersten Wohnhäuser. In einem brannte Licht, es war das Haus des Försters. Else war keine Frau, die einfach so bei anderen Menschen klingelte und beim Abendessen störte. Doch dieses Mal machte sie eine Ausnahme, ging zur Tür und klopfte erst zaghaft, dann kräftiger. Es verging eine Minute, dann öffnete eine junge hübsche Frau die große, schwere Holztür und ließ Else eintreten.

»Ja, Else, was machst denn du da? Komm herein, du meine Güte, ganz verfroren bist du. Karl, hol den Schnaps wieder aus dem Schrank, wir haben noch einen Gast«, rief Anneliese erschrocken und nahm Else den kalten nassen Mantel ab.

»Nein, keinen Schnaps, Anneliese. Ich muss den Franz finden. Der liegt da draußen im Wald und erfriert. Oder er ist schon totgefroren. Bitte, helft's mir. Ihr habt's doch einen Hund. Bitte, der Karl, der muss mir helfen. Der arme Franz.« Else schaffte es vor Verzweiflung kaum, nicht zu weinen.

»Ach was, Else, dem Franz geht's gut, der schläft gerade seinen Rausch aus. Da in der Stube sitzt er. Jetzt komm rein und trink etwas, so holst du dir ja noch den Tod.«

*

Reinhold und drei seiner Freunde von der Bergrettung waren ausgerückt, um Franz zu suchen. Sie hatten den gesamten Wald rechts des Pederbachs abgesucht, doch von Franz war weit und breit keine Spur. Sie suchten hinter den Steinen, unter den Kiefern und Zirben, im Dickicht, im Schnee. Sie riefen seinen Namen, immer und immer wieder, doch nichts regte sich. Dann war Reinhold auf die beiden Handschuhe seiner Mutter gestoßen, ihm schwante Übles: Else hatte sich in ihrer Verzweiflung auf den Weg gemacht und nach dem Vater gesucht. Dann war sie gestürzt und hatte ihre Handschuhe verloren. Nun lag auch sie hier im Wald und erfror langsam, aber sicher. Morgen früh würde man die Leichen seiner Eltern finden und ins Dorf bringen müssen. Eine schöne Bescherung.

Was um Himmels willen hatten die beiden bei diesem Wetter im Wald zu suchen gehabt? Reinhold ging zur Brücke, die sich über den Pederbach legte. Ein Freund hatte ihn per Funk verständigt, dass er hier einen schwarzen Plastiksack voller Holz und Moos gefunden habe. Reinhold war ratlos. Er konnte es nicht verantworten, seine Freunde weiterhin durch den dunklen, verschneiten Wald zu schicken. Er würde die Suche abbrechen müssen.

»Morgen früh um sieben ist Sonnenaufgang. Wir treffen uns an der Borromeohütte. Danke euch, Männer. Ich gehe zum Förster und sag ihm, er soll uns morgen mit seinem Hund bei der Suche helfen.«

Die drei Männer gaben ihm die Hand und klopften ihm mitfühlend auf die Schulter. »Wird schon werden«, sagte der eine.

»Wenn du etwas brauchst, ich bin da«, versicherte der andere.

Traurig wandte Reinhold sich ab. Er blickte noch einmal in den Wald zurück und lauschte, doch es kamen keine Geräusche aus ihm. Kein Holz knackte, keine Schritte, kein Rufen. Nur ein Häufchen Schnee löste sich von einem Baumwipfel und fiel dumpf zu Boden. Er konnte nichts tun, nur warten und hoffen, dass seine Eltern nicht in dieser elend kalten Nacht sterben würden. Ihm stand das traurigste Weihnachtsfest aller Zeiten bevor. Dabei wollten er und Marie seinen Eltern morgen zum Heiligen Abend sagen, dass sie im kommenden Jahr Großeltern werden würden. Ihm war zum Heulen zumute.

Reinhold lief zum Haus des Försters, ging zur Tür und klopfte. Die Tür wurde geöffnet, vor ihm stand ein grinsender rotwangiger Karl. Sein Atem stank nach Selbstgebranntem.

»Na schau einer an, jetzt ist die Familie ja fast komplett«, rief er und hielt sich die Hand vor den Mund, weil er aufstoßen musste.

Reinhold starrte ihn fassungslos an. »Hast du meine Eltern gesehen?«

»Ja, komm herein, die sitzen hier bei uns. Dein Vater hat ordentlich zugelangt. Und deiner Mutter hat der Treber auch geschmeckt. Die Anneliese kocht uns jetzt einen Kaffee und dann schicken wir euch nach Hause.«

Reinhold wusste nicht, ob er vor Wut platzen oder vor Freude weinen sollte, als er die warme Stube betrat. Da saßen Franz und Else auf dem Sofa. Sie hatten rote Nasen, die eine vor Kälte, der andere vom Alkohol. Sie hielten sich bei den Händen und lächelten. Else hatte geweint, sicherlich hatten sie auch gestritten, doch nun sahen sie aus wie ein Herz und eine Seele.

»Reinhold ...«, fing Else mit leiser Stimme an.

»Nein, Mutter, sag jetzt nichts. Auf, ich bring euch nach Hause.«

Else blieb still. Franz stand auf, er schwankte ein wenig. Dann griff er sich an den *Schurz* und machte ein erschrockenes Gesicht.

»Was ist denn jetzt noch?«, fragte Reinhold. Nun würde ihm doch noch der Kragen platzen.

»Der Hirte. Der Hirte von der Krippe. Ich muss ihn im Wald verloren haben«, rief Franz und klopfte seine Kleidung ab.

»Vater, ich werde jetzt ganz sicher nicht noch mal in diesen Wald rennen und einen verirrten Schafhirten suchen. Einer hat mir gereicht.«

»Aber der gehört doch zur Krippe dazu. Morgen bei Tageslicht gehe ich ihn suchen. Das verzeiht mir der Vater nie.«

Reinhold hörte ihm nicht zu, sondern nahm Anneliese den Kaffee aus der Hand und trank ihn selbst. Er war heiß und stark und weckte seine Lebensgeister. Ohne seinen verzweifelten Vater zu beachten, ging er hinaus, holte das Auto, das er vor der Suche nur wenige hundert Meter entfernt geparkt hatte, und hielt vor dem Haus des Försters. Else kam langsam aus dem Haus und stieg ein, sie fröstelte. Franz ging vorsichtig über den Schnee und brummte ein paar Schimpfworte in sich hinein, die der liebe Gott besser nicht hören sollte.

Bevor Reinhold selbst wieder auf den Fahrersitz klettern konnte, kam Anneliese noch einmal aus dem Haus gerannt und schlitterte im Schnee auf ihn zu. Reinhold schaffte es gerade noch, sie zu halten.

»Da, Reinhold«, sagte sie aufgeregt, »ich hab ihn gefunden. Er lag neben den Schuhen von deinem Vater.«

»Wen denn, Anneliese?«

»Den Hirten, Reinhold. Also das Figürchen. Dann musst ihn morgen nicht auch noch im Wald suchen. Obwohl, wär schon schön gewesen, wenn du noch mal dahergekommen wärst.«

»Dank dir Anneliese. Bist schon ein Engel. Mach's gut und dir und dem Karl morgen frohe Weihnachten.«

TEIL II

Kapitel 7
Juni 2000

Marie stand in der Küche und rollte Teig aus. Auf dem Tisch stand bereits die grobe Masse aus Marillen, Semmelbröseln, Butter, Zucker und Zimt, mit der sie gleich den Strudelteig füllen würde. Sie wusste, wie sehr Reinhold ihren Marillenstrudel mochte, am liebsten genoss er ihn mit einem Löffel Schlagobers und einer Tasse heißen Kaffees. Zwar war der Juni keine Strudelzeit, aber was hätte sie sonst mit den vielen Marillen tun sollen, die die Nachbarin ihr am Vortag geschenkt hatte? Mindestens fünf Kilo wog die Gabe der freundlichen Frau, die mit ihrer Familie den nächstgelegenen Hof bewohnte und dort ein paar Marillenbäume einer besonders frühen Sorte hatte. Die meisten Früchte hatte Marie bereits eingekocht und zu Marmelade verarbeitet, ein ganzes Kellerregal hatte sie mit dunkelgelben Marmeladengläsern gefüllt.

Marie betrachtete kurz ihre Hände und rieb sie an ihrem *Schurz* sauber. Sie waren vom vielen Waschen und Schneiden rot geworden. Nun klebte Mehl an ihren Fingern. Bald würden ihre Hände aussehen wie die ihrer Mutter Elisabeth, dachte sie und lächelte. Marie dachte gern an ihre Mutter, vor allem wenn sie alleine zu Hause war und Süßspeisen zubereitete. Der Zimtduft erinnerte sie an die Herbstnachmittage in Katharinaberg. Damals, als sie noch zu Hause wohnte und an den Wochenenden nach dem Melken aus dem Stall in die Wohnstube zurückkam, roch es im gesamten Haus nach Zimt. Je näher sie der Küche kam, desto süßer und wärmer wurde der Zimtgeruch. Wenn es so roch, wusste sie, dass ihre Mutter wieder einmal einen herrlichen Kuchen zubereitet hatte. Egal was sie in der Küche zauberte, ob es nun ein Schokoladenkuchen, Apfelstrudel oder Marillenknödel waren, alle Süßspeisen ihrer Mutter schmeckten und rochen nach Zimt. Ihre Geschwister hatten die Mutter immer kritisiert und ihr gesagt, sie solle weniger davon in ihren

Teig mischen, doch Marie hatte es geschmeckt. Der starke Zimtgeruch gehörte zu ihrer Mutter genau wie ihr rauer, herzlicher Tonfall und das spitzbübische Lächeln, das sie selbst jetzt im Alter noch auf den Lippen hatte. Marie nahm die Zimtdose in die Hand, führte sie zur Nase und roch vorsichtig daran. Sie schloss die Augen und sah ihre Mutter vor sich, die den Ofen öffnete und vorsichtig die heiße Backform herausnahm, sich dann umdrehte und ihre Tochter rügte, weil sie wieder einmal mit dreckigen Gummistiefeln in der Stube stand.

Marie verscheuchte die Erinnerung an ihr Zuhause, drückte das Kreuz durch und streichelte über ihren gewölbten Bauch. Besonders gut fühlte sie sich heute nicht, wahrscheinlich lag ihr noch das gestrige Abendessen auf dem Magen. Immer wieder spürte sie ein Ziehen und Drücken im Bauch. Das Ungeborene strampelte und stieß alle paar Minuten gegen ihre Rippen. Hinzu kam, dass sie ständig auf die Toilette musste, obwohl sie heute kaum Wasser getrunken hatte.

Sie schob das Mehl und den Zimt beiseite, öffnete das Küchenfenster und betrachtete Reinhold und ihren Nachbarn, die gerade das Herz-Jesu-Feuer vorbereiteten. In den letzten Jahren hatten sie ein brennendes Herz gelegt, doch in diesem Jahr sollte es nur ein einfaches Feuer werden, hatte Reinhold beschlossen. »Einfach, aber dafür riesig«, hatte er gesagt.

Marie widmete sich wieder ihrem Strudel, verteilte die Füllung vorsichtig auf dem Strudelteig, strich sie glatt und rollte ihn dann ein. Dann schob sie ihn in den Ofen. Schon jetzt duftete es herrlich, sie sog die warme Luft tief ein und dachte einen Moment lang, dass sie am nächsten Tag am liebsten mit Reinhold nach Katharinaberg fahren würde, um ihrer Mutter ein Stück vorbeizubringen. Sie würde sich sicherlich riesig darüber freuen.

Als Marie sich aufrichten wollte, durchfuhr sie ein heftiger stechender Schmerz, sie konnte gerade noch den Ofen schließen, bevor die Fruchtblase platzte und ein Schwall Wasser auf den Küchenboden platschte. Erschrocken stieß Marie einen Schrei aus, versuchte, dem Wasser auszuweichen und ans Fenster zu gelangen, von dem aus sie Reinhold beobachtet hatte. Sie rief nach ihm.

Erst nach dem dritten Schrei drehte er sich um und lief ins Haus. »Was ist denn hier passiert? Hast du den Putzeimer umgeschmissen?«, fragte er.

»Das ist das Fruchtwasser, Reinhold. Der Kleine kommt. Ich habe solche Schmerzen, bitte hilf mir, ich muss mich hinlegen.«

Reinhold stützte seine zierliche Frau und half ihr, sich ins Bett zu legen.

»Ruf die Hebamme«, wimmerte Marie.

Eine halbe Stunde später traf die Hebamme ein. Reinhold begleitete die junge Frau ins Schlafzimmer, wo Marie verschwitzt und kraftlos im Bett lag. Wie lange sie schon Wehen habe, fragte sie.

»Eine knappe Stunde lang«, antwortete Reinhold.

»Und zuvor hast du nichts gespürt?«

»Nein, ich musste doch die ganzen Marillen einkochen. Da hatte ich keine Zeit für mein Bauchweh«, stöhnte Marie und wand sich unter der nächsten Wehe.

»Marillen einkochen? Mit einem Muttermund, der so weit offen ist?«, fragte die junge Hebamme entsetzt.

»Ja, fünf Kilo hat die Nachbarin gebracht. Reinhold, stell den Ofen aus, sonst gibt's morgen nur Kohle zum Kaffee«, sagte Marie zu ihrem Mann, der einen solch entschlossenen Tonfall von seiner Frau nicht gewohnt war. Er trollte sich und ging in die Küche, um nach dem Strudel zu schauen. Es war eindeutig zu früh, ihn aus dem Rohr zu nehmen, so blass, wie der Teig noch war. Plötzlich hörte er einen weiteren Schrei, Marie schien außer sich vor Schmerzen zu sein. Reinhold wurde angst und bange, wie sollte seine liebe kleine Marie das nur schaffen? Sie war doch so klein und schmal, das Baby würde unmöglich durch ihr Becken passen. Und wenn sie nun zu viel Blut verlor? Oder falls es Komplikationen geben würde und sie es nicht rechtzeitig ins Krankenhaus schafften? Reinhold wurde ganz elend zumute. Er schlich zum Schlafzimmer zurück und streckte den Kopf hinein.

»Der Strudel ist noch nicht so weit, Marie. Er ist noch ganz weiß.«

»Dann warte noch zehn Minuten. Schau aber auf die Uhr, und wehe, der verkohlt im Rohr«, rief sie, ihre Stimme überschlug sich und endete in einem kehligen Schmerzensschrei.

Reinhold lief zu ihr, um ihr die Hand zu halten, genau wie er es im Fernsehen kürzlich gesehen hatte.

»Händchen halten könnt ihr gleich«, sagte die Hebamme, »jetzt hol mir warmes Wasser und Handtücher, wir haben es bald geschafft.«

»Schau bitte erst noch mal nach dem Strudel, ich glaub, es riecht verbrannt«, sagte Marie dazwischen.

»Was soll ich jetzt tun?«, fragte Reinhold verwirrt, »Wasser holen oder den Strudel retten?«

»Beides«, riefen die zwei Frauen wie aus einem Mund.

Reinhold verließ fluchtartig das Schlafzimmer, als Marie wieder einen lauten Schrei ausstieß. Er lief in die Küche, kontrollierte noch einmal den Strudel im Ofen und nahm ihn vorsichtshalber aus dem Rohr. Dann ließ er warmes Wasser in eine Schüssel ein.

»Wie ist er geworden?«, fragte Marie, als er mit der schwappenden Schüssel vorsichtig zur Hebamme ging.

»Wer denn, Marie? Er ist doch noch gar nicht auf der Welt«, antwortete er.

»Nicht das Baby, sondern der Strudel, Reinhold. Riecht er gut?«, fragte sie noch einmal und blickte zornig zu ihm auf.

»Jetzt vergiss doch mal deinen blöden Strudel, Marie. Du bekommst gerade ein Kind. Auf das solltest du dich konzentrieren. Den anderen Braten habe ich längst aus dem Rohr geholt. Jetzt ist der hier dran.«

Die strengen Worte ihres Mannes und die ersten Presswehen ließen Maries Sorgen um den Marillenstrudel tatsächlich einen Moment lang verblassen. Sie klammerte sich an Reinholds Hand und drückte sie mit aller Kraft. Ihre Finger gruben sich in seine Hand, er spürte ihre Nägel, die durch seine Schwielen stachen. Nie hätte er Marie solche Kräfte zugetraut. Bei der fünften Presswehe platzte ein Äderchen in Maries Auge, sie krümmte sich vor Schmerzen und ließ sich völlig entkräftet auf das Kissen fallen.

Das war's dann mit meiner Frau, dachte Reinhold und kämpfte gegen die Übelkeit und die Trauer an, die ihn gleichzeitig übermannten. Nun bin ich Witwer und muss den Kleinen allein großziehen.

»Noch einmal pressen«, sagte die Hebamme, »das ist der Kopf. Luft holen und los geht's. Schau Reinhold, er ist fast da.«

Reinhold wagte es kaum, das blutige Unterfangen zu betrachten, inzwischen war er selbst so weiß wie ein Bettlaken geworden. Weinend streichelte er über Maries schweißnasse Stirn und betete heimlich ein Vaterunser. Sekunden später kam Marie wieder zu Kräften und presste mit letzter Anstrengung das Kind aus ihrem Leib.

Winzig war er, die Hebamme sorgte für einen ersten zaghaften Schrei, wickelte ihn in Handtücher und legte ihn sofort an Maries Brust. Reinholds Augen füllten sich erneut mit Tränen, als er seinen Sohn das erste Mal mit seinen Fingerspitzen berührte. Marie öffnete die Augen und betrachtete das kleine, rote, schrumpelige Bündel, das bereits die ersten zaghaften Schlückchen trank.

Die Hebamme machte sauber und gab Reinhold noch ein paar Anweisungen für die ersten Stunden bis zum Abend. Vor dem Feuer würde sie noch einmal vorbeischauen. Als sie das Schlafzimmer verließen, hörten sie, wie Marie leise sprach. Reinhold und die junge Hebamme gaben sich die Hand und er schloss die Haustür hinter ihr.

Dann näherte er sich wieder dem Schlafzimmer und lauschte den Sätzen, die Marie sprach. Erst dachte er, sie würde mit dem Baby sprechen, doch dann hörte er, wie Marie sich für die Hilfe bedankte. Ob sie wohl gerade betete? Reinhold beschloss, sie noch einen Moment lang allein zu lassen. Sie brauchte sicher ein wenig Ruhe.

Auch er musste sich erst ein wenig beruhigen, er zitterte noch immer vor Aufregung. Er verließ das Haus und ging zurück zur Wiese, um die Feuerstelle zu begutachten. Dies würde eine ganz besondere Herz-Jesu-Nacht werden. Als er sich von seinem Nachbarn zum ersten Sohn beglückwünschen ließ, hörte er, wie die Haustür ins Schloss fiel. Hatte er sie etwa nicht zugemacht? Sicher war er in Gedanken ganz woanders gewesen. Er gab seinem Nachbarn noch einmal die Hand, bedankte sich für die Hilfe und ging ins Haus zurück. Marie lag schwach, aber glücklich mit ihrem Sohn im Bett.

»Du, Reinhold, ich muss dir noch etwas sagen«, flüsterte sie, als er sich zu ihr setzte.

»Was ist denn?«, fragte er und streichelte erst sie und dann das schlafende Baby.

»Gerade eben ist sie da gewesen, die alte Hebamme aus Katharinaberg. Stell dir vor, sie hat schon mich und meine Geschwister auf die Welt gebracht. Und sie kannte meinen Vater. Danke, dass du ihr Bescheid gesagt hast, das ist wirklich lieb von dir, mein Schatz.«

»Aber Marie, im Haus war doch niemand. Die Rosemarie ist sicher schon eine halbe Stunde weg. Hast du vielleicht geträumt?«

»Nein, Reinhold, sie ist hier bei mir gewesen. Gerade eben ist sie gegangen. Hast du sie nicht hinausgehen sehen?«

Reinhold schüttelte den Kopf. Sicher hatte die Geburt sehr an Maries Nerven gezehrt. Vielleicht brauchte sie einfach nur Schlaf. Er streichelte erst ihre Wange, dann die des Kleinen und küsste beide sanft auf die Stirn. Marie schloss die Augen und schlief ein. Wen hatte sie mit der Hebamme aus Katharinaberg gemeint? Reinhold kannte die Dorfbewohner nicht gut, hatte aber wohl von einer alten Hebamme gehört, die vor über fünfzehn Jahren vom Pilzesuchen nicht mehr nach Hause gekommen war.

Kapitel 8
Oktober 2000

Lenz öffnete die Beifahrertür seines Wagens und reichte seiner Mutter Elisabeth den Arm. Sie krallte sich an ihm fest und ließ sich von ihrem Sohn vom Beifahrersitz hochziehen. Wie mager sie geworden war, dachte Lenz und reichte ihr den Stock, den er in der linken Hand hielt.

»Wir hätten doch den Rollstuhl mitnehmen sollen«, murmelte er.

»Die paar Schritte wirst du schon noch gehen können«, sagte Elisabeth und sah sich um, »wo sind wir denn hier?«

»In Martell, Mama. Du weißt doch, heute ist Kindstaufe.«

Lenz hatte die Frage seiner Mutter bereits erwartet, als er sie von ihrem Hof ins Auto gebracht hatte. Elisabeth Leitner schaffte es nicht mehr, sich an Dinge zu erinnern, die nur kurze Zeit zurücklagen. In ihrem Gedächtnis lebte nur noch die Vergangenheit von vor vierzig Jahren.

»Ach, stimmt, Hans. Weißt schon, der Kopf…«

»Lenz, Mama. Ich bin der Lenz. Nicht der Hans.« Lenz streichelte kurz den Arm seiner gebrechlichen Mutter, die sich neugierig umsah und in die Oktobersonne blinzelte. Der strahlend blaue Himmel versprach einen wunderschönen, goldenen Herbsttag.

Gemeinsam gingen sie in kleinen Schritten in Richtung der Marteller Pfarrkirche. Als sie unter der Friedhofsmauer standen, blieb Elisabeth plötzlich stehen und beäugte sie kritisch.

»Was ist denn jetzt, Mami? Komm, die warten schon. In einer Viertelstunde wird der Bub getauft.«

»Ich geh da nicht dran vorbei«, sagte Elisabeth. Plötzlich war ihre Stimme sehr viel lauter und entschlossener als sonst.

»Wieso denn nicht? Willst du in die Kirche fliegen?«

»Und wenn die Friedhofsmauer noch einmal einstürzt? Nein, Bub, das kann ich nicht verantworten.«

»Das war 1939, Mami. Da hast du doch selbst noch nicht gelebt.«

»Aber es ist passiert. Ich weiß noch, dass meine Mutter mir davon erzählt hat. Davon wurde damals im ganzen Vinschgau gesprochen. So etwas Grausiges, die ganzen Gebeine von den Menschen.«

»Dass du dich an so etwas noch erinnerst, Mami. Dabei bist du selber nicht mal aus Martell. Komm jetzt. Als Taufpate muss ich doch pünktlich sein.«

»Was? Bist du jetzt Taufpate?«, fragte Elisabeth erstaunt.

Lenz blickte ihr mit verzweifeltem Lächeln ins Gesicht. Er antwortete nicht. Der ganze Wirbel um Ferdinands Taufe war für seine Mutter wirklich zu viel. Dann tätschelte er ihr ermutigend auf die Hand und führte sie sicher an der Friedhofsmauer vorbei, die im Jahre 1939 tatsächlich einmal eingestürzt war. Er versuchte die Gedanken an all die Toten zu verscheuchen und sich auf seine Taufsprüche zu konzentrieren, die er seinem kleinen Neffen mit auf den Weg ins Leben geben würde. So recht wusste er eigentlich nicht, was man als Taufpate zu tun hatte. Nur, dass man auf das Kind achten sollte, wenn die Eltern vorzeitig sterben sollten. Und ihnen helfen, den Buben zu erziehen. Nun, der liebe Gott würde ihm schon bei seiner großen Aufgabe helfen.

Einige schwarz gekleidete Schwestern standen vor der hölzernen Kirchenpforte. Sie sprachen leise miteinander, dann gingen sie in die Kirche, wo sich bereits die Taufgemeinde versammelt hatte. In der ersten Reihe saßen Reinhold und Marie, Ferdinands stolze Eltern. Hinter ihnen hatten Franz und Else Platz genommen. Hinter den Großeltern saß Katharina mit ihrem Mann und ihren beiden Söhnen Peter und Andreas. Peter blätterte abwesend im grau eingebundenen Gesangsbuch, während Andreas sich neugierig im Kirchenschiff umsah. Er schien sich schon wieder einen Schabernack auszudenken. Lenz mochte den Aberwitz, der in den Augen des zwölfjährigen

Jungen blitzte. Man konnte bei ihm nie wissen, welchen Streich er als Nächstes spielen würde. Ob der kleine Ferdinand wohl auch eines Tages so ein Lausbub werden würde, fragte er sich und zwinkerte Andreas zu. Dann führte er seine Mutter bis zur Bank, auf der Franz und Else saßen. Er half ihr, sich auf die kalte Kirchenbank zu setzen.

»Das ist nicht mein Platz«, sagte sie zu Lenz und sah sich in der Kirche um.

»Mami, wir sind nicht in Katharinaberg. Hier ist kein Jesusbild vom blinden Maler. Das ist die Pfarrkirche in Martell. Und jetzt sei so gut ...«

»Aber warum denn immer Martell? Ich höre immer nur Martell ...«

»Ist schon gut, Mami. Heute Abend bring ich dich nach Hause und dann schauen wir in unserer Kirche vorbei. Jetzt reiß dich mal zusammen und höre die Messe.«

Elisabeth knurrte noch etwas in sich hinein, doch Lenz hörte nicht mehr hin. Er musste sich schließlich um sein Patenkind kümmern.

*

Die Familie hatte sich um das Weihwasserbecken versammelt. Es war rührend, sie alle beieinander zu sehen, dachte Lenz und nahm seiner Schwester das Kind ab. Ferdinand trug ein wunderschönes weißes Taufkleid und sah ihn aus kleinen Augen an. Lenz lächelte stolz. Marie wischte sich heimlich eine Träne aus dem linken Augenwinkel.

»Und so taufe ich dich im Namen des Vaters ...«, sagte der Pfarrer und goss einen kleinen Schwall Weihwasser auf Ferdinands Stirn, worauf dieser lautstark krähte.

»... des Sohnes ...« Wieder goss er Wasser auf den Kopf des schreienden Säuglings, der nun vollends wach war. Sein Gesicht war rot, er schien tief Luft zu holen, um den nächsten Schrei noch lauter werden zu lassen. Plötzlich spürte Lenz, wie sein Unterarm warm und nass wurde. Er wollte vor Schreck schon loslassen, hielt den Knirps aber dann doch fest und wartete, bis der Pfarrer ihn auch noch im Namen des Heiligen Geistes getauft hatte.

Der Pfarrer hatte gerade das goldene Schälchen in das Becken getaucht, als plötzlich die Kirchenglocken zu läuten begannen. Er erstarrte und sah sich um.

»Aber es ist doch noch gar nicht Mittag. Was ist das denn?«, fragte er verdutzt.

Die Familie sah sich fragend um, während die Glocken weiterläuteten. Sie schienen nicht aufhören zu wollen, sie läuteten laut und übertönten sogar Ferdinands Geschrei.

»Das ist das Wetterläuten«, rief Franz dem Pfarrer zu.

»Wie kann denn das passieren? Bei dem Sonnenschein ...«, fragte Lenz und übergab seiner Schwester das schreiende weiße Bündel, das ihm gerade auf den Sonntagsjanker gepinkelt hatte.

Plötzlich kreischte auch Katharina und rannte aufgeregt durch die Kirche. »Andreas? Andreas! Komm sofort daher! Wo steckst du, Bursche?«

Doch von Andreas war weit und breit keine Spur. Die Glocken dröhnten weiter, Ferdinand schrie, als hätte man ihn nicht nur getauft, sondern ins Weihwasserbecken geschmissen.

»Geht's da heraus, das hält ja kein Mensch aus«, orderte der Pfarrer an, »wir taufen den Bub später noch einmal. Doppelt hält ja sowieso besser.«

Mit hochrotem Kopf öffnete er das Kirchentor und ließ die Gemeinde hinaustreten. Sie entfernten sich so schnell wie möglich von dem bebenden Gotteshaus. Katharina war nicht aus der Kirche gegangen. Sie suchte ihren Sohn hinter dem Altar und zwischen den Kirchenbänken, doch er war nirgends zu finden. Wütend und mit wehen Ohren ging auch sie ins Freie.

Keine fünf Minuten später hörte das Wetterläuten plötzlich auf. Die Glocken schwangen noch ein wenig nach, dann war wieder Stille im Ort. Nach einigen Sekunden trat der Pfarrer ins Freie. An seiner Hand zappelte Andreas.

»Der Bub ist in den Glockenturm gegangen und hat den Knopf fürs Wetterläuten gefunden. Wem gehört der Rotzbengel?«

Katharina ging beschämt zum Pfarrer und verpasste ihrem Sohn vor der Gemeinde eine Ohrfeige, die mindestens so laut schallte wie die Kirchenglocken. Andreas nahm sie mit Würde entgegen und vergoss nicht eine Träne.

Kapitel 9
Juli 2003

Es war ein Jahrhundertsommer. Die Temperatur in den Tälern stieg tagsüber auf über vierzig Grad, nachts kühlte es auf kaum weniger als dreißig Grad herunter. Die Schwimmbäder und Badeseen waren überfüllt, man beklagte sich über den heißesten Sommer seit Jahren. Das Land schien auszutrocknen. Jeder jammerte, jeder wünschte sich Abkühlung. Weit und breit war das anhaltend schöne Wetter das wichtigste Thema, egal ob am Stammtisch, im Supermarkt, im Fernsehen, im Radio oder in der Zeitung: Südtirol schwitzte. Regen war seit Anfang Juni keiner gefallen und die nächsten Wochen sollten genauso trocken werden wie die letzten.

Selbst Ferdinand, der inzwischen drei Jahre alt war und sich meistens damit beschäftigte, den Hof seiner Eltern bis in den letzten Winkel zu erforschen, war es heute zu heiß. Er hatte die paar Schritte von der Haustür hinterm Wohnhaus bis zu dem steinernen Mäuerchen zurückgelegt, dann hatte er sich in den Schatten des Kellereingangs gesetzt und seinem Vater dabei zugesehen, wie er gemeinsam mit dem Nachbarn das Heu wendete. Sie riefen einander etwas zu, der Nachbar ging den steilen Hang hinunter und Reinhold setzte die Heugabel wieder an. Sein braun gebrannter Rücken glänzte in der Sonne. Er erinnerte Ferdinand ein wenig an die bräunlich schimmernde Haut der Eidechsen, die nun wieder ihre langen, schmalen Köpfe aus den Mauerritzen streckten. Ferdinand hatte die kleinen schnellen Tierchen oft beobachtet. Meistens saßen sie reglos an dem kleinen Mäuerchen aus Stein neben dem Kellereingang, wo Reinhold sein Gerümpel hineingestellt hatte. Alles konnte man hier finden, die Schubkarre mit dem platten Reifen, ein altes Jagdgewehr mit kaputtem Lauf, aussortierte Bierkisten, auf denen stolz ein Rehschädel thronte. Alte Stühle und eine Holzkiste, die niemand zu öffnen wagte, weil niemand wusste, was der alte Onkel Horst darin versteckt hatte.

Manchmal schlüpften die braunen Tierchen mit den weißen Flecken auch unter der Mauer durch und Ferdinand fand sie dann im Keller wieder. Kaum wollte er sie jedoch anfassen und ins Freie bringen, verschwanden sie flink wieder unter der Mauer und tauchten auf der anderen Seite wieder auf. Ein paarmal waren die Eidechsen auch an der Holzwand des alten Wohnhauses hinaufgekrabbelt und über den schmalen Balkon in die Küche gelangt. Marie hatte sie dann jedes Mal mit einem Kreischen in die Flucht geschlagen.

Ferdinand stand auf und rieb ein kleines Steinchen von seinem Handballen, das sich beim Aufstützen dort festgesetzt hatte. Drei Eidechsen waren inzwischen aus ihren Ritzen herausgekommen. Ferdinand startete einen neuen Versuch, eine von ihnen zu erwischen. Er schaffte es nicht, sie waren zu schnell. Er wartete noch ein wenig ab, aber etwas machte ihn stutzig. Eine Eidechse fehlte. Ferdinand ging die Mauer entlang und untersuchte die Steine. Wo tiefere Zwischenräume waren, steckte er seine Finger dazwischen und fühlte, ob sie sich dort vielleicht eingeklemmt hatte. Einmal griff er in etwas Weiches und hatte schon Hoffnung, es könne die vierte Eidechse sein, doch dann stellte er fest, dass es nur ein Spinnennetz gewesen war.

Enttäuscht ging Ferdinand wieder zu seinem gewohnten Platz an der Kellertür zurück und setzte sich hin. Er beobachtete die Eidechsen, wie sie herumflitzten und in den Ritzen verschwanden, dann wieder auftauchten und sich sonnten. Er betrachtete ihre braune Haut mit den weißen Streifen und versuchte noch einmal, eine von ihnen in die Hand zu nehmen. Es schien unmöglich, sie waren einfach zu schnell – oder er zu langsam.

Als ihm langweilig wurde, nahm er einen faustgroßen Stein von der Erde auf. Er war wütend, weil seine Freunde sich nicht fangen ließen, und wollte eine von ihnen mit diesem Stein treffen, damit er sie endlich einmal berühren durfte. Kaum hatte er den Stein in der Hand, ließ er ihn auch schon vor Schreck fallen. Unter ihm lag die vierte Eidechse auf dem Rücken, sie bewegte sich nicht. Ferdinand stupste sie erst mit dem Fuß an, ihr Körper rutschte ein paar Zentimeter über die staubige hellbraune Erde und blieb dann liegen. Die Eidechse war tot. Neugierig nahm Ferdinand sie zwischen Zeigefinger und Daumen und betrachtete sie genau. Sie war kühl und fühlte sich wie ein Stück trockenes Holz an.

Er lief den Hang hinunter, am Stall vorbei und ging zu seinem Vater auf die Weide. Reinhold schwitzte und rieb sich den Schweiß von der Stirn. Als er seinen Sohn kommen sah, steckte er die Gabel ins Heu und schaute zu ihm hinunter. Schweiß tropfte von seiner Nase.

Ferdinand streckte ihm das tote Tier entgegen.

Reinhold nahm es, sagte: »Die ist tot«, und schmiss sie einige Meter neben sich ins Gras. Dann sagte er Ferdinand, er solle zur Mama gehen, es gäbe sicher gleich Mittagessen.

Ferdinand war wütend, sagte aber nichts. Als sein Vater sich wieder an die Arbeit machte, suchte er heimlich im Heu nach der toten Eidechse und steckte sie in die Hosentasche. Dann ging er den Hügel hinauf zu seiner Mutter, die gerade damit beschäftigt war, das Gulasch nachzuwürzen.

»Ferdinand, das Essen ist fertig. Komm, wir gehen Hände waschen.«

Ferdinand zog die tote Eidechse aus der Hosentasche und hielt sie seiner Mutter hin.

Marie schrie entsetzt auf: »Ferdl! Raus mit dem Viech und wasch dir die Finger.« Sie verließ die Küche, um Reinhold zum Essen zu rufen.

Ferdinand wusste nicht so recht, was er nun mit seiner toten Eidechse tun sollte. Ob sie wohl auch Gulasch mochte? Vielleicht würde sie ja dadurch wieder lebendig werden, dachte er einen Moment lang und kletterte auf einen Stuhl, um an den Herd zu gelangen. Vielleicht konnte er sie ja mit ein wenig Fleisch füttern und dann behalten. Er steckte einen Finger in die Gulaschsuppe, aber erschrak furchtbar, weil sie kochend heiß war. Vor lauter Schreck ließ er die Eidechse fallen, die mit einem leisen Platschen in der Gulaschsuppe landete. Ferdinand sah sich um, wollte sie herausnehmen, doch dafür war das Gulasch eindeutig zu heiß. Er nahm schnell den Löffel, der neben dem Herd lag, schaffte es damit aber auch nicht, das tote Tier aus dem Topf zu holen. Immer wieder glitt es vom Löffel und fiel zurück in den Gulaschtopf. Da hörte er auch schon die Schritte seiner Eltern, sie kamen gerade zur Haustür herein. Ferdinand wusste nur noch einen Ausweg: Er drückte die Eidechse mit dem Löffel nach unten, bis sie komplett vom Gulasch bedeckt war. Niemand würde sie finden, da war Ferdinand sich sicher.

»Ferdl, komm da herunter«, rief Reinhold, hob seinen Sohn vom Stuhl und brachte ihn ins Badezimmer, um seine dreckigen kleinen Hände zu waschen. Als sie zurückkamen, hatte Marie bereits die Knödel und das Gulasch auf den Tisch gestellt.

»Komm, Herr Jesus, sei du unser Gast und segne, was du uns bescheret hast, Amen«, sagte sie leise und schöpfte erst Reinhold, dann sich selbst einige Löffel Gulasch auf den Teller. Ferdinand bekam einen halben Knödel und ein paar Stücke Fleisch serviert. Plötzlich bekam er Angst und versuchte, seinen Eltern von der Eidechse zu erzählen, die in den Topf gefallen war. Marie und Reinhold beachteten ihn aber nicht, sondern sprachen nur über den kaputten Traktor, der einen neuen Motor brauchte. Natürlich redeten sie über das Wetter und wie heiß es heute schon wieder war.

Plötzlich wurde Reinhold still und sah kritisch auf seinen Teller.

»Was ist, schmeckt es dir nicht?«, fragte Marie.

»Was hast du da eigentlich alles hineingetan?«

»Rindfleisch und Gemüse aus dem Garten.«

Reinhold zeigte auf sein Gulasch, in dem etwas langes Braunes lag, das sicher nicht zum Gulasch gehörte. »Gemüse ist schon gut und recht, aber seit wann haben wir Karotten mit vier Füßen?«

Maries Schrei war bis zur Straße zu hören. Sie nahm Reinholds Teller, kippte ihn samt der toten Eidechse ins Klo und spülte das Essen herunter. Kreidebleich kam sie in die Küche zurück, wo Ferdinand nach einer Ohrfeige weinend am Tisch saß.

»Das ist doch kein Grund, das ganze Essen wegzuschmeißen. Hättest es wenigstens den Hühnern geben können«, sagte Reinhold beschwichtigend zu Marie.

»Das ist ein Grund, das ganze Gulasch wegzuschmeißen«, fauchte Marie.

»Tote Rinder essen wir doch auch. Eidechsen sind nicht giftig, Marie, es ist doch halb so schlimm. Ferdinand, du hast ab sofort Steinmauerverbot. Heute Nachmittag bleibst du im Haus. Keine Eidechsen mehr, kapiert? Und auch keine Mäuse, Ratten oder ähnliches Viechzeugs.«

Kapitel 10
Mai 2006

Am Wochenende besuchten Reinhold, Marie und Ferdinand die Großeltern auf der Schildhütte. Es würde der letzte Sommer sein, bevor für Ferdinand im September die Schule begann. Die Großmutter sprach schon bei ihrer Ankunft mit den Eltern über den »Ernst des Lebens, der dann bald für den kleinen Ferdinand beginnen würde«. Sie sagte diese Worte mit einer Mischung aus Ernsthaftigkeit und Rührung, die Ferdinand Angst einflößte. Es schien, als würde mit der Einschulung der Spaß am Leben enden. Er freute sich nicht auf die Schule, auf das bunte Treiben, das er heimlich im Schulhof beobachtet hatte. Er hatte davon gehört, dass man dort Hausaufgaben machen müsse, Rechnen und Schreiben lernen solle. All dies sagte Ferdinand nichts. Er wollte auf seinem Hof sein, mit der kleinen Antonia von nebenan Fangen und Verstecken spielen und sich vom Vater das Kartenspielen beibringen lassen. Das »Watten« hatte ihn schon immer interessiert, vor allem weil Vater dabei immer herzlich lachte und fluchte und ein Glas mit seinen Kollegen hob; so stellte Ferdinand sich das Erwachsensein vor.

Nein, vom Ernst des Lebens wollte er wirklich nichts wissen. Er war sich sicher, dass er es auch ohne Schule zu etwas bringen würde, schließlich wusste er, wie man Ställe ausmistet, Ziegen melkt, Schafe schert und den Hühnern die Eier aus dem Nest nimmt, ohne von ihnen blutig gepickt zu werden. Er hatte so manche Mutprobe bestanden: Er war am schnellsten durch den Feuerwehrteich geschwommen, hatte auf der Wiese Kreuzottern aufgespürt – wer brauchte da schon das kleine Einmaleins? Ferdinand fühlte sich mit sechs Jahren bereits wie ein fast erwachsener Mann.

Als er an jenem Frühsommertag seinem Großvater von all diesen Heldentaten erzählt hatte, um ihn davon zu überzeugen, dass er die Schule nicht nötig habe, hatte dieser ihn schmunzelnd angeschaut und sich den blauen *Schurz* in die rechte und linke Hosentasche gesteckt. Das machte der Großvater eigentlich nur, wenn die Arbeit getan war und Großmutter zum Abendessen gerufen hatte. Doch dieses Mal war es mitten am Tag.

»Soso, Kreuzottern. Und in dem Teich bist du geschwommen? Der war doch sicher voller Schlamm, oder?«

»Nein«, versicherte Ferdinand ihm, Schlamm habe nicht an ihm geklebt, aber gefroren habe er, es sei schließlich im April gewesen. Der Teich war gerade erst vollständig aufgetaut, als er sein erstes Bad nahm.

»Alles gut und recht, Bub, aber damit kommst nicht weit im Leben. Als echter Mann musst schon auch noch etwas anderes können. Holz hacken zum Beispiel, damit du's im Winter warm an den Füßen hast.«

Ferdinand folgte seinem Großvater. Die Hoffnung, dass man ihn nach dem erfolgreichen Holzhacken von den Schulpflichten entbinden würde und er vielleicht sogar bei den Großeltern bleiben dürfe, wuchs ins Unermessliche.

Franz holte einen Hackstock aus der Scheune und stellte ihn neben dem Holzstapel, der sich hinter der Hütte befand, auf. Ferdinand betrachtete ihn kritisch. Er überragte den Hackstock um höchstens zehn Zentimeter, zudem war er für einen Jungen seines Alters eher schmal gebaut. Dann holte Franz eine Axt aus einem Eimer mit rostbraunem Wasser. Ferdinand wusste, dass Äxte mit dem Kopf im Wasser schliefen, ähnlich wie die Fische. Kiemen hätten sie allerdings keine, hatte sein Vater ihm irgendwann einmal lachend erklärt.

Der Großvater bat ihn, kurz zu warten, er würde nun nach einem Hackstock und einer Axt in seiner Größe schauen.

Ferdinand war erleichtert, nicht die mindestens fünf Kilo schwere Axt über dem Kopf schwingen zu müssen.

Großvater kam mit einigen runden Holzscheiten unter dem Arm zurück. Sie stammten von einer Lärche aus seinem Waldstück. In seiner Hand hielt er eine kleine blitzende scharfe Axt. Die übergab er Ferdinand feierlich mit den Worten: »So, Ferdl, solang du sie brauchen kannst, gehört sie dir. Aber du musst sie immer nach der Arbeit ins Wasser stellen, sonst geht der Kopf ab.«

Erst jetzt verstand Ferdinand, dass das Wasser das obere Ende des Schafts weitete und sich so der Kopf nicht lösen konnte. Mit dieser Erkenntnis und frohen Mutes ließ er sich von seinem Opa zeigen, wie man die kleinen Holzscheite entzweite. Zunächst sah er ihm nur zu, beobachtete, wie er das Beil zielgenau in das Holz schmetterte, das dann auseinandersprang. Unglaublich, dass es sich jedes Mal genau in der Mitte teilte. So eine Genauigkeit kannte er von seinem Großvater gar nicht.

Nach endlosen zehn Minuten holte Franz einen Hackklotz in Ferdinands Größe und stellte eine der Rollen darauf, führte den Jungen ein paar Schritte zurück und sagte »Hau« und »Ruck« und half ihm, das Holz mit der kleinen Axt zu treffen. Es machte einen Heidenspaß und er schaffte es, die kleineren Rollen zu genau denselben Halbmonden zu verwandeln wie der Großvater. Sie verbrachten Stunden vor dem Heustadel, schwitzten und fluchten wie echte Waldarbeiter, bis die Großmutter sie abends hereinrief, die Frittatensuppe sei fertig. Dreckig, die Haare voller Holzspäne und mit wunden Fingern wurde Ferdinand vor dem Schlafengehen in die Badewanne gesteckt. In dieser Nacht schlief er wie ein Stein und träumte davon, die nächsten drei Monate damit zu verbringen, Holz zu hacken.

Am frühen Morgen wurde er plötzlich wach. Er stand auf, der verräterische Dielenboden knarrte unter seinen Füßen, als er seine Schuhe und die alte Jacke anzog. Er ging leise aus der Haustür und zog sie vorsichtig hinter sich zu. Ein kalter, klarer Morgen empfing ihn. Die Sonne blinzelte gerade vorsichtig hinter den hohen, noch schneebedeckten Bergen hervor. Er sog kurz die Luft ein und betrachtete das Morgenrot. Es würde ein sonniger Tag werden.

Leise, um die Tiere nicht aufzuscheuchen, ging Ferdinand hinter die Scheune, wo sein kleiner Hackklotz und das Beil standen, das der Großvater ihm am Vortag überlassen hatte. Da hatte er doch glatt am Vorabend vergessen, es ins Wasser zu legen. Ferdinand taten noch immer die Knochen weh, seine Hände waren wund und rot, ein paar Blasen waren aufgeplatzt, doch das würde ihn nicht davon abhalten, noch ein paar Scheite zu spalten. Nur ein oder zwei, weil er einfach so viel Spaß daran hatte und der Großvater sich über ein wenig mehr Brennholz im Winter sicher nicht ärgern würde.

Er nahm einen Holzscheit auf und stellte ihn auf den Hackklotz. Dann griff er nach seinem Beil. Genau wie der Großvater es ihm gezeigt hatte, holte er ein wenig aus und zielte auf den Scheit. Als das Beil ihn berührte, sprang der Scheit davon, er hatte ihn ums Haar verfehlt. Verärgert hob er das runde Holzstück auf und stellte es erneut auf den Hackklotz. Dieses Mal aber, sagte er sich, dieses Mal würde er ihm schon zeigen, wer hier der Herr im Hause war. Er schwang sein kleines blitzendes Beil weit über dem Kopf und donnerte es mit aller Kraft auf das Holz. Auch dieses Mal sprang es davon und er verlor die Kontrolle über seine kleine Axt. Mit der Schneide erwischte er sein eigenes Bein und ließ sie vor Schreck fallen. Ihm wurde ein wenig schwindlig, obwohl das Bein gar nicht wehtat.

Er setzte sich hin und zog vorsichtig das Bein seiner Schlafanzughose hoch. Erst jetzt sah er, dass die Klinge des Beiles einen tiefen Schnitt hinterlassen hatte. Die Wunde war tiefrot und klaffte, er konnte die Haut so weit auseinanderziehen, dass er glaubte, den eigenen Knochen zu erkennen. Doch Ferdinand weinte nicht, er war einfach nur überrascht. Schmerzen empfand er keine. Als er aber versuchte, aufzustehen, sah er Millionen kleiner Sternchen und ihm wurde ein wenig schlecht.

Er versuchte, tief durchzuatmen und dann zu seinen Eltern zu gehen, sie sollten ihm das Bein verbinden. Mama war schon immer geschickt gewesen, es war sicher schnell erledigt. Doch das mit dem Gehen wollte einfach nicht funktionieren. Jedes Mal, wenn er auftrat, knickte er ein und ihm schwindelte. Er schaffte es nicht, vom Hackstock wegzukommen. Also begann Ferdinand in seiner Verzweiflung, um Hilfe zu rufen. Erst leise, dann immer lauter, und als davon niemand wach wurde, fing er an zu *juzen*, wie er es vom Großvater im letzten Sommer auf der Alm gelernt hatte. Er gab Schreie von sich, die man sogar im Tal hören konnte. Sie klangen wie ein freudiges »Jihaahaa!« und wieder »Jihaahaa!«, so lange, bis er heiser wurde und sein Vater halb schlaftrunken, halb wütend im Hof stand.

»Papi…«, wimmerte Ferdinand inzwischen kleinlaut, obwohl ihm das Bein immer noch nicht wehtat.

Reinhold fand ihn schließlich, kreidebleich und schwitzend auf dem Hackstock kauernd, sich das linke Bein haltend. Er kniete sich zu ihm herunter und nahm ihm die Hand von der Wunde. Ferdinand sah, wie dem eigenen Vater die Farbe aus dem Gesicht wich. Er nahm den Jungen vorsichtig auf den Arm und trug ihn in sein Bett.

Seine Mutter war wach geworden und blickte entsetzt auf die Wunde. Einen Moment lang schien sie erstarrt zu sein, dann lief sie und weckte die Großmutter. Bald stand die ganze Familie um das Bett des Jungen herum und beratschlagte, was zu tun sei. Ein Arzt sollte kommen, um die Wunde zu nähen.

»Ach was«, sagte die Großmutter, sie werde das Bein schon versorgen. Die Ärzte seien doch alle Pfuscher, in ein paar Tagen werde sich der Schnitt schon von alleine schließen, schließlich sei es ein sauberer Schnitt. Sie holte Verbandszeug aus der Küche und versuchte, Ferdinand einen gesüßten Tee einzuflößen, um seinen Kreislauf wieder in Schwung zu bringen. Dann deckte sie ihn zu und sprach ein Gebet. Auch Ferdinand bekreuzigte sich mit zitternden Händen. Dann schlief er ein.

Reinhold duldete keine Diskussion und rief die Rettung. Eine halbe Stunde später kam ein gelber Hubschrauber, setzte wenige hundert Meter neben der Hütte zur Landung an und brachte Ferdinand und seine besorgten Eltern ins Meraner Krankenhaus.

*

Als Ferdinand am frühen Nachmittag im Krankenhaus erwachte, standen die Eltern an seinem Bett. Marie streichelte ihm über den dunklen Haarschopf und konnte die Tränen nur schwerlich zurückhalten. Ferdinand verstand nicht, wo er war. Er sah sich benommen um, die Wände waren weiß, die Bettdecke war weiß, es war warm im Zimmer. Sein Vater half ihm, sich ein wenig aufzusetzen, und gab ihm Wasser zu trinken. An seinem Arm hing ein kleiner Schlauch, der ihn mit einem Beutel verband, aus dem klare Flüssigkeit tropfte. Ferdinand wollte etwas sagen, doch er hatte keine Kraft, seine Stimme blieb einfach weg.

»Pst, Ferdinand, du musst dich noch ausruhen. Sie haben dich operieren müssen«, sagte seine Mutter, doch ihre Stimme klang fremd, sie wählte seltsame Worte und sprach nicht wie sonst mit ihm.

Langsam kamen die Erinnerungen zurück. Er hatte Holz hacken wollen, doch das Holz war davongesprungen. Dann erinnerte er sich an seine Wunde und dass er laut gejuzt hatte. Ab da wurde es dunkel. Er konnte sich nur daran erinnern, dass sein Vater ihn angesehen hatte, als wäre ihm ein Geist über den Weg gelaufen.

In diesem Moment trat ein Mann ins Zimmer. Er war weiß gekleidet, trug eine runde Brille und hatte eine Mappe unterm Arm. Er lächelte freundlich und fühlte Ferdinands Stirn. »Fieber hat er fast keins mehr, das ist schon mal gut. Das Antibiotikum hat wohl gleich angeschlagen. Das Bein ist zwar noch dran, aber er hat mit seiner Axt ordentliche Arbeit geleistet und ein paar wichtige Sehnen und Muskeln durchtrennt. Das Laufen wird schwierig werden. Trotzdem, wenn alles gut verheilt, kann er in ein paar Wochen wieder nach Hause. Ich rate dazu, ihn erst mal kein Holz mehr hacken zu lassen.«

Ferdinand verstand nicht viel von dem, was der Arzt da sagte, aber als er mit der Hand unter die Decke fuhr, verstand er, dass sein Bein nun wohl kaputt war und nicht mehr so funktionieren würde wie bisher. Er bekam Angst und begann zu weinen. Erst wischte er sich verstohlen ein paar Tränen aus den Augen, doch als er wieder in das verstörte Gesicht seiner Mutter sah, konnte er Rotz und Wasser nicht mehr aufhalten. Es war das erste Mal in Ferdinands Leben, dass er wie ein Mädchen heulte. Und dafür schämte er sich fürchterlich.

Tatsächlich wurde Ferdinand bereits nach zwei Wochen aus dem Krankenhaus entlassen, was einem Wunder glich. Man entschied, ihn zunächst bei den Großeltern zu lassen. Marie und Reinhold mussten schließlich ihrer harten Arbeit auf dem Hof nachgehen.

*

Am ersten Abend, als Ferdinand endlich einmal wieder das gute Essen der Großmutter genossen hatte und in seinem eigenen Bett schlafen durfte, lauschte er den hitzigen Diskussionen zwischen seinen Eltern und Großeltern.

»Das Kind muss dieses Jahr zur Schule gehen«, rief sein Vater aufgebracht.

»Wie stellst dir das denn vor? Der Bub kann ja noch nicht mal wieder laufen. Das braucht Zeit, hat der Arzt gesagt. Und die Therapie kann er erst anfangen, wenn die Wunde ganz verheilt ist. Wegen einem Jahr wird schon nichts passieren«, hörte er die Stimme seiner Mutter und war sich sicher, dass sie schon wieder den Tränen nahe war.

»Schulpflicht ist Schulpflicht«, entgegnete Reinhold und knallte etwas auf den Tisch.

»Hört's auf herumzuschreien, sonst wacht er noch auf«, mischte sich nun auch Franz ein. »Die Schule wird sich schon noch ein Jahr gedulden können, dann wird er eben ein Jahr später eingeschult, inzwischen können wir ja jemanden herholen, der ihm Rechnen und Schreiben beibringt.«

Ferdinand hörte noch ein paarmal die Worte »Geld« und »Lehrerin« und »arme Bauern«, dann schlief er ein.

Als die Familie an einem der nächsten Tage beim Frühstück saß, eröffnete ihm seine Mutter, dass ab September eine junge Frau kommen würde, die ihn in diesem Schuljahr unterrichten würde. Sie habe mit den Lehrern seiner Schule und dem zuständigen Schulamt gesprochen und diese hatten gesagt, dass er vorerst nicht wie die anderen Kinder zur Schule müsse, was ihn allerdings nicht von der Pflicht befreien würde, jeden Tag seine Hausaufgaben zu machen und lesen zu üben.

Ferdinand betrachtete kurz sein verbundenes Bein und erkannte, dass es ihm ein unwahrscheinliches Glück gebracht hatte. Er hatte dem Ernst des Lebens noch einmal ein Schnippchen geschlagen.

Kapitel 11
Juni 2006

Drei Wochen nach Pfingsten, also pünktlich zum Herz-Jesu-Sonntag, schaffte Ferdinand es zum ersten Mal, alleine vom Bett aufzustehen und mithilfe seiner Krücken hinaus auf den Hof zu gehen. Es war warm geworden, es war bereits Ende Juni und er betrachtete, wie sich die Natur um ihn herum verändert hatte. Die Hänge im Tal waren von sattem Grün, ein paar Lämmer waren geboren, der kleine Garten, den die Großmutter hegte und pflegte, blühte in voller Pracht. Auf dieser Höhe musste der Sommer genutzt werden; die Tage, an denen die Sonne den ganzen Tag lang schien und der Natur Kraft zum Wachsen gab, waren wie in jedem Jahr begrenzt.

Der Herz-Jesu-Sonntag ging auf das Gelöbnis zurück, das im Jahre 1796 dem Herzen Jesu gegeben wurde. Damals, erklärte der Großvater, hatten die Tiroler versprochen, dem Herzen Jesu ihr Land anzuvertrauen. Dieses Versprechen hatten sie aus Angst vor den angreifenden Truppen Napoleons gegeben.

Wer denn Napoleon gewesen sei, hatte Ferdinand seinen Großvater gefragt, als er ihm die Feierlichkeiten erklärte.

»Das war ein Franzose. Das wird dir die Lehrerin schon beibringen.«

Irgendwie hatte Ferdinand in diesem Moment das Gefühl, dass der Großvater nicht recht wusste, was er auf diese Frage antworten sollte.

Auch der Freiheitskämpfer Andreas Hofer, von dem Großvater viel mehr wusste – schließlich stammte er ja aus St. Martin im Passeier und somit aus der Nähe –, hatte das Versprechen erneuert, als er am Berg Isel im Jahre 1809 gegen die Franzosen und die Bayern kämpfte und siegte. Die Bergfeuer, die in der Nacht des Herz-Jesu-Sonntags entzündet werden, sollten an die Zeichen für einen neuerlichen Kampfbeginn erinnern.

Den ganzen Tag über waren Reinhold und Franz damit beschäftigt, in der Nähe der Hütte einen riesigen Scheiterhaufen aufzurichten. In den letzten Jahren hatte auch Ferdinand stets seinen Teil dazu beigetragen, man hatte ihn in das nahe gelegene Waldstück geschickt, um ein wenig Anbrennholz zu suchen. Kleine trockene Äste lagen schließlich immer herum und er hatte immer stolz drei oder vier prall gefüllte Säcke nach Hause geschleppt. Doch in diesem Jahr war alles anders, er musste mit den Krücken gehen, die ihm das Krankenhaus geliehen hatte, und den beiden Männern dabei zusehen, wie sie die großen Äste aufschichteten.

Es war am frühen Nachmittag, sie hatten gerade zu Mittag gegessen, als eine Gruppe junger Leute durch das Tal zur Hütte hinauflief. Sie waren zu fünft, ein Mädchen und vier Buben, allesamt jünger als Ferdinands Eltern. Sie entdeckten Ferdinand, näherten sich ihm und winkten ihm fröhlich zu. Als sie den halb fertigen Holzhaufen neben der Hütte sahen, blieben sie stehen. Reinhold war wieder bei der Arbeit und sah auf. Das Mädchen lächelte ihn an. Ferdinand sah, dass sein Vater aufstand und mit ihnen sprach.

Ein paar Minuten später legten sie ihre Rucksäcke ins Gras und die vier Jungs gingen in Richtung Wald. Das Mädchen blieb stehen, blickte kurz ins Tal und näherte sich dann Ferdinand. Ferdinands erster Gedanke war, einfach zum Haus zu rennen, doch dann besann er sich, dass er hierzu nicht mehr so ohne Weiteres fähig war. Das Mädchen kam näher, sie war dunkelblond und hatte ein nettes Lächeln. Um ihren Kopf hatte sie ein rotes Kopftuch gebunden und trug Jeans, keine teuren Bergklamotten, die aussahen, als wären sie aus Plastik.

»Hallo. Ich bin die Silvie. Und wer bist du?«

»Ferdinand.«

»Hallo, Ferdinand. Darf ich dich Ferdi nennen?«

Ferdinand schüttelte den Kopf. Ferdi klang komisch. »Ferdl. Die Mami und der Papi nennen mich auch so.«

»Ferdl. O. k., also Ferdl, wir haben gerade mit deinem Vater gesprochen. Heute Abend bleiben wir hier und schauen uns das Herz-Jesus-Feuer an.«

»Herz Jesu. Nicht Jesus.«

Das Mädchen namens Silvie verdrehte kurz die Augen. Vermutlich war sie nicht daran gewöhnt, normal zu reden.

In Ferdinands Ohren klang ihre Aussprache seltsam gestelzt. »Wo sind denn deine Leute hin?«

»Äh ... wer?«

»Deine Leute. Die Männer, die bei dir waren«, erklärte Ferdinand, so gut er konnte. Unglaublich, dass dieses Mädchen nicht wusste, wer ihre Leute waren.

»Ach so, die Jungs meinst du. Die sind in den Wald gegangen, Brennholz suchen. Dein Vater hat uns gesagt, dass das früher deine Aufgabe war, aber dass du das jetzt leider nicht mehr machen kannst, weil du einen Unfall hattest.«

»Ich hab mir ins Bein gehackt. Magst mein Beil sehen?«, fragte Ferdinand das irritierte Mädchen.

Silvie schluckte kurz, doch dann ging sie langsam mit ihm in Richtung Scheune.

Ferdinand war froh, dass sein Großvater gerade einen Mittagsschlaf hielt, er hätte das Mädchen sicher vom Hof gejagt. Eigentlich mochte auch Ferdinand die Touristen nicht besonders, aber Silvie war anders. Sie war freundlich und interessierte sich für Ferdinands wichtigsten Schatz, nämlich das Beil, das er von seinem Großvater – dem er zu verdanken hatte, nun nicht mehr in die Schule gehen zu müssen – geschenkt bekommen hatte. Und dieses rote Tuch in ihrem Haar fand Ferdinand auch wunderschön.

Als sie bei der Scheune angekommen waren, keuchte Silvie vor Anstrengung. »Das ist ganz schön anstrengend mit den Krücken, oder, Ferdi?«

»Ferdl. Nicht Ferdi. Das geht schon.«

Silvie schien zu verstehen, was er meinte. »Ich bin zwar noch in der Ausbildung, aber ich werde bald eine Physiotherapeutin sein. Wenn du magst, helfe ich dir, wieder selbst zu gehen.«

Ferdinand sah sie mit zusammengekniffenen Augen an. »Eine Fü-was bist du?«

Jetzt lachte Silvie und sah plötzlich aus wie ein Engel. Nur zwei Flügel fehlten ihr.

»Physiotherapeutin. Das sind Leute, die denjenigen helfen, die zum Beispiel Schwierigkeiten mit einem Bein haben oder denen wie dir sogar ganze Gliedmaßen fehlen. Na ja, ist ja auch egal. Wenn du magst, zeig ich dir, wie du ohne Krücken gehen kannst. Dann kannst du wenigstens spazieren gehen und musst nicht immer nach deinen Stöcken suchen.«

Silvie half Ferdinand, ein paar Schritte mit nur einer Krücke zu gehen. Sie hatte richtig erkannt, dass der Junge eigentlich gar keine Krücken mehr brauchte, sondern längst aus eigener Kraft gehen konnte. Er schaffte es, fünf Schritte zu gehen, dann zitterten seine Beine so sehr, dass er ins Gras fiel.

Silvie stieß einen erschrockenen Schrei aus, doch Ferdinand lachte, winkelte das gesunde Bein an und schaffte es tatsächlich, wieder aufzustehen. Er sah sich vorsichtig um, an seinem gesunden Bein hing ein wenig Erde und er hatte sich den Arm aufgeschürft, doch das erstaunte Gesicht des blonden Engels mit dem roten Kopftuch ließ ihn allen Ärger über den Sturz vergessen.

Bald kamen die jungen Männer aus dem Wald zurück und brachten das nötige Kleinholz, um am Abend das Feuer zu entzünden. Großvater hatte anfangs ein wenig über die ungebetenen Gäste gemault: Schließlich sei das ihr Hof und ihre Tradition ...

Doch als Ferdinand ihm erklärte, dass Silvie ihm beigebracht hatte, wie man ohne Krücken lief, und die Buben fünf Packen Holz aus dem Wald geholt hatten, ließ er sie gewähren.

»Aber Platz zum Schlafen isch da keiner ... höchstens in der Scheune ...« Dann wand er sich ab und ging brummend in die Küche.

Silvie beugte sich zu Ferdinand herunter und fragte ihn, was denn der Großvater da in sich hineingebrummelt habe.

Ferdinand drückte das Kreuz durch, stemmte sich in seine beiden Krückstöcke und zitierte das, was man ihm im letzten Jahr zum Herz-Jesu-Sonntag gelehrt hatte: »Auf zum Schwur, Tiroler Land, heb zum Himmel Herz und Hand! Was die Väter einst gelobt, da der Kriegssturm sie umtobt, das geloben wir aufs Neue: Jesu Herz, Dir ew'ge Treue!«

Wieder lachte Silvie dieses herzliche Lachen, das Ferdinand jedoch keineswegs spöttisch vorkam. Eher schien sie beeindruckt davon, dass er diese paar Zeilen so fehlerfrei vortragen konnte. Nun rief sie ihre Gruppe zu sich und bat Ferdinand, es noch einmal zu sagen und es ihnen allen beizubringen. Bald stand er vor ihnen wie ein kleiner Dirigent und sang ihnen das Lied wieder und wieder vor, bis sie es auswendig kannten.

Kurz vor Einbruch der Dunkelheit entzündeten Reinhold und Franz das Feuer. Es war ein ergreifender Moment, als wie jedes Jahr immer mehr Feuer bei den umliegenden Hütten entfacht wurden und die Berge bald zu brennen schienen. Je dunkler es wurde, desto mehr flackernde rote Flecken konnten sie in der Umgebung erkennen, die nach und nach immer heller wurden. Einer der nahe gelegenen Höfe hatte ein brennendes Herz errichtet. Ein anderer hatte mit Fackeln »Ein Tirol« geschrieben. Die Luft roch nach Rauch und Freiheit. Ein wunderbarer, heimatlicher Duft, hatte Marie stets gesagt, auch wenn die schwarzen Schwaden einem in den Augen bissen und man ständig husten musste.

Ferdinands Großeltern und seine Mutter waren bei der Hütte geblieben, sein Vater Reinhold war damit beschäftigt, das Feuer nicht ausgehen zu lassen. Silvie saß bei ihren Freunden, sie hatten gemeinsam im Gras gegessen, und selbst jetzt, wo es kühler wurde und man sich bald zur Nachtruhe begeben würde, waren sie noch fröhlich.

Ferdinand näherte sich ihnen, er hörte, wie sie mit ihren Bierflaschen anstießen und lauthals lachten. Silvie hatte er nicht mehr lachen gehört, das kam ihm seltsam vor, dabei war sie den ganzen Tag über doch so fröhlich gewesen. Einige Minuten später kam Reinhold, verabschiedete sich von der fröhlichen Gesellschaft und nahm Ferdinand mit ins Haus. Er sagte leise gute Nacht, doch keiner antwortete ihm, nur Silvie drehte sich kurz zu ihm um und schenkte ihm ein Engelslächeln, das im Herz-Jesu-Feuer zu flackern schien. Ihr Gesicht war ein wenig rußverschmiert, doch das störte Ferdinand nicht im Geringsten. Dann wandte sie sich wieder ihren Freunden zu.

Als Ferdinand schließlich ins Bett kroch und sich das Bein rieb, hörte er von draußen, dass jemand völlig falsch das Tiroler Lied krakeelte und sich danach vor Lachen ausschüttete.

Keine fünf Sekunden später polterte der Großvater aus dem oberen Stock und brüllte, sie sollen bloß still sein und schlafen gehen. »Besoffen seid ihr!«, rief er. Dann wurde das Fenster zugeschlagen.

»Ja, ist ja gut, mein Gott, der Alte hat ja echt einen an der Klatsche ... war der denn nie jung?«, rief einer der Männer und seine Stimme überschlug sich dabei.

Dann wurde es ruhiger. Ferdinand hörte, wie das quietschende Scheunentor geschlossen wurde. Ein paar Minuten lang bewegte sich nichts. Er wollte schon seinen Kopf auf das Kissen legen und sich die warme Decke bis unter die Nasenspitze ziehen, als draußen Stimmen laut wurden. Die jungen Männer lachten und riefen sich etwas zu. Ferdinand öffnete das Fenster über seinem Bett und versuchte, ihre Worte zu verstehen. Die Männer hörten nicht auf zu lachen, dann wurde auch Silvie laut, doch sie lachte nicht, sie schrie spitz, als sei sie furchtbar erschrocken. Sie benutzte Schimpfworte und man hörte ein Rumpeln, das aus der Scheune drang. Ein paar Sekunden später schien sie zu weinen.

Ferdinand rutschte zur Bettkante und hinkte, so schnell er nur konnte, zur Scheune. Er kam an seinem Hackstock vorbei und aus einem seltsamen Impuls heraus nahm er seine kleine Axt aus dem Wasser. Er hatte plötzlich das Gefühl, Silvie sei etwas Schreckliches geschehen und er müsse sie beschützen. Warum sonst hätte sie so schrecklich geschrien und geweint? Mit der Axt in der linken Hand öffnete er das Scheunentor. Es war vollkommen dunkel. Aus einem Eck ertönten Schnarchgeräusche. Er sah sich um, konnte in diesem Augenblick aber weder Silvie noch die Männer erkennen.

Auf einem der Strohballen bewegte sich etwas. Ferdinand ließ sich langsam, ja fast geräuschlos auf den Boden nieder und kroch zum Strohballen. Er erschrak, als er den nackten Hintern von einem der jungen Männer erblickte, der sich auf Silvie gelegt hatte. Die restliche Kleidung hatte er noch an, an seinem Pullover hingen ein paar Strohhalme. Er hatte sich abgewandt und bewegte sich ruckartig auf Silvies weißem Körper. Silvies Gesicht war zerkratzt, das hübsche rote Kopftuch lag neben dem Strohballen. Ihre Kleidung lag um sie herum verteilt, als hätte sie sich eilig ausgezogen. Oder hatte sie etwa geschrien, weil die Männer ihr die Kleider ausgezogen hatten? Ferdinand hatte an diesem Nachmittag nicht das Gefühl gehabt, sie sei in einen der Kerle verliebt gewesen. Sie schienen eigentlich nur ganz normale Freunde zu sein.

In diesem Moment drehte Silvie den Kopf zur Seite und erkannte den einbeinigen Jungen. Entsetzt starrte sie ihn an und deutete ihm, das Weite zu suchen. Ferdinand drehte sich weg, er wollte, dass der junge Mann aufhörte, Silvies Körper unter seinem zu zerquetschen, er war viel zu dick und zu hässlich für seinen Engel. Er versuchte, ihm mit dem Fuß in die Seite zu treten, doch er schien es nicht einmal mitzubekommen und drückte sich weiter auf Silvie, die ihr Gesicht zu einer Grimasse verzog. Immer mehr Tränen liefen über ihre zerkratzten blassen Wangen.

Ferdinand sah keine andere Möglichkeit und nahm sein Beil hervor. Er rollte sich herum, holte ein wenig aus und ließ, ohne genau darüber nachzudenken, seine kleine scharfe Axt auf den Fuß des betrunkenen Mannes niedersausen. Er spürte, dass etwas abgetrennt wurde. Es war der große Zeh des Mannes.

Dem Mann entfuhr ein Schrei, er versuchte, aufzustehen, und gab so Silvies Körper frei. Ferdinand kroch hinter den Traktor. Silvie sprang auf, griff nach ihrem Tuch und suchte ihre Kleidung zusammen, dann rannte sie aus der Scheune hinaus. Nie hatte Ferdinand ein Mädchen so schnell rennen sehen, nicht einmal seine Nachbarin Antonia konnte so schnell rennen.

Der junge Mann hielt sich seinen blutenden Fuß, schrie vor Entsetzen und vor Schmerzen, seine Kameraden wurden wach, er zog sich die Unterhose hoch, immer wieder fluchte er und schrie, wer das gewesen sei. Schwankend verließ die betrunkene Gruppe keine drei Minuten später den Hof. Der Dickere, der auf Silvie gelegen hatte, strauchelte ein paarmal und flog der Länge nach hin. Seine Freunde halfen ihm auf. Dann rannten sie weiter, die Wiese hinunter, querfeldein.

Ferdinand kauerte noch immer hinter Franz' altem Traktor. Sein Herz wollte einfach nicht aufhören zu klopfen. Ihm war heiß. Er hatte Angst, dass die Männer zurückkommen würden, um ihn zu suchen. Doch noch mehr Angst hatte er um Silvie, den Engel, der einfach nackt aus der Scheune gelaufen war. Sie war nicht von hier, sie kannte sich in den Bergen nicht aus und nun war es draußen stockdunkel. Wenn sie sich nun verlief oder gar verletzte? Ferdinand wusste, dass der Berg viele Touristen behielt, weil sie von den Felsen stürzten. Und hier, zwischen der Pederspitze und dem Talschluss gab es viele Stellen, die nicht einfach zu meistern waren. Schon gar nicht, wenn es dunkel war. Arme Silvie. Wenn ich ihr doch nur hinterherrennen könnte, dachte er und betrachtete sein Beil. Nun war er doch nicht mehr ganz so stolz darauf. Als er die Schneide berührte, bemerkte er, dass sie klebte. Es war das Blut des jungen Mannes. Erst als er das gerinnende Blut zwischen seinem Zeigefinger und seinem Daumen spürte, wurde Ferdinand bewusst, dass der Mann einen Zeh verloren haben musste. Also kroch er noch einmal zu der Stelle, wo er den großen Zeh des jungen Mannes vermutete. Tatsächlich fand er ihn unter einem Bündel Heu und steckte ihn in die Tasche seiner Schlafanzughose. Dann legte er das Beil in seinen Wassereimer und hinkte zurück in Richtung Haustür.

Seine Mutter stand wach in der Tür. Sie ließ ihn ins Haus, dann musterte sie ihn erschrocken. »Wo warst du? Wo kommt das Blut her?«, zischte sie.

»Ich bin hingefallen. Hab mir aber fast nicht wehgetan«, versuchte Ferdinand seine blutigen Finger und den Dreck an seinem Schlafanzug zu erklären.

»Wir reden morgen, Ferdl. Ab ins Bett.«

Ferdinand drehte sich um und ging in sein Zimmer.

Seine Mutter folgte ihm und betrachtete traurig ihren kleinen Jungen, der so tapfer auf seinem kaputten Bein lief. Plötzlich tat es ihr furchtbar leid, ihn angeschrien zu haben. »Du warst bei der Silvie, oder?«

Ferdinand nickte nur und senkte den Kopf. Marie streichelte ihm über die Wangen und deckte ihn liebevoll zu. »Vielleicht kommt sie ja mal wieder hierher. Schlaf jetzt.«

Ferdinand griff unter sein Bett, wo er einige Zigarrenkistchen des Großvaters aufbewahrte. Jedes Mal, wenn er eines geleert hatte, durfte Ferdinand es behalten. Er öffnete eines vorsichtig, griff in die Tasche seines Schlafanzuges und legte den abgeschnittenen Zeh des dicken jungen Mannes hinein. Ferdinand empfand keinen Ekel dabei. Vielmehr betrachtete er ihn stolz. Wenn er Silvie noch einmal sehen würde, würde er ihn ihr zeigen. Er würde ihr beweisen, wie wichtig sie für ihn war und wie sehr er sie mochte. Sicher hatte noch kein anderer Junge ihr so einen großen Gefallen getan. Dann schloss er das Zigarrenkistchen und legte es unter sein Kopfkissen. Die Erwachsenen durften es nicht finden und bald würde er sich nach einem anderen Behälter umschauen müssen, schließlich würde der Zeh ja auch anfangen zu faulen. Das wusste er, seitdem er einmal einen toten Vogel in der Scheune versteckt hatte. Bald hatte es dort nach süßer, grausiger Verwesung gerochen. Morgen würde er sich bei der Großmutter ein Marmeladenglas ausleihen, sie würde es schon nicht bemerken.

Nun schloss er die Augen und stellte sich Silvies Engelsgesicht mit den schönen, dunkelblonden Haaren und dem roten Kopftuch vor. Sosehr er sich das Gegenteil wünschte, er war sich nun doch fast sicher, dass er Silvie nie wiedersehen würde. Er wusste, dass sie diese Nacht nicht überstehen würde. Sie war eine Touristin, und daher war sie einfach nicht für die Berge geschaffen. »Nachts am Berg allein, da sollte man nicht sein«, sagte die Großmutter stets, wenn sich mal wieder ein Tourist in den Wänden verstiegen hatte und Reinhold im ersten Morgengrauen mit den Bergrettern ausrücken musste, um den Leichtsinnigen wieder heimzuholen. Und wie oft hatte er auf den Gletschern und in den gewaltigen Schluchten des Martelltals nur noch die toten Körper der Menschen geborgen, die noch tags zuvor so große Stücke auf sich selbst gehalten hatten.

In dieser Nacht wurde Ferdinand krank. Seine Mutter war in der Nacht fünfmal aufgestanden, weil sie ihn weinen gehört hatte. Er hatte plötzlich Fieber bekommen. Marie und Reinhold hatten sofort sein Bein untersucht, sie waren sich sicher, dass es sich entzündet hatte, aber dem war nicht so. Die Narbe unterm Knie war rosig, doch das Kind zitterte und schwitze, ein paarmal hatte er im Fieber sogar nach Silvie gerufen. Auch am nächsten Morgen sank das Fieber nicht.

Der Arzt aus Martell wurde gerufen, doch er konnte sich das plötzliche Fieber nicht erklären. Ferdinand hatte keine anderen Symptome, keine laufende Nase, keinen Husten, er musste sich auch nicht übergeben. Der Arzt verschrieb absolute Bettruhe, kühlende Umschläge und ließ ein paar fiebersenkende Arzneien da. Dann wandte er sich mit strengem Blick an die Großmutter und befahl ihr, keine seltsamen Kräuteraufgüsse für den kleinen Patienten zu kochen, man wisse ja schließlich nicht genau, was ihm fehle. Die Großmutter strafte ihn mit demselben strengen Blick, straffte ihre Schürze und verließ wortlos die Stube.

Gegen Abend sah Großvater Franz noch einmal nach Ferdinand und versuchte, ihm ein wenig Suppe einzuflößen. Tatsächlich schaffte der Junge es, sich im Bett aufzusetzen und zitternd ein paar Löffel davon zu essen.

»Du, Ferdl«, sagte der Großvater mit sanfter Stimme, »ich hab dein Beil vorhin wieder aufgeräumt. Da hat Blut dran geklebt. Das war aber nicht von dir, oder?«

Ferdinand verschluckte sich und hustete. Dann sah er den Großvater wortlos an. Er konnte ihm schlecht die Wahrheit über den großen Zeh des jungen Mannes sagen, der sich einfach auf seinen Engel gelegt hatte. Aber den Großvater anlügen, das ging schon gar nicht.

»Hat das was mit den Deutschen zu tun, die heute Nacht im Heu geschlafen haben?«, fragte er, aber seine Stimme blieb sanft.

Ferdinand nickte.

»Hat sich einer von denen mit dem Beil wehgetan?«

Ferdinand nickte erneut. Er merkte, dass es dem Großvater recht war, dass er in diesem Moment nicht sprach.

»Du meinst, die haben das Beil genommen und einem von ihnen ist es ausgerutscht. Ist es so gewesen?«, wiederholte der Großvater, dieses Mal klang seine Stimme schon etwas lauter und strenger.

Ferdinand schluckte und nickte. Er fühlte sich elend. Großvater schob ihm noch einen Löffel Suppe in den Mund.

»Du wirst dich für alle Zeiten daran erinnern, was ich dir jetzt gesagt hab, Bub, ist das klar? Und ab jetzt gehört das Beil wieder mir, Ferdl. Bis du zur Vernunft kommst. Und jetzt schlaf.«

Franz deckte den Jungen zu, nahm den kleinen Suppentopf und verließ das Zimmer.

Kapitel 12
September 2007

Helles Licht zuckte durch die Vorhänge. Ferdinand zog die Bettdecke über die Augen und begann leise zu zählen. Bei fünf vernahm er ein dunkles Grollen. Er hielt sich die Ohren zu, nahm sein Plüschtier in den Arm und hielt es fest. Nicht, dass er selbst sich fürchtete. Aber der Bär, das wusste Ferdinand, hatte schreckliche Angst vor Gewittern. Zumindest hatte seine Mutter das behauptet und ihm empfohlen, den Bären bei Gewittern immer in den Arm zu nehmen, da dieser sich sonst ängstigen würde.

Ferdinand flüsterte einige beruhigende Worte und begann, dem Bären von seinem heutigen ersten Schultag zu erzählen. Er berichtete ihm, dass er der Älteste in seiner Klasse sei, da er ja ein Jahr später eingeschult wurde. Er erzählte ihm, dass er ab sofort neben seinem Nachbarsmädchen Antonia sitzen würde, was ihm eigentlich auch ganz recht war, weil er die anderen Kinder aus der Klasse nicht besonders gut leiden konnte. Schon heute hätten sie ihn argwöhnisch betrachtet, weil er nicht mit ihnen über den Spielplatz gerannt sei. Mit einem steifen Knie könne man einfach nicht gut rennen, erklärte er seinem Bären.

Antonia war auch nicht mit den anderen Kindern über den Spielplatz gerannt, sondern hatte sich einfach neben ihn auf das kleine Bänkchen gesetzt und eine Semmel gegessen. Dann hatte sie ihn angeschaut. »Weißt du, was mir gefällt?«, hatte sie gefragt.

»Nein«, hatte Ferdinand geantwortet, ohne sie dabei anzusehen.

»Der Zopf von deiner Mami«, hatte sie geantwortet.

»Du spinnst«, hatte Ferdinand gesagt, »warum gefällt dir denn der Zopf von meiner Mami?«

»Weil der so schön dick und lang und schwarz ist«, hatte Antonia entgegnet.

Dann hatte sie nichts mehr gesagt, nur weitergegessen.

Ferdinand hatte die anderen Kinder beobachtet und nicht mehr an den Zopf seiner Mutter gedacht. Bis jetzt zumindest. Wieder zuckte ein Blitz, dieses Mal vergingen nur drei Sekunden bis zum nächsten Donner. Er war sehr viel lauter und bedrohlicher als der letzte und Ferdinand zog seinen Bären fest an seine Brust, damit er ja keine Angst bekam. Während die Blitze zuckten und der Regen begann, an sein Fenster zu trommeln, musste Ferdinand immer wieder an Antonia und ihre seltsamen Worte denken. Wenn er nun Antonia den Zopf morgen mit in die Schule bringen würde? Die Haare seiner Mutter würden ja schließlich wieder wachsen, also würde sie sicher nicht sauer sein, wenn er ihn abschnitt. Ferdinand wartete den nächsten Donner ab, hielt seinem Bären die Ohren zu und stand dann langsam auf. Den Bären legte er unter sein Kissen und versicherte ihm, gleich wieder da zu sein. So ein Zopf war ja sicher schnell abgeschnitten.

Langsam ging er in die Küche. Die Blitze erhellten kurz den Hausflur. Ferdinand ging leise, um niemanden zu wecken. Der nächste Donner ließ ihn zusammenzucken, das Gewitter war wohl genau über ihnen. Der Wind schlug einen losen Fensterladen hin und her, der Regen peitschte nun übers Dorf, er hörte das Klackern kleiner Hagelkörner. Als Ferdinand in der Küche stand, kamen Blitz und Donner zugleich. Er erschrak furchtbar, verkroch sich kurz in die Ecke neben der Tür und hielt sich die Ohren zu. Wie es seinem Bären wohl gerade ging? Er stand wieder auf, öffnete eine der Schubladen, konnte aber keine Schere finden. Ein weiterer Blitz erhellte die Küche, da fiel sein Blick auf den Messerblock. Er streckte sich und schaffte es, das größte Messer aus dem hölzernen Block zu ziehen. Vorsichtig hielt er es mit der Schneide nach unten und ging damit in das Schlafzimmer seiner Eltern.

Reinhold schnarchte, er lag mit nacktem Oberkörper auf der Bettdecke. Sein Arm lag angewinkelt und berührte leicht Maries Kopf. Ihre Haare lagen offen auf dem Kissen, nachts trug sie keinen Zopf. Sie schliefen beide tief und fest. Marie gab keinen einzigen Ton von sich, sie schien nicht einmal zu atmen. Ferdinand betrachtete sie eine Weile, immer wieder erhellten die Blitze ihr Gesicht. Das Bettlaken lag locker auf ihrem zierlichen Körper. Plötzlich wurde Ferdinand von einer seltsamen Neugierde gepackt. Er nahm das große Messer, mit dem Marie sonst immer Fleisch schnitt, in die linke Hand und zog mit der rechten langsam am Bettlaken. Als er es anhob, sah er, dass seine Mutter unbekleidet war. Er betrachtete ihre schneeweißen Brüste, die durch den nächsten Blitz noch heller schienen. Er zog weiter an dem Bettlaken, nun erkannte er ihren nackten Bauch und ihre Scham. Seine Mutter hatte nicht nur am Kopf, sondern auch zwischen den Beinen schwarze Haare. Ferdinands Blick wanderte zurück zu ihrem Busen, der innerhalb weniger Sekunden seine Form verändert hatte.

Während ihre Brüste zuvor noch weich dagelegen hatten, schienen sie nun viel praller und spitzer zu sein. Ferdinand spürte eine leichte Wärme in sich aufsteigen, er konnte den Blick nicht vom nackten Körper seiner Mutter abwenden, der immer wieder im Gewitter aufleuchtete. Als er mit der linken Hand seinen eigenen Bauch aus Versehen streifte, bemerkte er die Beule in seiner Schlafanzughose. Plötzlich schämte er sich und ließ das Bettlaken wieder sinken.

Wie sollte er nun aber für Antonia den Zopf seiner Mutter abschneiden? Ein paar Haare würden es auch tun, Antonia war da sicher nicht kleinlich. Er versuchte, eine Strähne unter Maries Kopf hervorzuziehen, doch ihre langen Haare hatten sich im Schlaf verknotet. Er zog fester, da wurde Marie wach. Sie blickte ihn an, ein Blitz erhellte das Zimmer, sie schrie entsetzt auf.

Neben ihrem Bett stand Ferdinand, der an ihren Haaren zog und ein großes Fleischmesser in der linken Hand hielt.

»Was tust du da?«, zischte sie.

»Ich wollte nur, also, die Antonia ...«, stammelte Ferdinand.

»Raus mit dir. Warum hast du das Messer in der Hand?« Marie versuchte, nicht zu schreien, um Reinhold nicht zu wecken. Sie stand auf und zog sich schnell etwas über. Sie nahm Ferdinand das Messer ab, steckte es in den Messerblock und brachte ihren Sohn ins Bett.

Er versuchte leise schluchzend zu erklären, dass Antonia ihr Zopf so gut gefalle und dass er ihr ein Stück davon mitbringen wolle.

Marie war zunächst verärgert, doch dann nahm sie die kleine Schere von Ferdinands hölzernem Tisch und schnitt tatsächlich die halbe Länge einer Haarsträhne ab. Sie wickelte sie zusammen und legte sie in ein Stück Papier, das sie wiederum auf das Tischchen legte.

»Die Strähne kannst du morgen der Antonia mitbringen. Aber mache ihr keine Angst damit. Sag ihr, es ist ein Geschenk von mir für sie und dass sie sicher auch bald lange Haare haben wird, um selbst einen Zopf zu tragen. Schlaf jetzt, Ferdl, und lass deinen Bären nicht wieder allein.«

Ferdinand sagte nichts und wartete, bis Marie wieder im Bett lag. Dann stand er auf und nahm den Papierumschlag, in dem Maries Strähne lag. Er hielt ihn eine Weile fest in der Hand, dann legte er ihn unter sein Kopfkissen. Ganz sicher würde er das Andenken an diese besondere Gewitternacht nicht verschenken.

Kapitel 13
September 2008

Der Sommer war mild und nass gewesen, die wenigen Sonnenstunden hatten nicht die erhoffte Ernte gebracht. Die Bauern im Tal wie auf der Höhe waren schlecht davongekommen. Die berühmten Erdbeerfelder am Eingang des Martelltals hatte der viele Regen überschwemmt. Immerhin waren die Äpfel, die nun an den endlosen Spalierbäumen im Vinschgau hingen, nicht kaputt gegangen. Der Regen hatte ihnen wenig angehabt und der von allen gefürchtete Hagel war durch die milden Temperaturen ausgeblieben.

Bereits am 7. September wurden die etwa zweihundert Rinder von den umliegenden Almen ins Tal getrieben, darunter befanden sich auch Reinholds fünf Milchkühe und sein Zuchtbulle, die den Sommer auf der Weide verbracht hatten.

Ferdinand mochte die Kühe, die ihm jeden Morgen seine Milch bescherten und deren flaumige Nüstern er streicheln durfte. Sie waren gutmütig, nie hatte eine von ihnen nach Ferdinand getreten oder ihm mit dem Schweif beim Melken das Gesicht gepeitscht. An Karo hatte er das Melken gelernt; seine Mutter hatte es ihm beigebracht und war erstaunt gewesen, wie schnell er es erlernt hatte. Von diesem Tag an war Karo seine Kuh gewesen, Marie war froh gewesen, dass sie nunmehr eine Kuh weniger zu versorgen hatte. Er hatte nie Angst verspürt, wenn er sich zwischen ihren großen Leibern bewegte. Das spürten auch die Kühe und akzeptierten Ferdinand.

Anders war es mit dem Zuchtbullen. Franz hatte Manni, so hatten sie den braunen Bullen genannt, vor etwa einem Jahr bei einer Verlosung auf einem Viehmarkt im Obervinschgau gewonnen. Nur ein Los hatte der Großvater gekauft und sofort bei der Tombola den Hauptpreis gezogen. Auf der Schildhütte wurden jedoch keine Rinder gehalten, dafür lag der Hof zu hoch. Daher beschloss Franz noch vor Ort, den Bullen seinem

Sohn Reinhold zu überlassen. Stolz hatte er den Zuchtbullen an den anderen Bauern vorbeigeführt und ihn schließlich nach Martell gebracht.

Manni war ein aggressives Tier und Ferdinand hatte ihm von Beginn an nicht getraut. Anfangs war er ängstlich um ihn herumgeschlichen, hatte stets großen Abstand zu ihm gehalten, doch mit der Zeit wurde es Ferdinand zu bunt. Er beschloss, Manni ein für alle Mal zu zeigen, wer der Herr im Hause war. Er ging also eines Abends, als es Zeit war, die Kühe zu melken, auf Manni zu. Der Bulle senkte sein Haupt und schnaufte, dass es nur so aus den großen schwarzbraunen Nasenlöchern dampfte. Ferdinand ließ sich davon nicht abhalten und ging mit von Stolz geschwellter Brust auf ihn zu. Doch Manni war nicht besonders beeindruckt von dem kleinen Jungen, der da in sein Terrain eingedrungen war. Also nahm er Anlauf und stob auf Ferdinand zu, der es gerade noch über den Zaun schaffte, bevor Manni ihn auf die Hörner nehmen konnte. Somit war die Rangordnung auf der Wiese ein für alle Mal festgelegt worden: Ferdinand hatte den Kürzeren gezogen.

*

Die Großeltern waren zum Almabtrieb gekommen, schließlich handelte es sich um ein wichtiges Ereignis. Marie hatte mit Elses Hilfe bereits morgens um acht Uhr die Kühe auf der Alm für diesen großen Tag geschmückt. Die schweren Kuhglocken blitzten in der Spätsommersonne, ihre Köpfe waren mit allerlei Kräutern, Wiesenblumen und Moos geschmückt.

Karo war ein echter Hingucker, dachte Ferdinand lächelnd, als er auf die Rückbank des alten graugrünen Fiat Pandas mit Allradantrieb kletterte. Franz' altes Auto war unzerstörbar, nahezu unsterblich. Seit zwanzig Jahren schaffte es langsam, mit heftigem Tuckern und Schaukeln, jede erdenkliche Steigung und kam auch in eisigen Wintern nie ins Schleudern.

Marie und Reinhold gingen mit den vier Kühen und Manni, dem Zuchtbullen, voran. Der Weg war weit: Vorbei an den Erdbeerfeldern mussten sie ins Dorf, am Gasthof Enzian vorbei, an der Friedhofsmauer entlang, durch die Gand und weiter hinunter bis zum großen Freizeitgelände.

Während der Fahrt sah Ferdinand sich auf der hinteren Sitzbank des alten Pandas um, allerlei Dinge lagen hier herum. Papier, eine alte Bierflasche, auch Franz' alte Jacke war hier gelandet. Gelangweilt durchstöberte Ferdinand die Taschen, während sein Großvater den Wagen über die Dorfstraße lenkte. Er spürte etwas Hartes in der Innentasche der Jacke, fühlte und fand schließlich seine Steinschleuder wieder. Sein Großvater hatte sie also die ganze Zeit hier versteckt, nachdem er Ferdinand nach den ersten Versuchen, die Murmeltiere damit zu treffen, dabei erwischt hatte. Die ganze Zeit hatte sie hier gelegen.

Ferdinand betrachtete sie wie einen Schatz. Dann sah er sich weiter auf der Rückbank um, allerlei Dreck war hereingekommen, Stroh und Kieselsteinchen säumten den Rand der Fußmatten. Mit einigen konnte man schon etwas anfangen, sie waren groß genug. Groß genug jedenfalls, um sich an Manni zu rächen. Würde er den Bullen treffen, würde er sicherlich wütend werden. Ein wütender Bulle wurde weggesperrt und im besten Fall an einen anderen Bauern verkauft oder vielleicht sogar erschossen. Man konnte ja nie wissen, was er noch anstellen würde.

Allerdings konnte er den Bullen nicht sofort ärgern, schließlich waren die Großmutter und seine Eltern bei ihm, und er würde womöglich ausbrechen und sie verletzen. Das konnte Ferdinand nicht riskieren. Also wartete er ab, bis sie zum Gasthof Edelweiß kamen, wo die Erwachsenen normalerweise gemeinsam einen Treber tranken.

Tatsächlich hielt Franz beim Gasthof an, stieg aus dem Wagen und sagte: »Nur fünf Minuten, Ferdl, dann geht's weiter. Brav sein.«

Ferdinand antwortete nicht und wartete, bis seine Großeltern und Eltern die Steintreppe hinaufgegangen waren, die zum Gasthof führte. Er drehte die Scheibe herunter und zielte mit dem ersten Kieselstein auf den Bullen. Er traf ihn nicht. Ferdinand öffnete die Tür und zielte erneut auf Manni, dieses Mal traf er und der Bulle schnaubte. Auf dem Boden fand Ferdinand nun endlich einen Stein, der dem Bullen würdig war. Er war entsprechend groß und würde ihn zur Weißglut bringen. Ferdinand spannte die Schleuder, so weit er konnte, nahm den Bullen ins Visier und traf ihn am Kopf. Manni brüllte und setzte sich in Gang. Er galoppierte auf dem Weg, sah weder rechts noch links, er war zorniger, als Ferdinand es sich erhofft hatte. Wo allerdings die junge Frau auf der Straße auf einmal hergekommen war, konnte er sich nicht erklären. Mit aufgerissenen Augen musste er zusehen, wie Manni sich ihr in rasender Geschwindigkeit näherte. In Sekundenschnelle überrannte er sie einfach. Die junge Frau stieß einen Schrei aus, dann blieb sie reglos auf der Straße liegen. Manni kam zum Stehen. Er sah sich kurz um und schabte mit den Klauen.

Ferdinand erwachte aus seiner Starre und setzte sich mit klopfendem Herzen auf seine Sitzbank. Die Steinschleuder ließ er wieder in der alten Jacke seines Großvaters verschwinden und legte sie genau an dieselbe Stelle, an der er sie gefunden hatte. Manni stand noch immer auf der Straße und starrte vor sich hin. Wahrscheinlich wusste er nun nicht mehr, wo er sich befand. Plötzlich tat der Bulle ihm leid, doch er konnte ihn schlecht zurück auf die Wiese führen.

Keine drei Minuten später traten Großvater, Reinhold und Marie aus der Gasthaustür. Marie erschrak, als sie Manni allein auf der Straße, abseits von den Kühen, entdeckte. Dann entdeckte sie die junge Frau, die noch immer auf der Straße lag. Sie hatte sich keinen Zentimeter bewegt. Sie schrie nach Reinhold und Franz, die sofort nach der Frau sahen und furchtbar erschrockene Gesichter machten. Sie rannten zurück in den Gasthof, vermutlich um die Rettung zu rufen und auf den Schrecken einen zweiten Schnaps zu trinken.

Manni stand noch immer auf der Straße und wusste scheinbar nicht, wohin. Ferdinand nahm sich ein Herz, öffnete die Tür des Autos und ging langsam auf Manni zu. Dieser senkte den Kopf nicht, sondern betrachtete ihn mit dunklen, traurigen Stieraugen.

»Es tut mir leid, Manni. Ich habe das nicht gewollt«, flüsterte er.

Der Bulle kam langsam auf ihn zu. Ferdinand hob seine Hand und streichelte seinem ehemaligen Rivalen über die weiche Nase, wie er es stets bei Karo tat. Der Bulle bewegte sich nicht. An seinem Horn hing ein kleiner Stofffetzen, er war grün und stammte sicherlich aus der Jacke der Frau, die er gerade überrannt hatte. Ferdinand zog ihn vorsichtig ab und steckte ihn in die Hosentasche. Irgendwann, wenn er wieder einmal auf der Schildhütte sein würde, würde er der Großmutter ein weiteres Marmeladenglas stehlen, den Stofffetzen hineinstecken und ihn neben dem abgehackten Zeh und der Haarsträhne seiner Mutter in seine Trophäensammlung geben.

Noch bevor die Rettung eintraf, saß Ferdinand wieder auf dem Rücksitz des alten Pandas und wunderte sich, wie einfach es war, mit einem Zuchtbullen Frieden zu schließen.

*

Während Franz, Else und Marie die Kühe und den noch immer verstörten Manni zum *Trattla,* dem Marteller Freizeitgelände, führten, wartete Reinhold auf die Rettungskräfte. Sie waren schnell zur Stelle, doch der jungen Frau konnte nicht mehr geholfen werden. Manni hatte ihr das Genick gebrochen, sie hatte wohl nicht gelitten. Den Martellern war das Gesicht der Toten nicht unbekannt. Es handelte sich nicht um eine schaulustige Touristin, sondern um die junge Lehrerin aus dem Dorf.

Als Reinhold eine knappe Stunde später den Panda in Richtung Festplatz lenkte, sah er seinen Sohn durch den Rückspiegel an und sagte: »Ferdl, ich muss dir etwas Trauriges sagen. Die junge Frau, das war deine Lehrerin. Die Frau Hofer, du weißt schon ...«

Ferdinand konnte die Traurigkeit seines Vaters nicht nachvollziehen. Er antwortete zwar nicht, doch insgeheim konnte er sein Glück kaum fassen: Zwar war er eingeschult worden und musste neben Antonia nun schon seit einem Jahr die Schulbank drücken, aber immerhin würde ab sofort die Sportstunde nicht mehr stattfinden, an der er sowieso nicht teilnehmen konnte. Er dachte an Manni und dankte ihm. Außerdem versprach er ihm, dass er ihn nie und nimmer verraten würde.

»Du bist so still, Ferdl. Geht's dir nicht gut?«, fragte Reinhold besorgt und betrachtete seinen Sohn im Rückspiegel. Er erkannte ein leichtes Lächeln auf seinen Lippen.

»Nein, Papi, mir geht's gut. Jetzt ist alles in Ordnung«, flüsterte Ferdinand, während der Panda den Ortsteil Gand hinter sich ließ.

*

Drei Tage später – Reinhold, Marie und Ferdinand saßen gerade am Küchentisch und aßen zu Mittag – klopfte es heftig an der Haustür. Marie fuhr vor Schreck zusammen. Es passierte selten, dass jemand hier vorbeikam. Reinhold legte die Gabel ab, mit der er gerade seinen Speckknödel zerteilt hatte, erhob sich und öffnete die Tür. Der Dorfpolizist stand davor.

»Habe die Ehre, Oberkofler, was führt dich denn daher?«, begrüßte er den Mann in Uniform.

»Grüß Gott, Reinhold. Ich muss euch ein paar Fragen stellen, wegen der Lehrerin, du weißt schon ...«

»Was denn für Fragen?«

»Wir müssen rausfinden, ob das wirklich ein Unfall war.«

»Was soll es denn sonst gewesen sein, Oberkofler?«, fragte Reinhold und musste eine Sekunde lang an Ferdinands Lächeln denken, das er bei der Autofahrt beobachtet hatte.

»War jemand von euch dabei, als es passiert ist?«

»Nein, wir waren im Gasthof. Nur der Bub war im Auto.«

Oberkofler bat, mit Ferdinand sprechen zu dürfen. Reinhold wollte ihn zwar schon zum Teufel schicken, da kam Ferdinand aus der Küche gehinkt.

Er betrachtete den Jungen mitleidig und begrüßte ihn mit einem freundlichen Lächeln.

»Ich war im Auto und hab geschlafen. Ich bin aufgewacht, weil die Frau geschrien hat. Aber da war der Manni schon weitergerannt.«

Der Polizist nickte und streichelte Ferdinand über die dunklen Locken. Wahrlich ein tapferer Junge, dachte er. So klein und doch so aufmerksam. Und wie geschickt er schon wieder gehen konnte. Die armen Eltern, sie machten schon etwas mit. Er hätte den Jungen am liebsten in den Arm genommen. Doch das durfte er nicht, schließlich war er im Dienst und hatte Zeugen zu befragen.

»Gut, Ferdinand. Danke, dass du mir das erzählt hast. Ich melde mich, wenn noch etwas sein sollte.«

Reinhold schüttelte Oberkofler die Hand und wischte sich kurz über die Stirn, als dieser wieder zur Dorfstraße hinaufging. Er blieb mit Ferdinand einen Moment lang in der Tür stehen, dann kniete er sich zu ihm herunter. »Ferdl, warum hast du nicht die Wahrheit gesagt? Du hast doch alles gesehen. Du hast doch gar nicht geschlafen. Du musst immer die Wahrheit sagen, hörst du?«

Ferdinand hatte nicht damit gerechnet, dass sein Vater es merken würde. »Weil ich nicht will, dass der Manni verhaftet wird.«

Reinhold unterdrückte ein Lachen.

»Ferdl, wenn jemand verhaftet wird, dann bin ich das, weil ich der Besitzer vom Manni bin.«

»Ich will auch nicht, dass du verhaftet wirst, Papi.« In Ferdinands Augen glitzerten Tränen. Plötzlich sah er seinen Vater hinter einem eisernen Gitter sitzen, wie in den Filmen, die ab und an im Fernsehen kamen.

»Das wird schon nicht passieren, Ferdl. Aber ab sofort keine Lügen mehr, versprochen?«

*

»Herr, erbarme dich.
Christus, erbarme dich.
Herr, erbarme dich.
Christus, höre uns.
Christus, erhöre uns.
Gott Vater im Himmel,
erbarme dich unser.«

Ferdinand saß in der zweiten Reihe der Kirche in Martell und lauschte den vielen murmelnden Stimmen der Trauergemeinde. Eine halbe Stunde dauerte das Rosenkranzbeten für die junge Lehrerin inzwischen, die drei Tage zuvor auf der Dorfstraße umgekommen war. Sie habe den Bullen geärgert, hieß es im Dorf. Sie sei unvorsichtig gewesen, sagten die anderen. Sie habe zuvor im kleinen Gasthof am Wegesrand einen zu viel gehoben, sagten die Lästerer. Sie sei unglücklich verliebt gewesen und habe sich absichtlich vor den rennenden Bullen geschmissen, sagten die Mitleidigen. Danke dir, Manni, sagte Ferdinand still in sich hinein und war der Einzige, der bei dieser heiligen Betstunde keine Träne zerquetschte, auch keine falsche.

Erst hatte er gebettelt, nicht beten gehen zu müssen. Doch Marie kannte kein Pardon. Er sei schließlich derjenige gewesen, der die junge Frau zuletzt lebend gesehen habe, da sei es doch wohl selbstverständlich, dass er für ihr Seelenheil bete.

Als er seinen Großvater fragte, warum man für die Toten beten müsse, antwortete dieser nur nüchtern: »Weil die Leute sonst reden. Und ein bisschen beten hat noch niemandem geschadet, dir auch nicht.«

Die Kirche war voll, man hatte sie gekannt, die Hoferin. Sie war seit ein paar Jahren Lehrerin der Grundschule in Martell gewesen. Ein blutjunges Ding, nicht verheiratet, aber hübsch und die Männer hatten es wohl alle auf sie abgesehen.

Der Pfarrer hatte die Familie Gufler freundlich begrüßt und Ferdinand die bleiche, fischige Hand auf die Wange gelegt. Es war ihm unangenehm gewesen. Ferdinand mochte es nicht, wenn man ihn mitleidig streichelte, schließlich war er ein Mann mit einem gewissen Erfahrungsschatz und kein kleiner Junge mehr. Der Pfarrer aber bedachte ihn mit einem Lächeln, das mindestens so weich wie seine weißen Hände war, und bat ihn, recht weit vorne Platz zu nehmen, da lägen ein paar Kissen, sodass er mit seinem steifen Bein auch bequem auf der Kirchenbank sitzen konnte.

Ferdinand verzog zwischen der zwanzigsten und fünfundzwanzigsten Perle des Rosenkranzes ein paarmal vor Schmerzen das Gesicht, um den Pfarrer so dazu zu bewegen, die Litanei vielleicht ein wenig früher zu beenden. Doch dem war nicht so. Der Pfarrer hängte ein Gebet ums andere an, als wolle er dem armen Kind damit ein wenig Mitleid vom Herrn verschaffen.

Mitten im Gebet an die heilige Maria öffnete sich plötzlich quietschend die Tür des Gotteshauses und vier Touristen, bewaffnet mit teuren Digitalkameras, platzten mitten in die himmlischen Verse. Die Trauergemeinde drehte sich beinah geschlossen um, die Fremden sahen sich einer schwarz gekleideten, vorwurfsvoll glotzenden Menge gegenüber.

Ferdinand betrachtete den Großvater, dessen Gesicht eine rötliche Farbe angenommen hatte. So rot wurde der Großvater nur, wenn er ein paar Treber zu viel getrunken hatte oder wenn ihm vor Wut der Kragen platzte. Dieses Mal war es der Zorn, der ihm das Blut ins Gesicht trieb. Er stand auf und ging mit schweren Schritten durch den Mittelgang auf das Grüppchen zu, das sich gerade in die hintere Reihe setzen wollte, um dem gemeinsamen Beten zu lauschen.

»Raus da, das ist eine Trauerfeier. Da gibt's nichts zum Fotografieren«, knurrte er wie ein Hund, bereit zum Angriff.

»Franz, lass das. Jeder ist in diesem Gotteshaus willkommen«, rief der Pfarrer von der Kanzel. Seine hallende Stimme hatte einen strengen Ton angenommen.

Die Gemeinde drehte sich zu ihm um. Was für ein Spektakel, und das mitten in einem Rosenkranz!

»Das ist eine Kirche und kein Ötzimuseum. Alles was recht ist, aber das geht zu weit. Raus da! Wir wollen in Frieden trauern und nicht dabei gefilmt werden«, polterte Franz. Die Augen der Gläubigen folgten nun seinem Gang in den hintersten Teil der Kirche.

Die Gruppe hatte sich bereits erhoben und wollte sich eingeschüchtert trollen. Keiner außer dem Pfarrer hatte den Mut gehabt, sich den mächtigen Worten des Schildbauern zu widersetzen. Durch die Trauergemeinde war ein Raunen gegangen, einige hatten verschämt gehüstelt, andere miteinander geflüstert. So etwas dürfe nicht passieren, nicht bei einem Rosenkranz, nicht in einer so traurigen Stunde. Die einen gaben dem Franz recht, die anderen dem Pfarrer. Ein jeder Christenmensch dürfe in der Kirche sein, ob nun *Doige* oder nicht.

Ferdinands Herzchen hatte wie wild in seiner Brust getrommelt, niemals hätte er damit gerechnet, dass der Großvater es wagen würde, ein paar Touristen vor die Kirchentür zu setzen.

»Ihr bleibt hier. Alle. Franz, setz dich hin. Dein Platz ist hier vorne bei deiner Familie. Bitte, nehmt Platz und betet mit uns für die junge Agnes Hofer, die einem schlimmen Unfall zum Opfer gefallen ist. Vater unser im Himmel.«

Mit diesen Worten sprach der Pfarrer das letzte Machtwort. Als die Litanei nach einer weiteren Viertelstunde endete, nahm Franz seinen Janker und verließ das Gotteshaus. Bis zu seinem Tod, so schwor er sich selbst, würde er es nie wieder betreten.

Kapitel 14
Oktober 2009

Der erste Schnee fiel bereits Mitte Oktober. Im Tal regnete es tagelang, das hohe Gebirge legte innerhalb einer Woche ein weißes Gewand an. Ferdinands Bein, das selbst nach Jahren noch empfindlich auf das Wetter reagierte, hatte keine Zeit gehabt, um sich an die niedrigen Temperaturen zu gewöhnen, und so litt der Junge unter gehörigen Schmerzen, bis seine Großmutter endlich die richtige Kräutermischung gefunden hatte, die seine Schmerzen zu lindern wusste. Eine Prise *Blauer Eisenhut* habe noch niemandem geschadet, murmelte sie jedes Mal, wenn sie Ferdinand die dampfende Tasse hinstellte, man dürfe es nur nicht übertreiben mit dieser besonderen Blüte.

Reinhold und Marie kamen mittlerweile fast jeden Freitagabend, sobald es ihre Arbeit im Tal erlaubte, mit Ferdinand auf die Schildhütte, um den beiden betagten Herrschaften zur Hand zu gehen. Zu tun gab es in der spartanischen Hütte jederzeit und ein Nachbar hatte sich angeboten, das Vieh im Stall so lange zu versorgen.

An diesem Wochenende hatte Reinhold sich vorgenommen, die *Schupfe* aufzuräumen und die Skiausrüstung auf Vordermann zu bringen. Schließlich hatten die Meteorologen viel Schnee für die nächsten Wochen vorausgesagt.

Am späten Nachmittag setzte Reinhold sich an den Tisch in der warmen Stube, an dem Ferdinand seine Buntstifte ausgebreitet hatte und sich gerade darin übte, die ersten vollständigen Sätze auf einen Block zu schreiben. Er machte ein mürrisches Gesicht, diese Schreibaufgabe war nun wirklich kein Vergnügen.

Reinhold lächelte, ein wenig konnte er die Trübsal seines Sohnes ja nachvollziehen, er selbst hatte seine Kindheit auch lieber an der frischen Luft als am Schreibtisch verbracht. Er nahm seinem Kind den blauen Stift aus der Hand, zog das

Heftchen an sich und schrieb in großen Buchstaben das Wort »Lawine« auf. Dann schob er seinem Sohn das Heft wieder hin.

»Lawine«, las Ferdinand vor.

»Und weißt du auch, was eine Lawine ist?«

Ferdinand nickte eifrig. Von Lawinen hatte er schon viel gehört. Das Fernsehen sprach oft davon, wie gefährlich sie waren. Einmal hatte Reinhold ihm einen Film am Computer gezeigt, auf einem Programm, das sich »Jiutiub« nannte. So richtig hatte Ferdinand nicht verstanden, was es mit dem Programm und dem komischen Namen auf sich hatte, aber dann hatte Reinhold ihm einen Film vorgeführt, der ihm die Sprache verschlagen hatte. Der Film hatte eine Lawine im Passeiertal gezeigt. Zwei Männer hatten vom Balkon eines Hauses eine riesige Schneemasse gefilmt, die sich vom Berg ins Tal ergoss, dabei Bäume mitriss und sich den Häusern bedrohlich näherte. Die Gebäude blieben zwar stehen, doch die Türen wurden von den Schneemassen blockiert, man konnte nur über die oberen Fenster ins Freie gelangen. Die Lawine kam schließlich auf einer kleinen Steinbrücke zum Stehen.

Ferdinand war damals schwer beeindruckt gewesen. Dann hatte er Reinhold mit leuchtenden Augen gefragt, ob er so etwas schon einmal selbst erlebt habe. Reinhold hatte verneint und gesagt, er hoffe, nie eine Lawine selbst erleben zu müssen, sie seien schlimm und gefährlich und es sei leichter, darunter zu sterben als mit dem Leben davon zukommen.

Den Jungen aber hatte die Lawine fasziniert. Dass der sonst so friedlich daliegende Schnee so mächtig sein und Bäume wie Zaunpfähle umpflügen konnte, dass er nicht zum Halten kam, dass er sich so schnell bewegen konnte, damit hatte Ferdinand nicht gerechnet. Wieder und wieder fragte er Reinhold über die Lawinen aus und konnte einfach nicht genug bekommen von der weißen Macht, die sich über die Straßen des Dörfchens ergoss.

Reinhold erklärte ihm, dass Lawinen von alleine entstehen konnten, dass es viele verschiedene Arten von Lawinen gab und dass einige nicht besonders gefährlich waren, während andere viele Menschenleben gekostet hatten. Er erzählte ihm von einem furchtbaren Lawinenunglück, das sich vor einigen Jahren im Dörfchen Galtür in Österreich ereignet hatte und bei dem viele Menschen gestorben waren, nachdem es wochenlang ohne Unterlass geschneit hatte. In Galtür waren viele Touristen gewesen und konnten nicht ausreisen, weil alle Straßen um sie herum gesperrt waren. Sie mussten ausharren, auch wenn sie nach Hause wollten. Nur wenige hatte man rechtzeitig mit dem Hubschrauber herausfliegen können. Der Ort war überfüllt. Eines Tages, es war gegen vier Uhr am Nachmittag gewesen, hatte sich plötzlich der Himmel verdunkelt und dann hatte man ein Toben vernommen, das aus den Bergen kam. Für die Einwohner von Galtür und die Touristen gab es kein Entkommen: Sie wurden von der riesigen Lawine überrollt, erstickt, getötet, einfach zerdrückt. 31 Menschen starben.

Marie hatte den Erzählungen ihres Mannes gelauscht, während sie der Großmutter beim Vorbereiten der Speckknödel zur Hand gegangen war. Diese wenigen Worte über die Gefahr der Lawinen reichten, um Marie zum Weinen zu bringen. Sie schmiss ihren *Schurz* auf die Küchenbank und lief zur Tür hinaus. Ferdinand sah überrascht auf, Reinhold legte den Stift ab, den er noch in den Händen hielt, und ging seiner Frau nach, um sie zu trösten.

»Warum weint denn die Mami?«, fragte Ferdinand besorgt.

Die Mami sei traurig, erklärte ihm Franz. Bei dem Wort Lawinen sei sie schon immer weinend davongerannt, weil sie Angst vor ihnen habe. Viele Menschen hier in Südtirol seien unter den Lawinen gestorben, auch Menschen, die Marie selbst gekannt hatte. Jedes Mal, wenn die Lawinen zur Sprache kamen, wurde Marie an diese Personen und ihr unglückliches Schicksal erinnert.

Einige Minuten später kamen Reinhold und Marie in die Stube zurück. Maries Augen waren gerötet, sie schniefte ein wenig. Ihre Haare waren nass geworden, auch von Reinholds Kopf tropfte es auf den hölzernen Küchentisch.

Die Familie setzte sich zum Abendessen. Großmutter sprach ein kurzes Tischgebet und sie aßen still miteinander. Kein Wort wurde gesprochen. Draußen in der Dunkelheit prasselte der Regen gegen die Fenster. Dann und wann rüttelte ein Windstoß an den Dachbalken der Schildhütte.

Gegen zehn Uhr abends, als Ferdinand längst im Bett lag, wurde der Wind so stark, dass Reinhold noch einmal hinausgehen musste, um die Fensterläden der Schildhütte zu sichern. Sie drohten allesamt aus den Angeln gehoben zu werden, so sehr wütete das Wetter im Hochtal.

Auch Ferdinand wurde von dem Heulen des Sturms und dem Rütteln an der Hütte wach. Niemand war zu sehen, er hörte nur das Fluchen und Hämmern seines Vaters, der versuchte, die Fensterläden hinterm Haus mit Brettern festzunageln. Ferdinand stand ein paar Minuten in der Haustür, der Wind peitschte ihm den Regen ins Gesicht. Wie kleine eiskalte Splitter fühlte er sich an. Er fröstelte, er sog ein wenig von der kalten Luft ein, Schneegeruch lag in der Luft.

Auch Franz war wach geworden und sah seinen Enkel in der Tür stehen. Er kniff ihn vorsichtig in die Schulter. Normalerweise war der Großvater kein Mann der Zärtlichkeit. Er hatte Ferdinand von Kindesbeinen an wie einen jungen Mann behandelt und dieser konnte sich nicht daran erinnern, einmal von ihm gestreichelt worden zu sein. Dennoch war der Großvater ihm der Liebste auf der Welt. Er respektierte ihn und er spürte, dass auch der Großvater ihn mit Achtung behandelte.

»Kannst du auch nicht schlafen? Das ist vielleicht ein Wetter«, sagte Franz und sah nach draußen.

»Opi, kommt jetzt der Schnee?«, fragte Ferdinand und sah in das müde, schon lange nicht mehr rasierte Gesicht des alten Mannes.

Franz sah fahl aus unter der schwachen Glühbirne, die im Flur hing und nun gespenstisch im Wind hin und her schaukelte. Er schloss die Tür und führte seinen Enkel zurück in dessen Bett.

Erst als Ferdinand schon unter der Bettdecke lag, bemerkte er, dass der Großvater ein Buch in der Hand hielt. Er befürchtete einen Moment lang, dass er nun auch noch nachts das Lesen üben müsse, doch dem war nicht so. Franz schlug es auf. Es war ein Bilderbuch. So eines, wie man es in den Läden im Dorf kaufen konnte, doch es war abgenutzt, vielleicht hatte Marie es von zu Hause mitgebracht. Es roch modrig, nach Staub und feuchtem alten Papier. Ein paar Sekunden lang suchte Franz nach der richtigen Seite und begann schließlich, Ferdinand die Geschichte des alten Zufall-Grafen vorzulesen, der vor Hunderten von Jahren mit seiner Familie im Martelltal gelebt hatte.

»Es war vor langer, langer Zeit der Zufall-Graf, der mit seiner Familie und dem Gesinde, mit all seinen Knechten, Mägden und Dienern, im Martelltal lebte. Der Graf war ein guter Mann, er beschützte seine Familie und war stets darauf bedacht, dass sie nicht zu Schaden kamen. Die Jahre verstrichen und der Graf fühlte sich wohl im schönen *Plimatal*. Er genoss die lichten Sommertage und das milde Klima. Selbst im Winter war es ihm und seinen Untertanen nie zu kalt geworden, sie litten keinen Hunger und mussten nie frieren. Der Graf und seine Familie hatten ein schönes Leben.

Je älter der Graf aber wurde, desto schlechter wurde sein Augenlicht. Bald wurde der Mann blind und er wusste, dass seine Tage gezählt waren. Doch er war nicht unglücklich: Hier, im schönsten aller Täler, zu sterben, das ängstigte ihn nicht.

Mit den Jahren war der Graf vollkommen erblindet. Es war ein kälterer Herbst als die früheren, er spürte es in seinen alten Knochen. Die Luft war klirrend kalt. Eines Morgens kam ein Mädchen zu ihm, es war seine Tochter. Ihre Stimme zitterte, doch nicht etwa, weil sie Angst vor dem Grafen hatte, sondern vor

Kälte klapperten ihre Zähne. Sie streckte dem Grafen ihre Hand entgegen und führte ihn hinaus ins Freie. Der Graf berührte den Boden, auf den an diesem Morgen der Reif gefallen war und fühlte etwas Kaltes, Graupeliges. Der Graf erschrak furchtbar.

»Was ist das, Vater?«, fragte das Mädchen, das nun ebenso erschrocken war wie der blinde Graf.

»Wir müssen fortziehen von hier, hier wird bald niemand mehr wohnen können, kein Vogel wird mehr singen, kein Gras wird wachsen und selten eine Blume noch blühen. Das ist Reif, und dieses Gebiet wird sich in eine unwirtliche Gegend verwandeln.«

Und so flüchtete der Graf mit seiner Familie und seinem Hofstaat, um weiterzuziehen. Der Schnee war's. Er hatte sie vertrieben.«

Ferdinand hatte der Stimme des Großvaters gelauscht und gespannt die Bilder betrachtet. Den Grafen hatten sie als alten Mann mit langem schlohweißen Bart dargestellt, seine Augen waren grau gemalt. Ob jeder Blinde wohl graue Augen hatte? Ferdinand schlug vorsichtig noch einmal die Seiten um, bis er bei dem Bild anlangte, das das junge Mädchen mit dem Schnee in der Hand zeigte. Es war blond und hatte eine winzige Stupsnase, außerdem hatte man ihr rote Bäckchen gemalt. Ferdinand konnte die Augen nicht von der Zeichnung nehmen, das Mädchen verschwamm ein bisschen und er fand, dass es Silvie immer mehr ähnelte, je länger er es ansah. Wo sie jetzt wohl war? Ob sie damals in der Herz-Jesu-Nacht den Weg vom Berg hinunter gefunden hatte?

Der Großvater bemerkte, dass sein Enkelsohn das Bild intensiv betrachtete und nicht mehr davon lassen konnte. Er blieb neben ihm sitzen und flüsterte: »Ferdl, komm, jetzt wird geschlafen. Du kannst das Buch morgen wieder anschauen.«

Doch der Junge reagierte nicht.

Franz wusste nicht recht, ob er ihm das Buch aus den Händen nehmen sollte, doch dann entschied er sich, einfach das Licht auszumachen und den Jungen in Frieden zu lassen. Er stand auf und wünschte ihm leise eine gute Nacht.

Ferdinand schlug langsam das Buch zu und legte es unter sein Bett, genau neben die beiden Marmeladengläser, die er aus dem Vorratsschrank der Großmutter genommen hatte, um seine Trophäen darin unterzubringen.

Arme Silvie, dachte er und schloss die Augen. Am Berg allein, da sollst nicht sein.

*

Die ganze Nacht hatte der Sturm im Bergkessel und über der Schildhütte getobt, doch Haus und Scheune hatten den Kräften der unbändigen Naturgewalt standgehalten. Kein Balken war verrutscht, nur ein wenig Gartenwerkzeug und ein alter Plastikeimer befanden sich nicht mehr an ihrem Platz.

Mehr als zehn Zentimeter Schnee waren in der Nacht gefallen. Still war es jetzt am späten Vormittag, als Ferdinand an seinem kleinen Tischchen saß und wie gebannt aus dem Fenster ins weiße Nichts blickte. Still und einsam, keine Wanderer weit und breit, keine Steinböcke, keine Dohlen, ja nicht einmal Gämsen waren zu sehen. In der Ferne sah er etwas über den Steilhang flitzen, der zur Schildspitze führte. Sicher war es ein Murmeltier, das es nicht rechtzeitig in seinen Bau geschafft hatte. Was hätte er dafür gegeben, dem kleinen Tier nachspringen und es fangen zu dürfen. Doch er konnte nicht. Immer mehr wurde ihm bewusst, dass er nie wieder richtig rennen können würde. Nie wieder würde er auf einem Schlitten sitzen. Oder etwa doch?

Ferdinand wartete bis nach dem Mittagessen, wenn sich die Erwachsenen zur Ruhe legen würden. Er war sich sicher, denn bei diesem kalten Wetter schliefen sie gerne ein wenig in ihren warmen Betten. »Wie es früher die Schäfer machten«, sagte Reinhold dann immer mit einem Schmunzeln. So recht verstand Ferdinand allerdings nicht, was denn die Schafhirten mit der Mittagsruhe zu schaffen hatten. Er aß also brav seine Suppe auf und ließ sich dann von Marie in sein Zimmer bringen. Ferdinand drehte sich auf die Seite, schloss die Augen und wartete geduldig, bis sich ihre Schritte entfernten. Dann hörte er ein leises Kichern aus dem oberen Stockwerk und war sicher, dass seine Eltern nun bald schlafen oder eben das tun würden, was die Schäfer immer taten. So genau interessierte Ferdinand das nicht.

Er zog sich seine Winterstiefel an und ging hinaus. Auf Handschuhe verzichtete er, so kalt war es ja nun doch nicht. Sein Schlitten, ein roter Plastikbob, den Marie auf einem Flohmarkt im Dorf für wenig Geld erstanden hatte, lehnte noch immer an der Wand hinter der Scheune. Ein paar Spinnweben hingen daran, aber die störten Ferdinand herzlich wenig. Er legte den Schlitten auf den Schnee und band sich das lange Seil um den Bauch. So hinkte er Meter um Meter durch den Neuschnee und kam schließlich an einer Stelle an, an der sich die Wiese ein wenig Richtung Tal neigte. Es würde sicherlich keine lange Abfahrt werden, aber zum Üben reichte es allemal. Hier konnte er es probieren. Eigentlich sollte das Schlittenfahren kein Problem darstellen, schließlich musste man ihn ja mit den Händen lenken und bremsen, die Füße waren hierfür überhaupt nicht nötig.

Er setzte sich in den roten Bob. Anfangs musste er mit den Händen ein wenig nachhelfen, sie waren bereits rot vor Kälte und schmerzten, doch der Schmerz störte den Jungen weniger als der Umstand, ständig in der Hütte sitzen zu müssen und von der verlorenen Freiheit zu träumen. Dann ging es plötzlich bergab. Ferdinand spürte die Bodenwellen unter sich, der Bob kam in Fahrt und er jauchzte vor Glück. Der Fahrtwind blies durch seine dunklen Locken, er verspürte eine unbändige Freude. Er lenkte seinen Schlitten sicher über den Hügel, bremste hier und da ein wenig und kam schließlich abrupt zum Stehen, als ein

Felsbrocken im Weg stand. Um ein Haar wäre er aus dem Bob herauskatapultiert worden, doch er schaffte es eben noch, sich festzuhalten. Ein wenig unbeholfen und mit klammen Fingern rollte er sich aus dem Bob.

Nun musste er den Hügel wieder hinaufkommen. Das hieß, er musste den Hügel wieder hinaufstapfen und den Bob hinter sich herziehen. Ferdinand zog verzweifelt an dem Schlitten, die Bremsen hatten sich an irgendetwas verhakt und er konnte ihn nicht befreien. Ihm war zum Heulen zumute, zuerst versuchte er wie sein eigener Großvater zu fluchen, doch auch das half nicht, zudem kannte er noch nicht genügend Schimpfwörter für eine solch verzwickte Lage. Er zog weiter an dem Bob, grub im Schnee, dann endlich löste er sich und rutschte ein paar Meter weiter, bis er wieder zum Stehen kam.

Jetzt konnte Ferdinand auch entdecken, worin sich der Schlitten verfangen hatte. Es war ein dreckiges rotes Tuch. So ein Tuch besaß auch der Großvater, um sich die Nase zu schnäuzen. Und genauso eines hatte Silvie in der Herz-Jesu-Nacht als Kopftuch getragen. Neben der Verzweiflung über seinen Schlitten und den Berg, den er nun auf allen vieren erklimmen musste, hielt er nun auch noch das Tuch in der Hand, das sein Engel vor drei Jahren hier verloren haben musste.

Einige Minuten später hallten Rufe von der Schildhütte. Die Eltern hatten sein Verschwinden bemerkt. Sie eilten den Abhang herunter und fanden dort ihren kleinen Ausreißer wie ein Häufchen Elend im Schnee sitzen. Nachdem Marie ihm erst eine Ohrfeige verpasst und ihn dann in eine warme Decke gewickelt hatte, entdeckte sie das Tuch, das er in seiner Hand hielt. Sie fragte ihn, woher er es habe.

»Das ist das Tuch von …«, versuchte Ferdinand zu erklären, doch seine Zähne klapperten allzu sehr.

»Von wem denn? Jetzt sag aber nicht, dass es von der Deutschen ist, die damals hier war.«

Ferdinand nickte frierend. »Wo ist sie, Mami?«

»Ich weiß es nicht, Ferdl. Sie hat es hier nur verloren. Dem Mädchen geht es sicher gut.«

Zum ersten Mal im Leben zweifelte Ferdinand an den Worten seiner Mutter. Er spürte, dass es Silvie nicht gut ging. Einen Moment lang, während sein Vater ihn schnaufend zur Hütte zurücktrug, stellte er sich vor, dass Silvie und die junge Lehrerin nun gemeinsam im Himmel beim lieben Gott lebten. Als er dies dachte, landete eine einzelne Schneeflocke auf seiner Nase.

TEIL III

Kapitel 15
März 2010

Ferdinand hatte seinen Großvater noch nie so wütend gesehen wie an diesem Samstag im März. Gerade eben war ein Herr vom Amt da gewesen, ein kleiner grauhaariger Mann, der sich als Herr Ennemoser vorgestellt hatte. Er war am späten Vormittag auf der Schildhütte aufgetaucht und hatte sich mit Franz in die warme Stube gesetzt. Ferdinand hatte beobachtet, wie Else Kaffee in der Filterkanne aufgesetzt und ihn dann mit Milch und Zucker serviert hatte. Sie hatte nicht viel gesagt, nein, eigentlich hatte sie mit dem Ennemoser außer einem mürrischen »Grüß Gott« gar kein Wort gewechselt. Dann war sie hinausgegangen und hatte Ferdinand zu sich gewunken. Ferdinand war ihr hinterhergehumpelt.

Kurz nachdem Ferdinand und Else die Stube verlassen hatten, wurden drinnen die Stimmen der beiden Männer laut. Man musste nicht lauschen, um zu verstehen, worum es ging. Ennemoser wollte den Schildbauern darüber informieren, dass man im Pedertal eine Rodelbahn aufstellen wolle. Sommer- und Winterbetrieb, eine Riesensache. Es ging ihm nicht etwa darum, seine Bewilligung zu bekommen, schließlich gehörte ihm das Land auf der anderen Seite des Pederbachs ja nicht. Nein, er hatte sich nur hier heraufbemüht, um die Besitzer der Hütte darüber in Kenntnis zu setzen, dass die Rodelbahn innerhalb dieses Jahres für die Touristen, die in den niedriger gelegenen Hütten untergebracht waren, eröffnet werden sollte. Es sei ja unwahrscheinlich praktisch, dass nur vierhundert Höhenmeter unter dem Hang, wo die Rodelbahn entstehen solle, die Enzianalm liege, da müsse man sich nicht einmal um die Parkplätze kümmern. Einen Sessellift würde man bauen, auf dem die Leute vom Talschluss in einer Viertelstunde heraufgebracht würden, um dann mit Volldampf über das Hochtal und durch den Wald sausen zu können. »Eine Hetz«, versprach der Beamte.

Daraufhin hatte es in der Stube zwei- oder dreimal laut gepoltert und ein verschreckter Ennemoser war aus der Tür gestolpert. Der grauhaarige, dürre Mann drehte sich noch einmal zu Franz um, der mit hochrotem Gesicht in der Haustür stand und dem Mann mit erhobenem Zeigefinger drohte: »Schau zu, dass du Land gewinnst, Ennemoser. Dir und deinen Touristen, ich wird euch schon zeigen, wo ich euch die Rodelbahn hinschieb ... *su per il culo*.«

Ennemoser fuhr herum, es war nicht ganz eindeutig, ob er ebenfalls zornig oder eingeschüchtert war. Ein Windstoß kam und zerzauste ihm die grauen Locken, während er rückwärts in einen Hundehaufen latschte. Verärgert sah er an sich herunter und schimpfte nun nicht nur mit seinem Hund Krambambuli, der sein Geschäft einfach vor der Haustür verrichtet hatte, sondern auch auf den unwilligen Bauern: »Du weißt ja nicht, was du da redest, Schildbauer. Du kannst dir ja gar nicht vorstellen, was du für ein Geld machen könntest, wenn du nur mal deinen Dickschädel vergessen würdest. Aber ist ja egal, unten im Tal stehen sie schon Schlange, um eine Würstchenbude oder einen Après-Bob aufzumachen. Wirst schon sehen, was dir entgeht.«

»Eine Würstchenbude? Und am besten auch noch eine Speckworld wie an der Staatsstraße, oder? Das würde euch so passen. Und jetzt runter von meinem Hof, sonst lass ich den Hund los.« Der Großvater war inzwischen aus der Tür getreten und hatte die Mistgabel aus dem noch halb gefrorenen Haufen genommen.

Ferdinand ging grinsend zu dem aufgebrachten roten Terrier, der seit Ennemosers Eintreffen abwechselnd geknurrt und gebellt hatte, und hielt ihn noch einen Moment lang am Halsband, bevor er ihn losließ.

Ennemoser hatte die Gefahr wohl nicht ganz erkannt, jedenfalls drehte er sich noch einmal zu Franz um und wollte ihn weiter von seiner Rodelbahn und deren wirtschaftlichen Vorteilen beschwatzen.

Franz, mit der Mistgabel bewaffnet, ging nun mit schweren Schritten auf den schmächtigen Beamten zu und befahl seinem Hund, dem sie den geschichtsträchtigen Namen »Krambambuli« gegeben hatten, sich des Herrn Ennemoser anzunehmen. Dieser rannte daraufhin eilig zu seinem Auto, suchte nach den Schlüsseln und versuchte, sich mit Tritten gegen den Hund zu wehren. Der Hund knurrte und war bereit, nach ihm zu schnappen, sobald man ihm den Befehl dafür gab.

Doch der Großvater blieb still und so konnte Krambambuli, den sie der Einfachheit halber meistens nur »Krambler« nannten, dem Fremdling nur Angst einjagen, bis er endlich in seinem Auto saß und den Motor anließ. Eine Katze hatte es sich unter dem noch warmen Wagen gemütlich gemacht und sprang nun mit einem beleidigten Fauchen davon, als er mit quietschenden Reifen auf die Schotterstraße fuhr.

Ferdinand konnte sich nicht mehr zusammenreißen und lachte laut auf, als das Auto in einer Staubwolke verschwand.

»Da gibt's nichts zu lachen, Ferdl. Der meint es ernst mit seiner Rodelbahn«, waren Franz' letzte Worte, bevor er in der Wohnstube verschwand, um auf all diesen Ärger einen Treber zu trinken.

Krambambuli kam zurückgetrottet und ließ sich von Ferdinand streicheln. Ein wenig enttäuscht war der Bub schon, dass sein Großvater dem Hund nicht den Befehl gegeben hatte, den Mann zu fassen. Nicht ein Stofffetzen hing zwischen den Zähnen des Tieres.

»Nächstes Mal …«, flüsterte der Junge seinem Hund zu, der nun schon seit drei Jahren bei ihnen auf der Schildhütte lebte.

Franz' Wut kühlte erst gegen Abend ab, als er seinem Sohn Reinhold von dem Besuch des Beamten erzählte. Reinhold erwiderte wirsch, dass die Schuld sicherlich nicht bei diesem armen Mann liege. Vielmehr habe er vor einiger Zeit erfahren, dass es eine öffentliche Ausschreibung gegeben habe, bei der jeder mitbieten habe dürfen. Nun stand der Gewinner eben fest, Ennemoser habe nur die unschöne Aufgabe gehabt, es ihm mitzuteilen.

Einen Moment lang schien es dem Großvater um den Mann leidzutun, doch schließlich siegte sein Stolz und er brummte nur, dass er sich nun nicht mehr hier heraufttrauen würde, so viel sei jedenfalls sicher.

*

Ennemoser brachte den Mut, sich der Schildhütte und ihren Besitzern noch einmal zu nähern, tatsächlich nicht auf. An seiner Stelle erschienen keine zwei Wochen später drei Herren in einem bulligen neuen schwarz glänzenden Range Rover mit Schneeketten.

Die Großmutter wurde hellhörig, als sie das Motorengeräusch hörte, wischte sich die Hände am *Schurz* ab und trat aus dem Stall. Ferdinand war ihr mit kleinen, leichten Arbeiten zur Hand gegangen und folgte der Großmutter neugierig.

Die drei Männer stiegen aus dem Auto. Es waren keine Südtiroler, auch keine Italiener, sie kamen aus der Schweiz. Der dickste von ihnen – er trug einen eleganten schwarzen Anzug und zog sich schnell einen lodenen Mantel über – streckte der Großmutter die Hand zum Gruß entgegen.

Diese betrachtete ihn nur skeptisch und stemmte die Fäuste in die Hüften. »Wer sind Sie?«

»Gnädige Frau, mein Name ist Weggli. Ich komme aus der Schweiz, das sind die Herren Seppi und Waldörfer, meine Mitarbeiter. Ich suche den Hausherrn.«

»Der Hausherr hält gerade Mittagsruhe«, antwortete sie in holprigem Schriftdeutsch, »da müssen Sie schon ein andermal kommen. Was wollen Sie überhaupt von ihm?«

»Gnädige Frau, wir sind von der Firma, die hier die neue Rodelbahn und den Sessellift bauen wird. Deshalb müssten wir kurz mit Ihrem Herrn Gemahl alles durchsprechen. Wir können auch gerne einen Moment warten.«

Während die Großmutter mit den Schweizern über Franz' Mittagsruhe verhandelte, war Ferdinand ins Haus gehumpelt. Es schien ihm sinnvoller, den Großvater zu wecken, als die Großmutter weiter mit den drei Herren alleine draußen zu lassen.

Als Franz endlich wach wurde und Ferdinand ihm flüsternd erklärt hatte, wer da vor der Tür stand, war er nicht mehr aufzuhalten. Er stampfte in seinen weißen Unterhosen aus dem Schlafzimmer, ging in die Stube und nahm die Schrotflinte von der Wand, rannte zur Tür hinaus auf den Hof und gab einen knallenden Warnschuss ab. Das Echo hallte von den umliegenden Bergen, eine Schar Dohlen flog kreischend auf, Krambambuli bellte erschrocken. Die Großmutter fuhr herum, sah ihren Mann in Unterhosen und mit dem Jagdgewehr bewaffnet auf der Türschwelle stehen, rot im Gesicht, die Weißglut in den Augen.

»Hab ich mich nicht deutlich ausgedrückt? Verschwinden sollt Ihr, runter von meinem Hof! Und kommt ja nie wieder hierher, sonst kehrt Ihr heim wie ein Schweizerkäse.«

»Aber werter Herr … Nun regen sie sich doch nicht gleich so auf«, versuchte Weggli ihn zu beschwichtigen.

Ferdinand beobachtete ihn. Seine Hand zitterte, er war blass geworden. Und doch hatte er den Mut, sich dem wutentbrannten Großvater zu nähern. Der aber setzte das Gewehr erneut an. Weggli kam keine drei Schritte weit, da knallte es erneut. Weggli, seine beiden Mitarbeiter und Else zuckten gleichermaßen zusammen. Ferdinand staunte mit offenem Mund. War der Großvater dazu fähig, auf einen Menschen zu schießen? Das hätte er von dem guten alten Mann nie und nimmer erwartet. Es erfüllte ihn mit einer seltsamen Mischung aus Stolz und Ehrfurcht, Franz so zu sehen. Er verteidigte alles, was ihm lieb und teuer war. Seine Familie, seinen Hof, seine Freiheit, er schützte sie vor den Eindringlingen aus der Schweiz und vor dem Touristenrummel, von dem Ennemoser vor wenigen Tagen gesprochen hatte. Er war ein wahrer Mann der Berge, ein echter Held, und Ferdinand war stolz vor Freude, als Weggli davonrannte und seinen Leuten befahl, ins Auto zu steigen.

Als der Range Rover davonpreschte, ging Ferdinand zu seinem Großvater, der noch immer in Unterhosen in der Hüttentür stand, und umarmte ihn. Er spürte, dass Franz vor Wut zitterte. »Opa, du bist der Größte. Die kommen nie wieder, nie und nimmer. Denen hast du es gezeigt.«

Franz drehte sich um, zog sich ein Paar Hosen an und schenkte sich einen doppelten Schnaps ein.

Die Großmutter saß inzwischen leichenblass am Küchentisch. Sie betrachtete ihren Mann kopfschüttelnd und flüsterte: »Wirst schon sehen, Franz, bald kommen sie dich holen. Dieses Mal kommst du nicht so einfach davon.« Dann stand sie auf und kehrte in den Stall zurück.

*

Am nächsten Morgen um acht Uhr, Ferdinand und die Großeltern saßen gerade beim Frühstück, war die Polizei bereits zur Stelle. Sie sagten nicht viel und legten dem Großvater auch keine Handschellen an. Franz wehrte sich nicht und ließ sich von ihnen zum Auto führen. Als Ferdinand ihnen hinterherhinkte, um die Männer davon zu überzeugen, den Großvater dazulassen, drehte dieser sich zu seinem Enkel um und befahl ihm, sich nun um die Großmutter zu kümmern, er komme schon zurecht und sei auch bald wieder zu Hause. Ferdinand blieb stumm zurück. Als er sich umdrehte, stand die Großmutter vor ihm. Ihre Wangen waren tränennass.

Reinhold und Marie waren schnell zur Stelle, um die untröstliche Großmutter und den aufgebrachten Ferdinand zu beruhigen. Noch am selben Abend fuhr Reinhold hinunter zur nächsten Polizeiwache und fragte die diensthabenden Beamten, was sie denn nun mit dem einsitzenden Franz zu tun gedachten. Die Beamten konnten ihn beruhigen, am nächsten Morgen würde man ihn schon wieder gehen lassen. Es gehe eben nicht an, dass der Schildbauer einfach so wild in der Gegend herumschieße, um die Menschen aus dem Tal zu vertreiben.

Reinhold zeigte sich einsichtig, dennoch konnte er seinen Vater verstehen. Wer wollte schon eine Rodelbahn in der unmittelbaren Nachbarschaft haben? Aber dieses Mal musste Franz sich seinem Schicksal fügen; gegen gewisse Entscheidungen war man eben machtlos. Und so machte Reinhold sich wieder auf zur Schildhütte.

Seine Mutter brach erneut in Tränen aus, als sie erfuhr, dass sie nun mit einem Sträfling verheiratet war und die folgende Nacht das erste Mal seit über fünfzig gemeinsamen Ehejahren alleine im Bett verbringen musste.

Auch Ferdinand verstand die Welt nicht mehr. Der Großvater im Gefängnis, warum denn das? Weil er seine Leute und sein Land verteidigt hatte? Plötzlich wurde der Bub fuchsteufelswild, er heulte und schrie, man solle den Opa freilassen, er habe ja schließlich niemandem etwas getan. Seine Eltern hatten Mühe, ihn wieder zu beruhigen und ihm zu erklären, was Recht und was Unrecht war. Ferdinand hörte zwar auf, herumzutoben, doch einverstanden war er nicht. In seinen Augen war der Franz ein heldenhafter, ehrenwerter Mann, dem man vielmehr ein Denkmal setzen sollte.

Kapitel 16
März 2010

Am nächsten Vormittag fuhren Reinhold, Marie und die Großmutter hinunter zur Polizei, um Franz nach Hause zu holen; doch sie verpassten seine Entlassung. Franz hatte sich – kurz nachdem Oberkofler ihm noch einmal ins Gewissen geredet hatte – alleine auf den Weg gemacht. Unten an der Straße, die die Dörfer mit dem Zufrittsee und dem Talschluss verband, war er auf einen alten Freund gestoßen. Josef Gruber hieß er. Sie kannten sich seit ihrer Kindheit, hatten sich aber seit fast fünfzig Jahren nicht mehr gesehen und somit auch fast nicht mehr erkannt. Er ließ Franz in seine klappernde alte Rostlaube einsteigen und brachte ihn bis zum Parkplatz an der Enzianalm.

Über die Wiedersehensfreude hatte Franz den ganzen Ärger mit den Schweizern und der Polizei vergessen. Er lud Sepp Gruber ein, ihn ein Stückchen durch den noch immer verschneiten Wald zu begleiten, schließlich hatten sie sich so einiges zu erzählen. Und so machten sich die beiden Männer auf, den Pederbach entlang durch den Wald und dann durch das Hochtal bis hinauf zur Schildhütte.

Ferdinand saß vor der Hüttentüre und schmiss für Krambambuli Stöckchen, die der Hund mit viel Gebell und Schwanzwedeln aufsammelte und ihm zurückbrachte. Es war ein kalter Tag im März, fast schien es, als würde es noch einmal beginnen zu schneien. Ferdinand hätte nichts dagegen gehabt, den nahenden Frühling und die Temperaturschwankungen noch ein wenig aufzuschieben. Er mochte das kalte, stabile Klima, denn selbst nach über fünf Jahren war sein längst verheiltes Bein noch immer wetterfühlig.

Als er den Großvater und den fremden Mann von Weitem auf die Schildhütte zukommen sah, hinkte er ihnen vorsichtig entgegen. Die beiden Männer näherten sich schnell, er hörte sie lachen und plaudern. Sie mussten sich schon lange kennen, denn normalerweise war der Großvater kein Mann, der sich so ausgelassen mit irgendwelchen Fremden unterhielt.

»Grüß Gott«, sagte Ferdinand anständig, als der Fremde vor ihm stand. Auf den letzten Metern war ihm aufgefallen, dass auch der fremde Mann sein linkes Bein hinter sich herzog. Es schien steif zu sein, genau wie sein eigenes.

»Grüß Gott, bist du der Ferdl?«

Ferdinand nickte und streckte ihm die schmutzige, kalte Hand entgegen.

Der Mann schüttelte sie. »Ich bin der Gruber Sepp, ein alter Freund von deinem Opa.«

Sie betraten die leere Hütte und Ferdinand erklärte, dass seine Eltern und die Großmutter ins Dorf gefahren seien, um ihn abzuholen.

Franz lachte, da kämen sie wohl zu spät, aber sie würden es schon merken und wieder zurückkommen.

Sie nahmen in der warmen Stube Platz. Franz nahm einen Kanten Brot und ein ordentliches Stück Speck aus der kleinen Kammer und goss sich selbst und seinem alten Freund einen Doppelten vom Selbstgebrannten ein.

»Endlich was Gescheites zum Essen, den Fraß von den *Carabinieri* kannst ja vergessen. Grausig war die Suppe gestern Abend. Nicht mal die Schweine hätten sie angerührt«, ereiferte er sich mit vollem Mund und ließ einige Brotkrümel auf den Küchentisch fallen.

Die beiden redeten lange, sie hatten viel nachzuholen. Sie sprachen von ihrer Kindheit, von ihren Freunden, von der guten alten Zeit. In einem bestimmten Jahr musste diese gute alte Zeit jedoch ein jähes Ende gefunden haben, denn plötzlich änderte sich Grubers Stimme und Großvater wurde zornig.

Ferdinand hatte bisher nur mit halbem Ohr zugehört und nebenbei mit seinen zwei Spielzeugautos ein Rennen auf der Ofenbank veranstaltet. Nun jedoch schien ihr Gespräch eine Wendung zu nehmen und Ferdinand lauschte den beiden Männern, die inzwischen zum zweiten oder vielleicht auch schon zum dritten Treber gegriffen hatten.

»Das war Beschiss, Franz«, zischte der Gruber Sepp und Ferdinand beobachtete aus den Augenwinkeln, wie er sich dem Großvater näherte, »die haben uns ums Land betrogen. Ums Land und um die Freiheit. Weißt du noch, wie zornig wir waren, als sich in der Politik nichts getan hat? Immer dieses Blablabla, Südtirolfrage, Südtirolproblem … und doch ist nichts passiert. Es musste einfach tuschen.«

Ferdinand stieß sein blaues Spielzeugauto an und ließ es gegen das rote krachen. Es landete scheppernd auf den hölzernen Dielen des Küchenbodens. Eigentlich interessierten ihn die beiden Autos überhaupt nicht mehr, er wollte vielmehr erfahren, was der fremde Mann, der inzwischen ein ziemlich rotes Gesicht hatte und vermutlich ebenso wütend wie der Großvater war, mit »tuschen« gemeint hatte.

Immerzu sprachen sie von Strommasten, die sich unten im Tal befanden, und dass sie den Italienern an den Kragen wollten, denen die Fabriken gehörten und die ihren Vätern vor langer Zeit die Heimat weggenommen hatten. Sie sprachen davon, dass sie sich zusammengetan hatten, weil etwas passieren musste. Viele waren sie gewesen, so an die zweihundert Südtiroler Buben. Die Nordtiroler waren die treibende Kraft gewesen. Sie hatten sich immer nur in ganz kleinen Gruppen in Wirtshäusern getroffen, das war weniger auffällig. Schon ein paar Jahre vorher hatten die ersten Burschen ein Denkmal in Waidbruck in die Luft gejagt, das hat natürlich Eindruck geschunden. Dann hatten sie gedacht, dass sie dasselbe auch mit den Strommasten machen könnten. In der Herz-Jesu-Nacht im Jahr 1961 war das, schnappte Ferdinand auf. Damals hat es vielerorts richtig ordentlich getuscht.

Nur bei ihnen hier oben in Martell war etwas schiefgegangen. Franz und der Gruber Sepp hatten sich erst mit ein paar anderen Männern zusammengetan und dann gemeinsam mit ihnen den Sprengstoff organisiert. Den hatten sie dann bei Nacht und Nebel unter einem Mast deponiert, doch irgendetwas funktionierte nicht. Als es nachts um eins so weit war und schon überall im Land die Masten in die Luft gingen, saßen sie beim Feuer und warteten darauf, dass es auch hier im Tal einen heftigen Bumser machte. Aber nichts passierte. Sie waren dann noch einmal hinuntergerannt und hatten nachgeschaut: Der Mast stand, die Sprengladung hing noch dran.

Dann war der Gruber Sepp hingegangen und hatte es noch einmal mit einer normalen Zündschnur probiert. Franz hatte sich derweil umgeschaut, ob sie auch niemand beobachtete. Dann ging es plötzlich doch, aber dem Mast war das egal. Hingegen hatte es das Bein vom Gruber Sepp getroffen. Ein schauerlicher Knall, Splitter waren umhergeflogen, ein gleißendes Licht, einfach unvorstellbar. Es hat nur ein oder zwei Sekunden gedauert, doch die Druckwelle war so stark, dass sie ihn einige Meter weiter in einen Abgrund befördert hatte. Dort hatte der Franz ihn dann gefunden und ihn bis hier herauf zur Schildhütte geschleift. Franz hatte Stimmen gehört, Gruber selbst war taub von dem Knall. Stundenlang hatte er nur ein Pfeifen im Ohr gehabt. Franz hatte Gruber geschultert und war mit ihm durch den Wald gerannt, bis sie die *Carabinieri* abgehängt hatten. Die kannten sich hier im Wald ja nicht aus, und das war ihr Glück. Sie hatten sich ein paar Minuten sogar unter der kleinen Brücke im Flussbett versteckt, eiskalt war das Wasser, dabei war es nicht einmal Winter gewesen. Das war ein Abenteuer, und die Hosen hatten sie voll gehabt vor Angst. Sie wurden nicht erwischt, aber es war knapp.

Einige Tage später war der Gruber Sepp dann mit ein paar Freunden über den Reschen nach Österreich geflüchtet, auch das war nicht ohne gewesen. Aber es war ja noch einmal gut gegangen. Erst zwanzig Jahre später war er nach Südtirol zurückgekommen, als er sicher war, dass man nicht nach ihm suchte. Sein Bein war hinüber, es wurde später in Innsbruck ein paarmal operiert und nun war es eben steif.

»Wenn wir uns nicht so saudumm angestellt hätten, dann wäre alles anders gekommen. Aber jetzt ist es ja auch egal«, sagte der Großvater und rieb sich die Stirn.

»Was hast du eigentlich mit dem ganzen Sprengstoff gemacht?«, fragte nun der Gruber Sepp.

Ferdinand blätterte inzwischen in einem Bilderbuch herum, doch die bunten Feuerwehrfahrzeuge interessierten ihn viel weniger als das, was da am Küchentisch getuschelt wurde.

»Das Zeug ist immer noch in der Scheune. Die Kiste habe ich nicht mehr angerührt. Man sollte fast mal schauen, ob die Stangen noch funktionieren. Ich hätte schon eine Verwendung dafür.«

»Was meinst du damit?«, fragte der Gruber Sepp und steckte sich das letzte Stück Speck in den Mund.

»Weißt du, bald kommen die Schweizer und bauen ihre Rodelbahn. Ich werde das Dynamit schön dort lassen, wo es ist«, lachte er heiser und klopfte seinem alten Freund kräftig auf die Schulter.

Nun hielt Ferdinand es nicht mehr aus. Er erhob sich von der warmen Ofenbank und humpelte die zwei Schritte zum Großvater, der nun zum vierten Mal mit dem Gruber Sepp anstieß.

»Opi, was genau ist damals passiert?«, fragte Ferdinand gespannt. Er sah kurz in die Augen des Großvaters, die nun auch einen feuchten Glanz angenommen hatten.

Plötzlich erhob sich Franz, holte aus und ohrfeigte Ferdinand, dass es nur so klatschte. Erschrocken hielt sich der Junge die Wange und starrte ihn an.

»Du hast nichts gehört, Bub, ist das klar? Geh mit dem Hund spielen. Raus hier!«

Ferdinand verstand nicht, was er falsch gemacht hatte. Er vergoss jedoch keine Träne, als er fluchtartig mit seiner brennenden Gesichtshälfte die Stube verließ. Draußen vor der Hütte döste Krambler, Ferdinand beachtete ihn nicht.

Kapitel 17
März 2010

Ferdinand vergaß seine Ohrfeige so schnell, wie er sie erhalten hatte. Er war begeistert. Er konnte an nichts anderes als die Herz-Jesu-Nacht denken, in denen der Großvater und sein Freund, der Gruber Sepp, versucht hatten, die eigene Freiheit zu retten. Dass im Grunde alles schiefgegangen war und der Gruber Sepp nun ein steifes Bein hatte, war Nebensache.

Ins Haus traute er sich nicht mehr, schließlich hatte der Großvater ihn ja hinausgescheucht. Aber hatte er nicht eben von der Scheune gesprochen? Noch war Franz ja mit seinem alten Freund beschäftigt, also konnte Ferdinand sich in aller Ruhe dort umschauen. Er war lange Zeit nicht mehr drin gewesen, eigentlich seit jener Nacht vor fünf Jahren nicht mehr, als der betrunkene dicke Mann sich auf Silvie gelegt hatte und er ihm mit seiner Axt den Zeh abgehackt hatte.

Ein seltsames Gefühl machte sich in dem Jungen breit, als er die Scheune betrat. Kalt war es hier drinnen und er fröstelte. Ferdinand sah sich ein wenig um und ging dann in eine der hintersten Ecken, wo sich allerlei Geräte stapelten. Ein alter Dreschflegel, ein paar Besen und eine Mistgabel ohne Stiel lagen auf einer alten staubbedeckten Holzkiste. Ferdinand nahm vorsichtig alles herunter und blies kräftig über die Kiste. Der Staub flog in alle Richtungen und glitzerte im Licht, das durch die hölzerne Wand in die Scheune fiel. Mit einem herumliegenden Blech lockerte er die Metallstäbe, die die Kiste an ihren Seiten verschlossen. Dann öffnete er sie.

Er machte ehrfürchtig einen Schritt zurück, diese Kiste erinnerte ihn an die Schatzkisten aus den Piratengeschichten, die Reinhold ihm ab und an erzählte. Was er dann sah, enttäuschte ihn zunächst. In der Kiste lagen keine Goldmünzen. Unter einem alten Jutesack kamen einzelne kleine braune Päckchen zum Vorschein, die entfernt an zu dick geratene Kaminwurzen erinnerten. Säuberlich waren sie aufgeschichtet worden, eine neben der anderen. An ihren vorderen Enden hingen dünne rote Schnüre heraus, die sich teilweise miteinander verknotet hatten. Ferdinand begriff, was da vor ihm lag. Kiloweise Dynamitstangen, die der Großvater hier gehortet hatte, in der Hoffnung, noch mehr Strommasten in die Luft zu jagen.

Er schluckte. Er trat vorsichtig näher und nahm eines der braunen Päckchen in die Hand. Es war richtig leicht. Er berührte die Schnur, die aus dem Päckchen heraushing und zwirbelte sie ein wenig auf. Dies musste wohl die Zündschnur sein, mit der man das Päckchen in die Luft jagen konnte. Dann legte er es in die Kiste zurück, schloss sie ab und legte das alte Werkzeug wieder auf die Kiste.

Er wollte schon die Scheune verlassen, da warf er einen Blick zurück auf die Ecke, in der Silvie damals gelegen hatte. Unter dem Stroh lugte etwas hervor, das sicher nicht in diese Scheune gehörte. Es war blau und sah aus wie ein kleines Büchlein. Ferdinand hob es auf. Es war kein normales Buch, vielmehr ein Notizbuch, in dem man eigene Aufzeichnungen machen konnte. Er blätterte ein wenig darin herum, die Schrift war geschwungen und gut lesbar. Es war allerdings nur bis zur Hälfte benutzt worden, die hinteren Seiten waren leer. Ferdinand konnte die Namen von vielen Bergen entziffern, die sich im nahen Vinschgau, im Schnalstal und im Martelltal befanden. Die Schöntaufspitze, die Vertainspitze und der Hohe Angelus waren verzeichnet, genau wie die Lyfispitze und die Mittlere Pederspitze. Sogar König Ortler und Similaun hatten jeweils eine eigene Doppelseite. Bei jedem Berg standen die Höhenmeter und die Route, um den Gipfel zu erreichen, sowie die Stunden, die man brauchte, um vom Ausgangspunkt hinzukommen, und das Datum, an dem sie bestiegen worden waren. Er hielt ein echtes kleines Gipfelbuch in den Händen.

Ferdinand wollte es schon schließen, da fiel sein Blick auf die Innenseite des Buchdeckels. Ein Name stand darin. Ein Name, der die Sonne an diesem kalten Tag im März aufgehen ließ: »Silvia Constanze Meier« und: »Hubertusallee 23, München«. Ferdinand hielt Silvies Gipfelbüchlein in der Hand, die Aufzeichnungen seines Engels. Er schluckte die Tränen herunter, die sich wie ein Kloß in seinem Hals festgesetzt hatten. Er klammerte sich an das Buch und wusste nicht recht, ob er vor lauter Glück lachen oder vor lauter Traurigkeit doch lieber weinen sollte. Er tat weder das eine noch das andere, steckte das Büchlein in die Tasche und verließ die Scheune. Silvia Constanze Meier. Aus München. Hubertusallee 23.

*

Der laute Schrei seiner Großmutter riss Ferdinand aus den Gedanken an Silvie. So schnell er konnte, humpelte er aus der Scheune und sah seine Großmutter, die die Hände vor den Mund geschlagen hatte. Vor ihr stand Sepp Gruber, der sich wohl gerade auf den Rückweg machen wollte. Sie sagten nichts, starrten sich nur einige Minuten lang an, dann ging der Gruber auf Großmutter zu und schloss sie in seine Arme. Er drückte sie an sich. Sekunden später machte die Großmutter sich wieder los und wischte sich eine Träne aus dem Augenwinkel.

Ferdinand zog sich ein wenig zurück, er wusste nicht so recht, ob er sich einfach ins Haus schleichen sollte oder abwarten, was passierte.

Es passierte gar nichts. Beide stammelten nur, dass sie es nicht fassen konnten, sich nach so langer Zeit noch einmal wiederzusehen. Dann drückte Sepp der Großmutter einen Kuss auf die Wange und hinkte vom Hof. Vorsichtig schloss er das Gatter und winkte ihr noch einmal zu. Großmutter stand wie versteinert da. Die sonst so rüstige Frau schien in diesem Moment in sich zusammenzusinken.

Langsam ging Ferdinand auf sie zu und nahm ihre Hand. Sie war kalt. Dann drehte sie sich zu ihm um, streichelte ihm über die dunklen Locken und zog ihn an sich.

»Fünfzig Jahre, Ferdl. Der Gruber Sepp. Ich kann es noch gar nicht glauben.«

Ferdinand verstand nicht recht, was die Großmutter ihm damit sagen wollte. Auch seine Eltern schauten sich ratlos an.

»Hast du den Sepp gekannt, Omi?«

»Ich kenne den Sepp schon länger als deinen Opa, Ferdl. Aber das ist eine lange Geschichte. Komm in die Küche, ich muss kochen.«

Die Großmutter schluckte stolz ihre so plötzlich aufgeflammte Sehnsucht herunter, straffte den *Schurz* und machte sich daran, der Familie ein gebührendes Mittagessen zu kochen. Schließlich kam der Großvater nicht jeden Tag aus dem Gewahrsam nach Hause. Sie feierten seine Heimkehr mit einem Hasenbraten und Semmelknödeln.

Ferdinand konnte nicht anders, er musste ständig an die alte, geheimnisvolle Holzkiste denken, die in der Scheune stand. Schweigend aß er seine Knödel auf und wartete ungeduldig, bis sich Franz zur Mittagsruhe zurückgezogen hatten und Marie und Reinhold die Hütte verließen, um einen maroden Weidezaun, dem der Schnee und der Sturm zugesetzt hatten, wenigstens wieder ein Stück weit in Ordnung zu bringen.

Endlich war er mit seiner Großmutter allein. Vor ihr fürchtete er sich nicht, sie hatte ihm nur selten eine Schelle gegeben. Und so bat er sie kleinlaut, ihm von damals zu erzählen.

Die Stimme der sonst so schweigsamen alten Schildbäuerin war brüchig, als sie aus ihren Tagen als junge Frau zu erzählen begann: »Es muss Anfang 1960 gewesen sein, ich glaube, im Februar. Ein eiskalter Winter, sag ich dir. Damals hab ich ja noch bei den Eltern unten im Dorf gewohnt. Mein Vater hatte das Wirtshaus am hinteren Ende vom Dorf. Ich musste oft bis spät abends aushelfen, das Personal musste ja schließlich auch mal rasten.

An einem Abend, es war nicht einmal Wochenende, sind fünf junge Burschen in die Gaststätte gekommen. Der Gruber Sepp war auch dabei gewesen. Sie waren furchtbar aufgeregt und haben sich lautstark über die Politik unterhalten und dass sie das Hin und Her nicht mehr mitmachen würden. Mir schien, dass mein Vater die Männer kannte, denn er ließ sie im Nebenzimmer Platz nehmen und schloss die Tür. Mir sagte er, ich solle mich um die Stammgäste kümmern. Die Burschen würde er selbst bewirten. Mein Vater benahm sich seltsam an diesem Abend, normalerweise war er eigentlich ein recht besonnener und gemütlicher Mann, aber dieses Mal war er auch nervös und voller Tatendrang. Richtig energisch ging er immer wieder ein und aus und brachte den Burschen ein Bier nach dem anderen.

Mit der Zeit wurde die Runde immer lauter, aber keiner von ihnen lachte, es war eher so eine ernste, verschwörerische Stimmung. Einer von ihnen schlug so laut auf den Tisch, dass man es bis in die Gaststube hörte. Einer von ihnen rief: »Etwas muss geschehen!« Überhaupt hörte ich diesen Satz in jener Zeit ziemlich oft. Kurz darauf kam mein Vater mit einem von ihnen aus dem Nebenzimmer und ich habe zufällig gesehen, wie sie gemeinsam durch die Hintertür hinausgegangen sind. Ich bin ihnen heimlich nachgeschlichen. Sie rauchten beide und tuschelten aufgeregt, dann hat der Vater einen Schlüssel aus dem Hosensack genommen und den Weinkeller aufgeschlossen. Sie sind durch den Keller durch und der Vater hat die hintere Tür aufgesperrt, die in eine Art Bunker führte. Ich bin noch ein Stück hinterhergegangen und habe mich hinter der Tür versteckt. Stockdunkel war es in dem Keller, man sah nicht mal die eigene Hand vor Augen. Der Vater hat ein Streichholz angezündet und dem Burschen zugeflüstert: »Euer Zeug könnt ihr neben dem Geraffel von der Wehrmacht deponieren. Legt die Stangen in Säckchen, damit sie nicht kaputtgehen.«

Ich wusste nicht, wovon die beiden sprachen. Als ich hörte, dass sie wieder umkehrten, bin ich schnell wieder in die Gaststube gerannt, in der Hoffnung, dass sie mich nicht gehört hatten. Die beiden blieben noch eine Weile draußen und redeten weiter miteinander. Weit nach Mitternacht verabschiedeten sich die jungen Männer von meinem Vater. »Bis nächsten Mittwoch dann, und dank dir. Pfiat Gott«, sagten sie. Einer von ihnen war ein ganz schneidiger, so ein großer mit dunklen Locken, das war der Franz.«

Ferdinand gingen die Augen über. Der Tag wurde ja immer besser. Erst hatte er Silvies Büchlein gefunden und einen echten Freiheitskämpfer kennengelernt. Dann hatte er eine wahre Schatzkiste in der Scheune entdeckt. Kein Goldschatz, dafür aber Dynamitstangen, die laut dem Großvater wohl noch funktionierten. Dazu die Geschichte, dass sogar Elses Vater diesen jungen Männern geholfen hatten, den Sprengstoff zu bunkern. Wer weiß, was noch alles an diesem Tag zum Vorschein kommen würde.

Nachdem Else ein paar Minuten geschwiegen hatte, setzte sie ihre Erzählung fort. Nun schien sie fast den Tränen nah zu sein. »Ich mag gar nicht daran denken, was damals alles passiert ist. Viele von den Männern sind von den *Carabinieri* erwischt worden. Eine schlimme Zeit, Ferdl. Na ja, im Nachhinein kann ich es fast verstehen, die Italiener haben unsere Sprache nicht gekonnt und für sie war ja auch alles fremd hier. Die haben sicher auch nur die Befehle von oben ausgeführt, sonst wären sie sicher selbst dran gewesen.«

Was sie damit meine, dass die *Carabinieri* sie erwischt hätten, fragte Ferdinand weiter und wurde seiner Neugier einfach nicht Herr.

Die Großmutter nahm ihn auf den Schoß und sah ihm fest in die Augen. Diejenigen, die von den *Carabinieri* festgenommen worden seien, seien stundenlang, ja sogar tagelang verhört und gefoltert worden. Man habe ihnen die Knochen gebrochen, ihnen die Haare mit der Kneifzange ausgerissen, ihnen die Zigaretten auf der Haut ausgedrückt, sie mit Stromstößen malträtiert. Man habe ihre Frauen verhört und sie dabei zusehen lassen, wie ihre Männer diese Tortur über sich ergehen lassen mussten. Aber die jungen *Carabinieri*, so die Großmutter, hätten sicherlich keine Wahl gehabt und seien ja selbst noch unerfahren gewesen. Oft standen sich in den Verhörzimmern Gleichaltrige gegenüber: Die hitzigen Freiheitskämpfer und die jungen kuschenden Polizisten. Das war natürlich keine gesunde Mischung.

Kapitel 18
März 2010

»Vom Parkplatz an der Enzianalm sind es nur ein paar hundert Meter bis zum ehemaligen Borromeohof. Von hier aus wird ein Lift starten, der die Besucher, groß und klein, Dorfbewohner und Touristen, gemütlich über den Wald hinauf ans Ende des Hochtals schaukeln wird. Talstation, Bergstation, auf und nieder, immer wieder, von morgens um acht bis abends um vier, sommers wie winters. Im Hochtal dann, genau gegenüber der Schildhütte, die Attraktion: eine Rodelbahn, geführt auf zwei Schienen, im Winter beheizt, sodass Schnee und Eis keinen Strich durch die Rechnung machen können. In herrlichen Kurven wird es durchs Hochtal gehen, mit hoher Geschwindigkeit, wenn man es denn will. Vom Ende des Hochtals aus wird man ein wenig sanfter durch den Wald geführt, schließlich sind die letzten dreihundert Höhenmeter vor dem Borromeohof steil und nicht gerade ungefährlich. Mit einem Tagesticket kann jeder noch ein paar Runden dranhängen, um sich anschließend mit einem Sportwasser zu erfrischen oder im Winter an einem Glühmix zu wärmen. Eine kleine Andenkenbude wird auch öffnen, mit hübschen Postkarten, kleinen und großen Plüschmurmeltieren und original Marteller Kuhglocken. Die Würstchenbude nicht zu vergessen, die selbstverständlich auch Speckbrote, Knödel, Kraut und Gulaschsuppe anbieten wird. Und der Skiverleih, ein Muss in dieser Gegend, diese Berge müssen doch einfach befahren werden, diese Aussicht und der wunderbare Pulverschnee in der weißen Jahreszeit, den darf man den Leuten doch nicht vorenthalten ...

Franz nahm die Fernbedienung und schnitt Weggli das Wort ab. Ferdinand war wie gebannt vor dem alten Kastenfernseher gesessen und hatte die Worte des Schweizers verfolgt. Was als Interview geplant war, artete bereits nach einer Minute in einen

Monolog des Bauherrn aus. Ferdinand wollte schon murren, doch der Fernseher blieb aus.

Die Stimmung seines Großvaters hatte sich in den letzten Tagen ordentlich verschlechtert. Er sprach kaum noch, ging nur stillschweigend nach draußen und verbrachte die meiste Zeit damit, den Stall wieder auf Vordermann zu bringen, bevor im Juni die Schafe wieder heraufgetrieben würden. Auch die Großmutter hatte sich verändert: Die alte Frau, die sonst nie ein Wort zu viel sagte, war seit dem plötzlichen Auftauchen des alten Grubers wie ausgewechselt. Ihre Augen strahlten, ihre Wangen waren rot und sie plauderte oft sogar minutenlang mit ihrem Enkelsohn.

Auch wenn Ferdinand diese häusliche Verwirrung nicht ganz geheuer war und er sich lieber dem Großvater anvertraut hätte, zeigte er Else schließlich das blaue Gipfelbüchlein, das er Wochen zuvor in der Scheune gefunden hatte.

Vorsichtig blätterte sie darin herum und meinte dann: »Möchtest du es der Silvia nicht zurückschicken? Vielleicht hat sie es überall gesucht und nun eine Freude, wenn sie es zurückbekommt.«

»Die Silvie lebt nicht mehr, Oma. Die hat der Berg behalten.«

»Was redest du denn da, Ferdl? Das weißt du doch gar nicht. Vielleicht ist sie ja bis ins Dorf hinuntergegangen und dann runter nach Latsch. Oder sogar nach Schlanders. Und von dort ist sie sicher nach Hause gefahren.«

»Nein, Oma. Ich habe ihr Kopftuch gefunden. Die Silvie, die ist jetzt im Himmel.«

Schon zum zweiten Mal in einer Woche drückte die Großmutter Ferdinand fest an sich. Er war diese Zärtlichkeit nicht gewohnt und machte sich ein wenig betreten los.

»Weißt du, manchmal passieren doch noch Zeichen und Wunder. Ich hatte mir ja auch nie erwartet, dass ich den Gruber Sepp noch mal wiedersehen würde. Damals in der Herz-Jesu-Nacht ist alles drunter und drüber gegangen, und nun, nach fünfzig Jahren, steht er einfach vor mir. Du kannst dir gar nicht vorstellen, was das für eine Überraschung für mich war.«

Ferdinand nickte, doch er war überzeugt davon, dass er mit Silvie nicht dasselbe Glück haben würde. Sie war nun ein wahrer Engel, irgendwo da oben war sie, beim lieben Gott, und das nur, weil er ihr nicht hatte helfen können.

»Weißt du, Ferdl«, erklärte Else ihrem traurigen Enkelsohn, »der Gruber Sepp war seit meiner Geburt mein Nachbar gewesen. Er ist im selben Jahr wie ich geboren, nämlich 1943. Damals war überall in der Welt noch Krieg. Wir sind miteinander aufgewachsen, haben als Kinder immer miteinander gespielt. Später sind wir dann miteinander zur Schule gegangen. Irgendwann haben wir gemerkt, dass wir mehr als nur Freunde sind und haben einander versprochen, dass wir heiraten und eine Familie gründen würden. Unsere Eltern waren einverstanden, wir kannten uns ja schließlich schon eine ganze Weile. Doch am Ende ist alles anders gekommen. 1960 hatte ich den Franz im Wirtshaus meines Vaters kennengelernt und so ein bisschen hatte er mir schon gefallen, aber ich war ja mit dem Gruber Sepp verlobt.

Ein paar Monate später war die *Feuernacht* und alles ging drunter und drüber. Die spielten alle verrückt, das kannst du mir glauben, Ferdl. Ich wartete Tag und Nacht darauf, dass der Sepp ins Wirtshaus kommen würde, doch er kam einfach nicht. Keiner konnte mir etwas sagen, ich bin vor Sorge fast verrückt geworden in der Zeit. Ganze zwei Wochen später kam dann endlich der Franz bei uns vorbei. Er sah furchtbar aus, als hätte er nächtelang wach gelegen, blass und ausgemergelt war er. Er schien richtig alt geworden zu sein in den paar Wochen.

Kaum dass ich ihn gesehen hatte, bin ich zu ihm hingerannt und habe ihn nach dem Gruber Sepp gefragt. Er konnte mir gar nicht richtig in die Augen sehen und ich musste ihm die Sätze einzeln aus der Nase ziehen. Nach und nach erzählte er mir, dass alles schiefgegangen war, dass sich der Gruber Sepp am Bein verletzt hatte und nun nach Tirol geflüchtet war. Ob er je dort angekommen war, wusste der Franz auch nicht, damals hatten die Leute ja nicht überall ein Telefon. Ich war mir sicher, dass der Sepp nicht mehr lebte. Monatelang hab ich gelitten wie ein Hund, hab geweint und nicht mehr damit aufgehört. Ich wollte und konnte nicht mehr arbeiten. Sterben wollte ich, sonst gar nichts.

Dann, es war ein Sonntagnachmittag im frühen Herbst, kam meine Mutter in mein Zimmer und sagte mir, der Franz sei da und wolle mit mir reden. Ich hatte schon Hoffnung, dass es Neuigkeiten vom Sepp gab, doch der Franz wusste nichts. Wir sind dann ein wenig spazieren gegangen und plötzlich hat der Franz mich gefragt, ob ich ihn heiraten wolle. Ich war furchtbar wütend und sagte ihm, dass ich schon mit dem Sepp verlobt sei. Doch er sagte, er habe dem Sepp damals auf der Flucht vor den *Carabinieri* versprochen, auf mich aufzupassen. Und nun, wo der Sepp so spurlos verschwunden sei und vielleicht nicht mehr auftauchen werde, da brauchte ich doch einen neuen Mann zum Heiraten. Er war dabei gar nicht aufdringlich, er hat einfach nur gesagt: »Überleg es dir.«

Dann hat er mich zurück zum Wirtshaus begleitet und ist nach Hause gegangen. Ich habe es mir überlegt. Eine Woche lang habe ich darüber nachgedacht. Irgendwann war ich selbst davon überzeugt, dass der Sepp nicht mehr lebte, sonst hätte er mir doch wenigstens einen Brief geschrieben. Ich habe mir alles Mögliche ausgemalt, wie er mit seinem schlimmen Bein am Berg geblieben war oder wie sie ihn und seine Freunde erwischt und eingekerkert hatten. Und dann hab ich mir gedacht, muss ich jetzt ein Leben lang auf einen Toten warten? Der Franzl ist doch auch ein Netter und ein Schneidiger noch dazu. Einen eigenen Hof hatte er damals auch schon gehabt, er war also eine richtig gute Partie. Dann hab ich dem Franz gesagt, dass ich seine Frau werden würde. Und im Jahr darauf haben wir geheiratet.

Nun ist der Sepp nach fünfzig Jahren wieder aufgetaucht. Einfach so. Und ich bin glücklich, dass er lebt und dass es ihm gut geht. Du wirst schon sehen, die Silvie wird auch eines Tages wieder auftauchen. Die wird schon nicht die *Plattahex* geholt haben!«

Ferdinand mochte es nicht, wenn die Großmutter von dem alten Plattaweibele sprach. Auch wenn er inzwischen ein großer Junge war und genau wusste, dass es sich nur um eine alte Sage handelte, machte ihm die Geschichte aus dem 18. Jahrhundert doch noch immer Angst. Die Sage erzählte von der Pichlertochter, die im Jahre 1777, als sie gerade einmal acht Jahre alt gewesen war, entführt wurde. Das ganze Dorf war auf den Beinen, um das Mädchen zu suchen. Am dritten Tage schließlich fand man sie am Plattaweg, in einem dichten Gesträuch. Wie ein Zicklein trug sie eine Schelle um den Hals. Sie zitterte vor Kälte, doch noch mehr vor Angst und Schrecken. Mit weit aufgerissenen Augen erklärte sie, dass das Plattaweibele sie von zu Hause weggelockt und in den Berg hineingeführt habe. Als sie nicht mehr weiterwollte, weil ihre Füße wund waren und der Durst allzu schlimm, da habe das Weibele sie einfach in die *Buschen* hineingetragen und sei daraufhin verschwunden. Man brachte das Mädchen nach Hause; doch sie wurde nicht wieder gesund. Sie siechte vor sich hin und starb kurz darauf eines grausamen Todes.

Auf dem Plattaweg sieht man abends in der Dämmerung noch heute ein altes Weib umhergehen. Niemand traute sich, an sie heranzugehen. Die Leute mieden sie, wenn sie sie sahen, und ließen sie in Frieden, in der Hoffnung, nicht von ihr ins Gesträuch gestoßen zu werden.

Ferdinand schüttelte sich und versuchte den Gedanken an eine blasse Silvie mit einer Schelle am Hals so schnell wie möglich zu verscheuchen.

*

Noch bevor der letzte Schnee gefallen war, begannen die Vorbereitungen für den Sessellift, der von der Enzianalm bis hinauf ins Hochtal reichen sollte. Ferdinand war gerade ein wenig vor die Tür gegangen, um Krambambuli einen Fleischknochen zu bringen, als er von Weitem eine Gruppe von zehn Männern in Bergkleidung entdeckte. Sie liefen das Gelände am Hang gegenüber der Schildhütte immer wieder ab und stellten kleine gelbe Geräte im Schnee auf. Einige von ihnen hatten Fotoapparate dabei. Krambambuli machte sich glücklich über seinen Knochen her und ließ sich das wohlverdiente Mittagsmahl schmecken. Ferdinand begab sich auf die kleine hölzerne Brücke, die keine fünfzig Meter von der Hütte über den Pederbach auf das Terrain führte, auf der in den nächsten Monaten die Rodelbahn und der dazugehörige Sessellift gebaut werden sollten.

»Ferdl, komm ins Haus. Lass die Leute arbeiten«, rief Franz ihm zu, der ihm ein Stück weit gefolgt war.

Ferdinand drehte sich um und humpelte zu seinem Großvater. »Was machen die Leute da, Opi?«

»Das werden sicher die Geologen sein, die das Gelände vermessen müssen. Damit sie wissen, wo die Touristenschaukel später einmal stehen soll«, brummte er und schob den Jungen vor sich her. »In der nächsten Zeit werden sie das Gelände abstecken und dann schaut hier alles aus wie ein Schachbrett.«

Der Großvater sollte recht behalten: Bereits Mitte April war das Hochtal bis in den letzten Winkel abgesteckt. Betrachtete man die Gegend von der kleinen Anhöhe neben der Schildhütte, hätte man fast denken können, man befände sich auf einem überdimensionierten Spielbrett: Die zehn Männer hatten es mit Eisenstangen und Bändern in Quadrate unterteilt, an einigen Stellen waren Fähnchen angebracht worden, die, so vermutete der Großvater, für die Stützpfeiler des Sessellifts standen. Ferdinand hatte dem Großvater vorgeschlagen, den Bauleuten einen Streich zu spielen und bei Nacht die Bänder abzunehmen.

Franz hatte seinem Enkel zwar freundschaftlich auf die Schultern geklopft, aber dann gesagt, das würde die Bauarbeiten ja nur verzögern und sie doch nicht verhindern. Nein, da müsste man schon ein anderes Geschütz auffahren, um wirklich etwas zu erreichen. Aber das dürfe man nicht, denn dann würde er nur wieder in Gewahrsam genommen werden.

*

Mit den letzten Absteckungen hatte die Ruhe auf der Schildhütte ein Ende. An einem Samstagmorgen um sieben Uhr wurde Ferdinand von einem nie zuvor gehörten Geräusch wach. Es klang wie weit entferntes Kettenrasseln. Er hatte in seinem jungen Leben ja schon viel von Burggespenstern gehört, die mitten in der Nacht mit ihren Ketten rasselten, um die Leute zu ängstigen, aber dass diese Gespenster auch am frühen Morgen auf der Schildhütte auftauchen würden, um seine Familie zu erschrecken, damit hatte er nicht gerechnet. Er rieb sich die Augen und öffnete den kleinen rot-weißen Vorhang, damit er auf die kleine Zufahrtsstraße blicken konnte.

Er kam aus dem Staunen nicht mehr heraus: Langsam, aber stetig näherte sich ein riesiges gelbes Monstrum auf Ketten der Schildhütte. Es war ein enormer Bagger mit einer riesigen Schaufel. Ihm folgten eine Planierraupe und ein Muldenkipper, auch sie waren gelb und nicht minder hünenhaft.

Es dauerte keine zwei Minuten, da stand auch schon der Großvater mit seiner Mistgabel auf der Zufahrtsstraße, Krambambuli sprang kläffend zwischen ihm und den gelben Riesen umher. Auch die Großmutter ließ nicht lange auf sich warten. Zu zweit standen sie vor den drei Monstern und fuchtelten mit den Armen.

Ferdinand konnte natürlich nicht verstehen, was sie den Fahrern zuschrien, dafür waren sie zu weit weg und das Motorengeräusch zu laut. Er konnte nur beobachten, wie ein Mann aus dem ersten Fahrzeug stieg und auf seine Großeltern zuging. Alle drei gestikulierten wild, der Hund rannte zum Fahrzeug und hinterließ eine Duftmarke am hinteren Wagenteil. Dies wiederholte er auch bei den anderen beiden Fahrzeugen und sprang dann zurück zu Franz und Else, die immer noch mit dem Fahrer diskutierten. Zu gerne hätte Ferdinand verstanden, worüber sie miteinander sprachen oder vielmehr stritten.

Fünf Minuten später hatte das Spektakel vor seinem Fensterchen ein Ende und die drei Riesen fuhren in einigem Abstand hinter der Schildhütte vorbei. Ferdinand humpelte, so schnell er konnte, zur Tür hinaus und sah den Baggern nach: Sie waren gerade dabei, das Flussbett des Pederbachs zu durchqueren, als sei es nur eine einfache Pfütze. Sie schienen das rauschende Bächlein unter ihren Ketten und ihren riesigen Reifen nicht einmal zu bemerken.

Kapitel 19
April 2010

Die Wände der Schildhütte zitterten schlimmer als bei dem heftigsten Sommergewitter. Ferdinand erschrak so sehr, dass er mit seinem Füllfederhalter einen hässlichen Strich in seinem Rechenheft hinterließ. Reinhold sah aus dem Küchenfenster und bedeutete Ferdinand, hinzuzukommen. Der Junge erhob sich ein wenig schwerfällig von seinem Schemel, das Bein tat ihm weh. In den letzten Tagen war die Sonne herausgekommen, nun schneite es bereits wieder seit mehreren Stunden. Ferdinand lehnte sich an das Fensterchen und starrte hinaus ins Hochtal, wo die Bodensprengungen für den Sessellift begonnen hatten.

»Die spinnen ja«, knurrte der Großvater. »Bei dem Wetter sprengen. Haben die denn gar keine Ahnung von der Lawinengefahr?«

Scheinbar hatten die Schweizer die Lawinengefahr tatsächlich nicht bedacht. Die Hänge rund um die Schildhütte und das angrenzende Hochtal waren weiß. Der Schnee der letzten sieben Monate hatte sich in der Gegend angesammelt, teilweise maßen die Schneeverwehungen bis zu vier Meter. Besonders viel geschneit hatte es im November und Dezember. Im Januar, Februar und März hingegen war die Witterung eher trocken und eiskalt gewesen. Nun war in den letzten Tagen die Sonne zum Vorschein gekommen und gleich darauf der Neuschnee darauf gefallen. Jede Schneeschicht war also anders, die eine kälter, die andere wärmer, die eine lockerer, die andere fester.

»Schwimmschnee«, sagte der Großvater. »Der Untergrund ist faul, heimtückisch, sie werden schon sehen, was passiert. Spätestens, wenn sie als Schneemänner wieder auftauchen.«

Franz sollte recht behalten: Nach der zweiten Sprengladung löste sich ein Schneebrett an einer der gegenüberliegenden Wände.

Ferdinand beobachtete gebannt das gefährliche Schauspiel, das die Schweizer mit ihren Dynamitladungen hervorgerufen hatten.

»Schau genau hin, Ferdl«, erklärte Reinhold seinem faszinierten Sohn, »obenauf liegt nasser Schnee. Wenn der schmilzt und abrutscht, kommt es zu einer Fließlawine. Die walzt alles nieder, was ihr im Weg ist. Du kannst dir gar nicht vorstellen, was dahinter für ein Druck ist. Wenn die Leute da draußen Pech haben, liegen sie bald unter einer Staublawine. Wenn die erst mal richtig in Fahrt kommt, dann staubt's Pulverschnee, und die Männer ertrinken regelrecht darin.«

»Genau wie damals vor fünfzig Jahren, als die Lawine bei der Enzianalm heruntergekommen ist«, murmelte Großmutter Else und schob den schweren mit Wasser gefüllten Topf auf den Herd. »Das ist auch im Frühjahr gewesen.«

Die Schneelawine, von der Großmutter Else sprach, war im März 1965 in einer Kurve unterhalb des Schutzhauses Enzian abgegangen. Zu jener Zeit hatten sie und Franz schon auf der Schildhütte gelebt, an diesem Abend waren sie aber bei ihrem Vater im Dorfgasthaus gewesen, um ihm bei der Arbeit zur Hand zu gehen. Das Grollen der weißen Massen hatte man bis ins Tal, ja sogar bis nach Martell gehört. Tatsächlich vernahm man gleich darauf laute Stimmen auf der Straße, sie riefen einander zu, dass eine Lawine hinterm Zufrittsee abgegangen sei, ein Auto sei verschüttet worden und man brauche dringend Hilfe.

Der Wirt nahm sich ein Herz und befahl den jungen Männern, dorthin zu fahren und beim Suchen nach den Verschütteten zu helfen. Sie setzten sich mit Schaufeln und Stöcken ins Auto und rasten, so schnell sie mit dem *Cinquecento* nur konnten, die Kehren bis zum Enzianhaus herauf. Ihnen bot sich ein schlimmes Bild: Von dem Auto war nichts zu sehen, es war von den Schneemassen vollständig begraben worden. Nur ein verbogener Scheibenwischer ragte grotesk wie ein schwarzer Finger aus den riesigen weißen Schneebrocken heraus.

Viele Männer waren bereits an der Unglücksstelle angelangt und versuchten, mit Schaufeln und bloßen Händen den verschütteten Wagen freizuschaufeln. Der Schnee war steinhart, er war unter dem Druck zusammengeschoben worden und ließ sich nur mit großer Anstrengung fortbewegen. Gerade als der Enzianwirt mit seiner großen Schaufel am Schneeberg kratzte, löste sich eine zweite Lawine und donnerte durch den Wald ins Tal, direkt auf die schaufelnden Männer zu. Als diese es bemerkten, war es bereits zu spät: Sie begrub die Helfer unter sich.

Franz und seine Freunde hatten eine gehörige Portion Glück gehabt. Als die zweite Lawine niederging, waren sie gerade aus dem Auto gestiegen und somit nicht unter den Massen gelandet. Nun lag es an ihnen, die Helfer und das verschüttete Auto mit seinen Insassen zu bergen. Stundenlang arbeiteten sie bis zur Erschöpfung, bald brach die Nacht herein. Sie konnten es nicht glauben und jubelten, als sie Stunden später ein Klopfen aus dem Auto vernahmen. Der Mann hatte überlebt, zwar war er verletzt worden, aber das Auto hatte ihn vor den Massen und dem Gewicht geschützt. Mit vereinten Kräften zogen sie ihn aus dem blechernen Wrack. Als Nächstes fanden sie den Enzianwirt, den die zweite Lawine erwischt hatte: Auch er war mit dem Leben davongekommen. Sie setzten ihn in das Auto, damit er sich ein wenig aufwärmen konnte. Er sprach immerzu von einem Bergführer und einem deutschen Gast. Die Männer gaben ihr Bestes, um die beiden zu finden, doch sie konnten nichts mehr für sie tun. Sie waren unter den Massen erstickt.

Kapitel 20
Juni 2010

Rot, rot, rot, Beeren so rot wie Silvies Kopftuch. Der gesamte *Trattla* erstrahlte in Rot, er glänzte, die Frauen hatten rote Wangen und trugen rote Schürzen. Die Bänke bogen sich unter den Kisten, die bis zum Rand mit Erdbeeren gefüllt waren. Alle Variationen wurden geboten: vom Erdbeerlikör über die Erdbeermarmelade bis hin zum leckeren Küchlein und zum frischen Erdbeerbecher mit Zitronensaft und Zucker.

Es war um die Mittagszeit, als Marie und Reinhold mit Ferdinand über das Marteller Erdbeerfest schlenderten. Links und rechts wurde gegrüßt, die Menschen prosteten sich mit einem Glas in der Hand lauthals zu und lachten. Reinhold wurde aufgehalten, Marie ebenso, so war es eben im Dorf, man kannte sich.

Ferdinand fuhr zusammen, als erst ein ohrenbetäubendes Pfeifen und dann eine laute Männerstimme den gesamten Freizeitpark beschallten und die Leute vor Begeisterung zu klatschen begannen. Der Landeshauptmann war auf die Bühne unterm Eröffnungszelt getreten, um das Fest zu eröffnen, das traditionell am letzten Wochenende im Juni auf dem Freizeitgelände stattfand. Er lobte die Erdbeeren und ihren süßen Geschmack, der durch das milde Klima am Tag und die Kühle in der Nacht entstand. Er sprach vom höchstgelegenen Erdbeeranbaugebiet Europas auf 1700 Metern Meereshöhe und den fleißigen Bauern, die sich jedes Jahr um ihre tollen Früchtchen kümmerten. Er schimpfte auf die Supermarkterdbeeren, die zwar hübsch aussahen, aber nur nach saurem Wasser schmeckten. Dann bat er die Erdbeerkönigin auf die Bühne und küsste ihr die Hand. Auch sie durfte ihr Erdbeerwissen zum Besten geben, ihr Stimmchen zitterte im Mikrofon, so aufgeregt war sie. Dann kam der Bürgermeister hinzu und stahl dem Herrn Landeshauptmann die Show, wie er sich selbst ausdrückte. Er bat die Erdbeerkönigin, ihn zur weltgrößten Erdbeertorte zu begleiten.

Ferdinand reckte den Hals, um einen Blick auf das kulinarische Meisterwerk werfen zu können: Der Bürgermeister und die Erdbeerkönigin schnitten gemeinsam ein kleines Quadrat aus etwa vier Mal vier Metern Erdbeertorte. Als die Erdbeerkönigin das erste Stückchen in den Mund schob, verdrehte sie die Augen und gab ein lautes, entzücktes »Mmmmh, isch des guuaaat« von sich. Die Menge, die sich in gebührendem Abstand vor dem Zelt versammelt hatte, applaudierte begeistert. Sofort bildete sich eine Schlange, ein jeder wollte ein Stück von der wunderbaren Torte abbekommen, bevor nur noch Matsch und Krümel davon übrig waren. Reinhold und Marie stellten sich gemeinsam mit Ferdinand hinter den geschätzt fünfzig Leuten an, die alle ein Stück ergattern wollten.

Ferdinand brachten die Eindrücke durcheinander, alles hier war so bunt und geräuschvoll. Inzwischen hatte eine Musikgruppe begonnen, die Feierlichkeiten mit volkstümlicher Musik zu beschallen. Eine halbe Stunde in einer Schlange zu stehen, das war dem Jungen im Leben noch nie passiert und so wurde er schnell ungeduldig. Marie bemerkte die Unruhe des Jungen und sagte ihm, er solle sich auf eine der Bänke setzen und dort auf sie warten.

Ferdinand humpelte zur nächsten Bank und setzte sich neben einen beleibten Mann, der sich gerade mit einem anderen Herrn unterhielt. Er bemerkte schnell, dass sie nicht von hier waren, ihre Aussprache war sehr hart und er verstand nur ein paar wenige Worte. Dennoch schien ihm, als ob er den Mann schon einmal in seinem Leben gesehen habe. Er betrachtete ihn von der Seite: Sein Haar war voll und weiß, sein Gesicht glatt rasiert, er hatte buschige Augenbrauen, die immer wieder beim Reden nach oben schnellten. Sein Gesicht war so rot wie die Erdbeeren, er musste wohl bereits zu viele davon gegessen haben, schloss Ferdinand daraus. Am meisten jedoch fiel Ferdinand auf, dass der Mann nicht wie die anderen Bauern nach Kuhmist roch. Von hier war er ganz sicher nicht.

Ferdinand musste ihn wohl eine ganze Weile unverhohlen angestarrt haben, jedenfalls rückte der dicke Mann ein wenig von ihm ab und grinste sein Gegenüber an.

»Das sind schon komische Vögel hier. Aber was will man auch erwarten, so weit weg von der Zivilisation«, sagte er und schob sich lachend mit den Fingern ein Stück Brathuhn in den Mund. Seine Hände waren schmutzig und glänzten vor Öl. Gleich darauf leckte er sich schmatzend die Fingerkuppen ab und trocknete sie notdürftig mit einer weißen Serviette.

»Haha, Alfons, aber du wirst den Wilden schon zeigen, wie der Hase läuft, da bin ich mir sicher.«

»Die Menschen werde ich nicht verändern, dafür sind sie viel zu starrköpfig. Das schaffe selbst ich nicht. Denk nur an den alten Saufbold da oben im Pedertal, den mit der Schrotflinte. Unglaublich. Die leben und denken hier noch immer wie im Mittelalter … Ob der Alte überhaupt einen Waffenschein besitzt?«

»Der war doch sturzbetrunken«, entgegnete ihm der Mann auf der anderen Bierbank und biss in seine rote Bratwurst, dass es nur so krachte. »Soweit ich weiß, haben sie ihn danach eingelocht.«

»Aber nur eine Nacht, ich hab ihn gleich tags darauf wieder um die Hütte schleichen sehen. Sie werden ihn schon freigekauft haben. Hier im Tal stecken sie doch alle unter einer Decke.«

»Na ja, was willst du machen, Alfons. Das sind eben alles Hinterwäldler, vom Umgang mit Menschen haben sie keine Ahnung. Und erst recht nicht davon, wie man Geschäfte macht. Die kennen doch nur ihre Ziegen und Kühe und wissen nicht, was sie mit ihrer Sturheit und Dummheit verpassen. Aber uns kann es ja egal sein. Hauptsache, das Projekt gelingt. Und glaub mir, es wird gelingen. Schau dich um, überall Touristen, die nur auf deine Rodelbahn warten.«

»Da hast du allerdings recht, Erich. Wo keine Intelligenz ist, kannst du dir auch keine schlauen Leute erwarten. Sei's drum. Prost, auf die Rodelbahn«, lachte der Dicke und sie stießen an, »auf die Rodelbahn und den Sessellift.«

Endlich erkannte Ferdinand, dass er neben dem Schweizer Bauherrn Weggli und einem seiner Mitarbeiter saß, die der Großvater vor Monaten mit der Schrotflinte vom Hof gejagt hatte. Wie sie über seine Familie herzogen. Ferdinand konnte kaum glauben, was der Mann sich herausnahm. Eine Frechheit, seinen Großvater als einen Trunkenbold zu bezeichnen und zu behaupten, die Leute hier im Tal seien alle starrköpfig und dumm. Ferdinand schürzte die Lippen, kniff die Augen zusammen und starrte den Mann, der neben ihm auf der Bierbank saß, weiter an. Stück für Stück näherte er sich ihm, woraufhin der weißhaarige Mann immer weiter an den Rand rutschte.

»Bub, was willst du denn? Du hast doch genug Platz auf der Bank«, sagte Weggli gereizt und rutschte noch ein Stück weiter weg.

Ferdinand schnitt eine Grimasse, streckte ihm die Zunge raus und rülpste kräftig.

»So was Unerhörtes, wo sind denn die Eltern von dem Bengel?«, erboste sich nun auch der Mann, der auf der Bank gegenüber saß. Er erhob sich leicht und sah sich suchend um, in der Hoffnung, sich bei irgendjemandem über den ungezogenen Jungen beschweren zu können.

Die Leute achteten nicht auf ihn. Ferdinand rückte noch ein Stückchen auf den Bauherrn zu und meckerte dabei wie eine Ziege, verdrehte die Augen und steckte sich den Finger in die Nase.

»Mein Gott, das sind ja wirklich Monster hier oben, lass uns woanders hingehen, Erich«, rief der Bauherr irritiert und griff nach seiner Herrenhandtasche, die bei Ferdinands Manöver von der Bank geglitten war.

Als Weggli sich nach hinten herunterbeugte, nutzte Ferdinand seine Chance und stand von der Bank auf, woraufhin diese aus dem Gleichgewicht geriet und Weggli mit einem erschrockenen Schrei nach hinten fiel. Die Bank ging scheppernd zu Boden, seine Füße stießen gegen den Tisch, das Bier ergoss sich teilweise über ihn und teilweise über den Schoß seines erschrockenen Gesprächspartners. Schließlich lag der Dicke wie ein begossener, nach Bier stinkender Pudel rücklings im Gras. Um ihn herum hatte sich ein kleiner Hof aus abgenagten Hühnerknochen gebildet. Schimpfend stand er mit der Hilfe seines Kameraden auf und versuchte seinen teuren Anzug vom Schmutz zu befreien.

Ferdinand konnte sich den Kommentar, dass er nun selbst wie ein wildes Monster aussehe, gerade noch verkneifen. So schnell er konnte, humpelte er zurück zu seinen Eltern, die gerade voller Stolz drei Stück der wunderschönen Erdbeertorte in Empfang nahmen. Die Erdbeerkönigin hatte sie ihnen persönlich überreicht und einen guten Appetit gewünscht.

*

Ferdinands Benehmen blieb natürlich nicht ohne Konsequenzen. Weggli bahnte sich schimpfend den Weg durch die Einheimischen und Touristen und stapfte dem Jungen hinterher. Er wollte ihm die Leviten lesen und die Eltern maßregeln, die diese rotzfreche Teufelsbrut einfach so ohne Aufsicht herumlaufen ließen. Er verfolgte ihn bis zur Tribüne, auf der die riesige Erdbeertorte aufgebaut war. Weggli sah sich kurz um, dann sah er den Jungen und seine Eltern. Na, die können etwas erleben, schimpfte er leise und fuhr sich noch einmal mit einer Serviette übers Gesicht. Er schob ein paar Menschen zur Seite, sie starrten ihn sauer an, doch Weggli störte sich nicht daran.

Reinhold hielt zwei großzügig ausgefallene Stücke Torte mit Schlagobers in der Hand und drehte sich genau in dem Moment herum, als der fuchsteufelswilde Weggli des Weges kam. Der Zusammenstoß zwischen den beiden Männern war zwar sanft, aber nicht sanft genug, um die Tortenstücke zu retten: Eines landete auf der Erde, das andere rutschte langsam, wie in Zeitlupe, vom Pappteller auf Wegglis weißes Hemd, wo es eine breite erdbeerrote Spur hinterließ. Marie stieß einen erschrockenen Schrei aus, Ferdinand wurde von ihrem Ellbogen getroffen und taumelte zurück. Marie reagierte blitzschnell, ließ das dritte Stück Torte fallen und fing ihren Sohn auf. Vor einigen Tagen war er schon einmal hingefallen und hatte danach über Schmerzen im Bein gejammert – solch ein Drama wollte die junge Mutter nicht noch einmal erleben. Sie packte Ferdinand am Kragen und riss ihn an sich. Dankbar sah der Junge zu ihr herauf.

Reinhold fluchte indessen über den rüpelhaften Schweizer, der nicht mehr nur nach Bier stank und Fettflecken auf dem weißen Hemd vorzuweisen hatte, sondern auch mit den Früchten der Saison getauft worden war.

»Können Sie denn nicht aufpassen? Mich einfach anzurempeln, sind Sie noch bei Trost? Die Schlange hört da hinten auf, stellen Sie sich wie die anderen Leute an!«, brüllte Reinhold ungehalten den Schweizer an und zeigte auf das hintere Ende der Schlange, in der sie auf ihre Tortenstücke warteten.

»Sie ... Sie ... Sie Dorftrottel. Ist das Ihr Sohn?«, rief Weggli aufgebracht und zeigte mit dem Finger auf Ferdinand, der traurig das am Boden liegende Stück Torte betrachtete und sich fragte, ob davon wohl noch etwas zu retten sei.

»Dorftrottel? Ich?«, erboste Reinhold sich. »Der Trottel sind ja wohl Sie selbst, schauen Sie sich doch mal an. Und wie Sie stinken, pfui Teufel! Wohl zu viel gesoffen, und das um diese Uhrzeit, wirklich, eine Schande ist das.«

Inzwischen hatte sich ein Dutzend Menschen um die beiden Streitenden geschart, so ein Zank auf dem Fest war schließlich eine spannende Angelegenheit, die man nicht verpassen durfte.

»Das ist alles die Schuld von Ihrem Lausebengel. Er hat mich dazu gebracht, von der Bierbank zu fallen. Ich habe noch keine drei Schluck getrunken«, rechtfertigte sich Weggli so lautstark, dass sogar die Erdbeerkönigin die Ohren spitzte.

Ferdinand hielt sich ängstlich an Marie fest. Der rotgesichtige Schweizer mit dem verdreckten Hemd machte ihm nun doch ziemlich Angst.

Marie sah streng zu ihm herunter. Doch dann fuhr sie den Schweizer an: »Sie wollen sagen, dass mein Bub Ihnen zu nahe gekommen ist? Ich glaube, ich spinne, was soll er Ihnen denn schon getan haben? Sie sehen ja selbst, dass er nicht mal davonrennen kann. Überhaupt, sie sollten sich schämen, dass Sie sich nicht mal gegen einen Zehnjährigen zu wehren wissen.«

Weggli hob noch einmal die Hand, wollte noch einen draufgeben und den dreien zeigen, wer hier Recht und Unrecht hatte, doch als er die Menschenmenge sah, die sich hinter Reinhold gestellt hatte, gab er auf und trollte sich. Leise schimpfend verließ er das Festgelände.

TEIL IV

Kapitel 21
Mai 2012

»Ich will aber eine Playstation haben!«, schrie Ferdinand und stampfte wütend mit einem Fuß auf. Elisabeth Leitner drehte sich in der Tür zur Wohnstube um und warf Reinhold einen bitterbösen Blick zu. Dass ihr Schwiegersohn es aber auch nie schaffte, den eigenen Sohn einmal zur Vernunft zu bringen. Konnte der Bengel sich denn nicht einmal benehmen, wenn er die eigene Großmutter besuchte?

»Ferdl, es reicht. Es gibt keine Playstation. Und jetzt ist Ruhe. Zieh deine Schuhe an, du wolltest doch mit Onkel Lenz zur Werkstatt fahren. Schau, er sitzt schon im Auto und wartet auf dich.«

Ferdinand war stocksauer. Er zog sich ohne ein weiteres Wort die Schuhe an, schloss mit einem Ruck die Haustür und ging langsam die hölzerne Treppe herunter, die auf die Dorfstraße führte. Er blickte kurz nach oben, betrachtete die mannsgroße Jesusstatue mit argwöhnischem Blick und stieg dann in Lenz' Auto.

»Was ist denn, Ferdl? Warum schaust du denn den Jesus so böse an? Der hat dir doch sicher nichts getan«, sagte Lenz und gab ihm einen Klaps auf den Unterarm.

»Geholfen hat er mir aber auch nicht«, brummte Ferdinand und zuckte mit den Schultern. Er dachte über die Ungerechtigkeit nach, mit der seine Eltern ihn behandelten. Alle in der Klasse hatten eine Playstation, zumindest alle Buben. Nur er natürlich nicht. Zum Spielen einladen wollte ihn auch niemand, schließlich war er der Krüppel der Klasse und somit ein Außenseiter. Die Einzige, die ihn duldete, war Antonia, aber sie besaß keine Playstation. Sie spielte nur mit Mädchensachen.

»Nun sag schon, welche Laus ist dir über die Leber gelaufen?«

»Nichts, ist egal«, murrte Ferdinand und sah aus dem Fenster. Sie verließen gerade Katharinaberg, um zur nächsten Werkstatt zu fahren. Das Auto brauchte neue Stoßdämpfer.

Nachdem Lenz noch ein paarmal nachgefragt hatte, erklärte Ferdinand ihm endlich, was ihn so wütend stimmte.

Lenz lächelte und fragte ihn, was er denn an dieser Playstation so toll finde. Er habe doch alles, was er brauche.

»Jeder in der Klasse hat eine«, erklärte Ferdinand ihm. Einen kleinen Hoffnungsschimmer schien es wohl doch zu geben, immerhin hörte Lenz ihm zu.

Lenz drehte sich zu seinem Neffen um und sah ihm geradewegs in die blassblauen Augen. Dann strich er ihm kurz über die braunen Locken. »Freilich, du willst dazugehören. Aber ist sie dir denn wirklich so wichtig? Weißt du, vielleicht haben deine Eltern ja einfach nicht genug Geld für eine Playstation. Wahrscheinlich kosten die Schule, eure Kleidung, das Essen und der Hof so schon genug, dass für solche Wünsche einfach kein Platz ist. Hast du dir das schon einmal überlegt?«

Lenz lenkte den Wagen durch die schmalen Kurven im vorderen Schnalstal.

Ferdinand sah durch das Beifahrerfenster nach draußen. Sie kamen an einem alten verfallenen Hof vorbei. Nach ein paar Kilometern wurde die Straße enger, die dunklen Felswände gaben ihr ein bedrohliches Gesicht. Automatisch duckte Ferdinand sich ein wenig. Ein Straßenschild warnte vor der Steinschlaggefahr. Das Auto fuhr über eine Bodenwelle und schüttelte Ferdinand und Lenz gehörig durch.

»Siehst du, so ein Auto kostet auch Geld. Alles kostet Geld, Ferdl. Vielleicht kannst du ja mit deinem Wunsch bis zum Geburtstag oder bis Weihnachten warten«, schlug Lenz vor und versuchte so sanft wie möglich weiterzufahren. »Ich finde, wir leben sowieso schon in Saus und Braus«, sprach er weiter. »Es geht uns gut hier. Wir haben alles zum Leben. Das hat früher auf den Bergbauernhöfen ganz anders ausgeschaut, glaub mir.«

»Was meinst du damit?«

»Na, wenn ich nur an deine Omi denke. Sie hat ihren Mann, also deinen Großvater, verloren, als die Marie gerade einmal sieben Jahre alt war. Uns drei Kinder hat sie alleine großgezogen, dabei hatte sie kein festes Einkommen. Sie hat den Hof bewirtschaftet und sich um uns gekümmert. Ganz allein, stell dir das mal vor. Für eine Magd oder einen Knecht hatte sie kein Geld. Trotzdem durften wir alle in die Schule gehen. Nicht wie früher, wo sie die Kinder den Sommer über sogar als Arbeitskräfte an die schwäbischen Bauern verkauft haben.«

Ferdinand sah seinen Onkel an. Er verstand noch immer nicht.

»Was sagst du da? Kinder verkauft?«

»Das war lange vor unserer Zeit, Ferdl. Bis zum frühen 19. Jahrhundert, also vor etwa hundert Jahren, gab es in Tirol und Südtirol die sogenannten Schwabenkinder. Damals waren viele Bergbauern so arm, dass sie ihre eigenen Kinder nicht ernähren konnten. Geld hatten sie auch keines. Deshalb wurden die Kinder nach Süddeutschland zu schwäbischen Bauern geschickt. Diese Bauern haben für die Kinder gezahlt, damit sie vom Frühjahr bis zum späten Herbst bei ihnen arbeiteten. Sie mussten den Stall ausmisten oder die Kühe hüten, je nachdem, was eben anfiel. Die Drecksarbeit mussten sie eben machen. Dabei wurden sie selbst wie das letzte Stück Dreck behandelt. Natürlich nicht alle, aber wenn man zu einem Saubauern kam, hatte man es richtig schwer.«

»Und wie sind die Kinder dorthin gekommen?«, fragte Ferdinand.

»Zu Fuß. Vom Vinschgau über den Reschenpass, dann zum Arlberg und von dort zum Bodensee. In Ravensburg war dann der Hütermarkt, wo die Bauern sich die Kinder aussuchen konnten. So genau weiß ich das auch nicht, aber du kannst ja mal deine Großmutter fragen, vielleicht kann sie sich noch an die Geschichte vom Johann erinnern. Frag sie mal, wenn wir daheim sind.«

»Wer war denn der Johann?«

»Das war ihr Großonkel. Ein Schwabenkind.«

*

Elisabeth rückte ihren alten hölzernen Stuhl zurecht und setzte sich. Vor ihr auf dem Tisch lagen zwei vergilbte Schwarz-weiß-Fotos mit gezackten Rändern. Beide zeigten ihren Großonkel Johann und dessen Familie.

Ferdinand zählte fünf kleine Kinder. Sie schauten ernst drein.

»Das da, das ist der Johann gewesen. Da war er vielleicht vierzig Jahre alt. Das war seine Frau, die Walburga. Und die fünf Kinder. Das war damals normal, Ferdl, die Bauern hatten immer viele Kinder.«

»Der Lenz hat gesagt, der Johann sei ein Schwabenkind gewesen.«

»Das stimmt. Ein paarmal haben sie ihn im Frühjahr hinaus nach Deutschland geschickt, damit er bei den schwäbischen Bauern arbeitet. Vierzig Mark haben sie dafür gezahlt. Das war ein Haufen Geld damals, darauf konnten die Eltern vom Johann nicht verzichten. Der Junge hat damit die Familie für ein halbes Jahr ernährt. Gerne haben sie ihn nicht gehen lassen, aber es musste sein. Es war eine schlimme Zeit damals, die Bergbauern in Südtirol waren arm, aber so richtig. Nie genug zu essen, nie genug Kleidung, aber fünf Mäuler zu stopfen.«

»Der Lenz hat auch gesagt, dass sie zu Fuß bis nach Deutschland gehen mussten. Aber das ist doch viel zu weit«, berichtete Ferdinand weiter und zupfte an den Zacken des Bildes, das Elisabeth gerade wieder auf den Tisch gelegt hatte.

»Ja, das stimmt. Es war im März 1850, als der Johann zum ersten Mal nach Schwaben musste. Mein Vater hat mir seine Geschichte zum ersten Mal erzählt, als ich genauso alt und störrisch war wie du heute. Wir saßen miteinander am Küchentisch. Genau hier, wie du und ich jetzt.

Es muss ein harter Winter gewesen sein, der einfach nicht aufhören wollte. Es schneite und schneite, bis tief ins Frühjahr hinein. Sogar zu Ostern fielen noch Flocken. Die Ernte war im

Vorjahr schlecht ausgefallen und Johanns Vater wusste beim besten Willen nicht mehr, wie er die Kinder durchfüttern sollte. Johanns Mutter lag mit Tuberkulose im Bett und stand auch nie wieder auf. Sie siechte nur noch dahin. Ein Vater, eine sterbenskranke Mutter, ein schlecht bestellter Hof und fünf Kinder, das bedeutete das Aus für den Bergbauern. So beschloss er, Johann für mehr als sechs Monate mit anderen Kindern aus Schluderns nach Schwaben zu schicken.

Der Johann hatte natürlich Angst vor der Fremde und wollte seine Heimat nicht verlassen. Er sorgte sich schlimm um seine Mutter, die daheim im Bett lag und Blut hustete. Sie sagte ihm, wenn er gehe, dann würde sie wieder gesund werden. Kaum war er ein paar Tage weg, rafften die Krankheit und der Kummer um den eigenen Sohn die arme Frau dahin.

Ein junger Mann führte die Kindergruppe erst über den Reschenpass, dann über den Arlbergpass und schließlich an den Bodensee. Über zweihundert Kilometer bei Schneesturm und Nebel. Dreimal durften sie in Hütten und Klöstern übernachten und ihre Kleider trocknen. Als sie auf dem Arlbergpass waren, schneite es so stark, dass der junge Mann die Gruppe nicht mehr sehen konnte. Mit elf Kindern war er losgegangen, bei der nächsten Hütte waren es nur noch acht. Drei der Kinder hatten sich im Schneesturm verlaufen und waren nicht mehr zu finden. Der junge Mann war verzweifelt. Er brachte die acht Kinder zur Hütte und machte sich auf die Suche nach den anderen dreien. Schließlich fand er sie, einer von ihnen war ausgeglitten und hatte sich am Bein verletzt, aber immerhin konnte er sie lebend zur Hütte bringen. Für den Buben mit dem gebrochenen Bein war die Reise damit natürlich zu Ende.

Als sie am übernächsten Tag rechtzeitig zu *Josefi* dann am Bodensee ankamen, dachten die Kinder, sie seien am Meer. Noch nie hatten sie einen so großen See gesehen. Draußen in Deutschland war es nicht mehr ganz so kalt wie bei uns, das gab ihnen und dem jungen Führer neuen Lebensmut. In

Ravensburg mussten sie zum Hütermarkt und wurden dort unter den Bauern und Herrschaften verteilt. Die älteren Kinder warnten die neuen, sich ja vor den Saubauern zu verstecken. Das waren die Schlimmsten, die die Kinder verprügelten und im Stall schliefen ließen. Dort mussten die Kinder ohne Schuhe herumlaufen und wurden jeden Tag angeschrien und geschlagen, egal ob sie einen Fehler gemacht hatten oder nicht.

Der Johann hatte Glück gehabt, er landete bei einem netten Bauern, der ihn neu einkleidete, ihn bei den Knechten schliefen ließ und ihm ordentlich zu essen gab. Er musste die Kühe hüten und den Stall sauber halten, das konnte er schon recht gut. Der Bauer hatte selbst auch Kinder, darunter ein ganz liebes Mädchen. Du kannst dir sicher vorstellen, wie das Mädchen hieß, oder, Ferdinand?«

Ferdinand blickte einen Moment lang seine Großmutter Elisabeth an und dann noch einmal das Foto.

»Das Mädchen hieß Walburga.«

»Genauso ist es. In die hat er sich verliebt. Der Johann hatte Glück gehabt mit seinem Bauern, das war ein feiner Mann. Einfach zwar, aber nicht gemein. Er ging zweimal als Kind dorthin. Einmal dann noch als junger Mann, weil er die Walburga einfach nicht vergessen konnte. Dann hat er sie geheiratet und sie ist mit ihm hierher nach Südtirol gezogen.«

»Er hat seine Kinder aber nicht zu den Schwaben geschickt, oder?«

»Nein, das hat er nicht. Er wollte das Glück nicht herausfordern. Er hatte von den anderen Kindern gehört, wie schlecht es ihnen bei den Saubauern gegangen war. Wie sehr sie gelitten hatten und was man ihnen angetan hatte. Einer musste jedes Wochenende in der Hundehütte schlafen. Ein anderer wurde zur Bestrafung ins Plumpsklo gesperrt. Der nächste bekam verdorbenes Essen aufgetischt. Wieder ein anderer wurde krank und man rief nicht einmal den Doktor. Das wollte der Johann nicht riskieren, auch wenn es ihm nicht immer rosig ging.«

Ferdinand blieb stumm am Tisch sitzen und dachte an die Südtiroler Kinder, die durch den Schneesturm gegangen waren und dann in der Fremde arbeiten mussten. Er nahm noch einmal das Foto von Johann, Walburga und den fünf Kindern in die Hand und betrachtete es genau. Eigentlich, stellte er fest, ging es ihm ja wirklich gut. Im fehlte nichts, er hatte ein feines Zuhause und gute Eltern und Großeltern. Und einen lustigen Onkel und eine liebe Tante. Er hatte ein gutes Leben. Er stand auf und ging langsam durch die hintere Tür in den Garten, wo Reinhold ausnahmsweise einmal in der Sonne saß, statt zu arbeiten.

»Papi?«, fragte Ferdinand.

»Was ist denn, Ferdl?«

»Ich wollte dir etwas sagen. Ich will doch keine Playstation. Ich brauche sie nicht. Aber bitte, bitte schick mich nicht zu Fuß über den Arlberg bis nach Schwaben zu einem Saubauern.«

Kapitel 22
Juni 2013

Ferdinand beobachtete einen Tropfen, der an der Scheibe des Schulbusses abperlte. Er lief das Fenster herunter, wurde immer breiter und nahm andere Tropfen mit. Weitere Tropfen klatschten auf die Fensterscheibe, gesellten sich dazu und wurden gemeinsam mit dem ersten Tropfen zu einem einzigen dicken Strom. Was für ein seltsamer Sommer, dachte er. An einigen Tagen war es so heiß, dass man es nur im Schatten aushielt. An anderen Tagen kühlte die Temperatur in Martell so weit herunter, dass man nachts sogar ein Federbett brauchte.

Die heutige Fahrt im Schulbus würde Ferdinand und seine Klassenkameraden nicht zur Mittelschule bringen, sondern zum Zufrittsee im hinteren Martelltal. Eine Besichtigung des riesigen Stausees und ein Gespräch mit dem diensthabenden Wärter waren geplant, anschließend sollte eine Wanderung um den See stattfinden. Ferdinands Bein schmerzte, er saß neben Antonia und verspürte große Lust, eine spontane Erkrankung vorzutäuschen, um vom Ausflug befreit und von seinem Vater abgeholt zu werden. Ihm war sogar der Gedanke gekommen, den Busfahrer zu bitten, ihn bis zur Enzianalm zu bringen. Den Weg hinauf zur Schildhütte kannte er auswendig. Lieber würde er den Tag mit Krambler und seinen Großeltern verbringen, als sich wieder einmal von seinen Klassenkameraden, dem dicken Martin vorweg, hochnehmen zu lassen.

Antonia stupste ihn an, er zuckte zusammen. Er hatte sein Nachbarsmädchen mit den langen schwarzen Haaren und den braunen Rehaugen sehr gern. Sie war lustig und benahm sich nicht so dümmlich wie die anderen Mädchen aus der Klasse. Ab und zu, wenn er alleine im Pausenhof stand, setzte sie sich zu ihm und sprach mit ihm. Sie erzählte ihm von den neuesten Bands, deren Musik sie gerne hörte. In letzter Zeit sprach sie häufig von einem österreichischen Musiker, der in Lederhosen auftrat und dann Volksmusik rockte, wie sie sich ausdrückte. So ein Fescher, wiederholte sie immer wieder und bekam dann ganz glänzende Augen.

Einmal hatte Ferdinand all seinen Mut zusammengenommen und Antonia gefragt, ob sie ihn denn auch fesch finde.

»Nein«, hatte Antonia gesagt, »eigentlich nicht.« Er sei aber anders als die anderen, meinte sie, und deshalb doch recht interessant.

Damit konnte Ferdinand nicht viel anfangen. Am selben Abend hatte er sich vor den Spiegel gestellt und sich selbst betrachtet. Er blickte in seine eigenen blassblauen Augen, spielte ein bisschen an seinen braunen Locken herum und fuhr sich über die ausgeprägten Wangen. Seine Haut war weich, von Bartwuchs weit und breit keine Spur. Unter seinem linken Auge entdeckte er einen kleinen Fleck, hier war seine Haut ein wenig heller als im restlichen Gesicht. Sein Körper war schmal, er hatte keine breiten Schultern wie sein Vater Reinhold. Besonders groß war er auch nicht, aber das würde sich in den nächsten Jahren sicher noch ändern. Er fragte sich einen Moment lang, wem er eigentlich ähnlich sah, doch er konnte weder eine ausgeprägte Ähnlichkeit mit seiner Mutter noch mit seinem Vater feststellen.

Die Kinder verließen lärmend den Schulbus, der gerade am Rande der Staumauer des Zufrittsees gehalten hatte. Martin hatte sich natürlich erst nach Ferdinand von seinem Sitzplatz erhoben, um ihn besser von hinten ärgern zu können. Dieses Spiel kannte Ferdinand bereits. Er wollte gerade das Bustreppchen heruntergehen, als Martin ihm unauffällig einen Stoß versetzte und Ferdinand zu Fall brachte. Sein steifes Bein verhinderte, dass er rechtzeitig das Gleichgewicht wiederfand, das wusste Martin nur allzu gut. Schreiend landete Ferdinand mit den Knien im Matsch. Die Horde lachte, Antonia eilte zu ihm und half ihm auf. Ferdinand fluchte leise und klopfte sich die Hose ab. Wehgetan hatte er sich nicht, aber seine Würde war mit ihm in der aufgeweichten Erde gelandet und ließ sich nicht so einfach wiederherstellen. Dieses Mal würde Martins Verhalten allerdings ein Nachspiel haben, schwor er sich und entfernte sich wortlos von seinem Widersacher.

Die Klasse, der Geografielehrer vorneweg, ging im Gänsemarsch bis zur Mitte der Staumauer. Es regnete stärker, die Schirme wurden aufgespannt und die Regenjacken angezogen. Der Stauseewärter erschien und ließ die Klasse kurz einen Blick ins Wärterhäuschen werfen.

»Der Stausee ist in den 1950er Jahren erbaut worden. Sechs Jahre lang haben die Bauarbeiten gedauert. Der Zufrittsee ist übrigens das Speicherbecken für das Kraftwerk von Laas, wo wir alle unseren Strom herbekommen. Die Wassermassen der Plima müssen aber erst einen Weg von elf Kilometern durch die Druckrohrleitungen im Tarneller Wald zurücklegen, bevor sie im Kraftwerk Laas ankommen und dort in Energie umgewandelt werden. Dort wird das Wasser dann in einem Auffangbecken gesammelt und in einen unterirdischen Stollen geführt. Dieser Stollen ist siebzehn Kilometer lang und führt das Wasser nach Kastelbell.«

Wie hoch denn diese immense Staumauer sei, fragte der Lehrer interessiert, woraufhin einige Kinder sich mutig über das Geländer zu lehnen versuchten.

»Dreiundachtzig Meter«, antwortete der Wärter und beruhigte den Lehrer, der seine Schützlinge ängstlich davon abbringen wollte, ungewollten Selbstmord zu begehen.

»Keine Angst, da schafft es niemand drüber. Nicht einmal mehr das Wasser.«

»Warum«, rief Martin mit krächzender Stimme, »ist die Badewanne etwa mal übergeschwappt?«

»Damals wart ihr noch gar nicht auf der Welt. Im August 1987 ist hier tatsächlich ein schlimmes Unglück passiert. In jenem Sommer hat es durchgehend geregnet, immer wieder hat es heftige Gewitter gegeben, Hagel, die Sonne schien tagelang nicht. Den Bauern hat es die Ernte versaut, der Boden war vollkommen aufgeweicht und gesättigt, das Wasser konnte nicht mehr versickern. Viele Muren gingen ab, die Angst vor Überschwemmungen war in ganz Südtirol allgegenwärtig. Die Pegelstände von der Etsch, vom Eisack und der Plima waren ordentlich angestiegen. Auch der Zufrittsee war randvoll. Am 24. August war der Höchststand erreicht. Selbst im Hochgebirge regnete es, obwohl man eigentlich mit Schnee oberhalb von 2500 Metern gerechnet hatte. Die Feuerwehren waren natürlich in Alarmbereitschaft.

Am Nachmittag des 24. August fand unten im Dorf ein Begräbnis statt, an dem auch der damalige Hauptschleusenwärter teilnahm. Ein anderer hatte seinen Dienst übernommen. Der beobachtete, wie der Pegelstand an diesem Nachmittag immer weiter stieg. Dem armen Mann wurde angst und bange. Er rief in Kastelbell an und fragte, was zu tun sei. Doch die nahmen ihn einfach nicht ernst und beschwichtigten.

Das Wasser stieg weiter an.

Am späten Nachmittag gingen Muren ab und man konnte den Stausee nicht mehr erreichen. Somit war der Wärter mit seinem immer mehr anschwellenden See alleine. Der Hauptschleusenwärter konnte nicht zu ihm, da die Straße durch die Muren ja nicht mehr befahrbar war. Man kam nicht mehr aus dem Tal heraus, Martell war von der Außenwelt abgeschnitten. Nur der Funk funktionierte noch.

Die Plima schien zu diesem Zeitpunkt kein Problem mit den Wassermassen zu haben. Ganz anders aber der Zufrittsee. Regen und Muren schwemmten weiter hinein und drückten gegen die Staumauer. Endlich bekam der Schleusenwärter per Funk die Anordnung, die Grundschleusen zu öffnen, nicht jedoch die Überlaufschleusen, da diese wegen des hohen Gewichts des Wassers blockieren könnten. Hätte man ihm vorher zugehört, hätte er die Überlaufschleusen noch öffnen können, um den Pegelstand einfach um ein paar Meter zu senken. Die

Grundschleusen zu öffnen war hingegen sehr riskant, das konnte im Nu zu einer Überschwemmung führen.

Der Mann befand sich in einer Zwickmühle. Niemand konnte ihm die Entscheidung abnehmen, er war alleine. Er musste die Schleusen öffnen, damit der See nicht überschwappte. Die Wassermassen schossen heraus.

Die Plima stieg in kürzester Zeit gewaltig an und führte große Felsbrocken, entwurzelte Bäume und den Schlamm der Muren. Die Feuerwehr versuchte, in aller Eile Gand zu evakuieren, dann trat die Plima auch schon über die Ufer und zerstörte das Dorf.

Auch in Morter und Latsch musste die Feuerwehr eingreifen und die Menschen vor dem wild gewordenen Bach schützen. Die Flutwelle erreichte die Talsohle und ergoss sich dort in die Etsch. Auch sie trat über die Ufer. Gegen zweiundzwanzig Uhr stand alles unter Wasser.

Ihr könnt euch nicht vorstellen, wie schrecklich das alles war. Hier stand der Kollege allein zwischen den tosenden Wassermassen und konnte nur mitansehen, wie das Unglück seinen Lauf nahm. Die Fensterscheiben zersprangen durch den Druck, die Türen wurden aufgeschleudert, der arme Mann musste sich festbinden, damit er nicht vom Sog mitgerissen wurde. Die Messgeräte waren alt und lieferten keine zuverlässigen Daten. Es lief viel mehr Wasser aus dem Stausee, als angezeigt wurde. Als er es merkte, konnte er die Schleusen aber nicht mehr schließen, weil der Notstrom inzwischen den Geist aufgegeben hatte.

Am nächsten Morgen wurde erst klar, was das viele Wasser in unserem Martelltal angerichtet hatte. Tote oder Verletzte hatte es keine gegeben, dem lieben Gott sei Dank. Aber die Schäden gingen in Millionenhöhe und so mancher verlor alles, was er sich mühsam aufgebaut hatte.«

Als die Schulklasse die Staumauer verließ, hatte der Regen aufgehört. Über dem See schwebten dichte Wolken, ein leichter Wind wehte. Der Geografielehrer verabschiedete sich von dem

Schleusenwart und dankte ihm recht herzlich für die Führung und die Erzählung von der Überschwemmung. »Besser hätte der Unterricht nicht laufen können. Noch nie haben die Kinder so andächtig einer Geschichte aus der Vergangenheit gelauscht, auch wenn Fragen zum wirklichen Unglückshergang offenblieben«, sagte er, als er dem Schleusenwart die Hand gab. »Den armen Mann trifft keine Schuld«, beteuerte er, »darüber wurde lange diskutiert. Aber mit der heutigen modernen Technik können solche Dinge nicht mehr passieren.«

*

Ferdinand hatte den Bericht des Schleusenwarts nur mit halbem Ohr verfolgt. Ihn beschäftigte vielmehr, wie er den Stoß, den Martin ihm am Morgen gegeben hatte, rächen konnte. Er wollte ihm ein für alle Mal zeigen, wer von ihnen beiden, wenn vielleicht nicht der Stärkere, dafür aber der Schlauere war.

Nach einem halbstündigen Fußmarsch am Ufer des Stausees entlang befand der Lehrer, dass nun Zeit für eine Vesper sei. Er stoppte die Gruppe und sie ließen sich auf ein paar Bänken und liegenden Baumstämmen nieder. Brote und Getränke wurden ausgepackt, die Kinder und der Lehrer ließen sich die mitgebrachten Speisen schmecken.

Ferdinand blickte in den nahen Wald hinein und durchsuchte seinen Rucksack nach ein paar Schnüren. Er fand sie unter seiner Regenjacke und ließ sie unauffällig in der Seitentasche seiner Hose verschwinden. Dann stand er auf und entschuldigte sich, weil er einmal kurz in den Wald müsse. Der Lehrer nickte und bat ihn, sich nicht allzu weit von der Gruppe zu entfernen.

Ferdinand hinkte in den Wald hinein. Sich mit einem steifen Bein auf dem matschigen Boden fortzubewegen, war nicht einfach. Ein paarmal musste er sich an Ästen festhalten, andere peitschten ihm fast ins Gesicht. Als er endlich zwischen dem Gestrüpp und den Bäumen ein Naturklo gefunden hatte, blickte er sich noch einmal um. Er stand genau über der Klasse, die unten rastete. Ferdinand nahm die beiden Schnüre, knotete sie zusammen und machte sie dann an zwei dünnen Zweigen fest, die den Blick zur Gruppe verdeckten. Die Schnur fiel kaum auf. Nun begab er sich wieder hinunter zu seiner Klasse.

»Nun, Ferdinand, hast den Wald vollgebrunzt? Nicht, dass deinetwegen jetzt noch eine Mure abgeht oder der Zufrittsee wieder über die Ufer tritt«, rief Martin, als Ferdinand aus dem Wald kam. Natürlich hatte er sofort die Lacher auf seiner Seite.

»Ja, sicher, Martin. Musst du auch aufs Häuschen?«, fragte Ferdinand ihn.

Tatsächlich erhob Martin sich und zog sich die Jeans hoch, die gerade einen Blick auf seinen Allerwertesten freigegeben hatten.

»Ja, komm, zeig mir mal, wo kleine Jungs ihr Geschäft verrichten. Dann zeig ich dir, was man mit dem Zeug noch so alles tun kann«, lachte Martin siegesgewiss.

Ferdinand wies seinem Widersacher den Weg in den Wald hinein bis zur Stelle, die er mit seinen Schnüren verziert hatte. Diskret zog er sich zurück, während Martin seine Hosen herunterließ und in die Hocke ging, um sich zu erleichtern. Ferdinand hatte genügend Zeit. Er wartete außerhalb der Stelle mit den Schnüren in der Hand, bis Martin einen ersten, geräuschvollen Furz fahren ließ. Als er dann auch noch krampfartige Geräusche von sich gab, zog Ferdinand an der Schnur, die er zuvor an den dünnen Zweigen festgebunden hatte, pfiff kurz durch die Finger und erntete so die Aufmerksamkeit der ganzen Klasse. Der Blick der Kinder und des Lehrers wanderte vom grinsenden Ferdinand zum scheißenden Martin, der in Windeseile versuchte, seine Hosen hochzuziehen. Dabei stolperte er über seine Füße und glitt aus – er fiel direkt in den eigenen Haufen hinein.

Der Lehrer war wütend und trieb die Menge an, nun schleunigst fertig zu essen und dann zum Bus zurückzugehen.

Ferdinand nahm genüsslich seine Schnüre vom Baum und steckte sie wieder in seine Hosentasche. Martin konnte ihn in diesem Moment nicht verfolgen, zu sehr war er damit beschäftigt, seine Hosen vom eigenen Unrat zu säubern. Als sie schließlich wieder in den Schulbus stiegen, wies der Lehrer ihn an, seine Hose in eine Plastiktüte zu stecken und in Unterhosen bis ins Dorf zu fahren. Schließlich könne er eine derartige Geruchsbelästigung weder den Mitschülern noch dem Busfahrer antun.

Kapitel 23
August 2014

»Warum ist Antonia nicht mitgekommen?«, fragte Peter und stellte seinen Rucksack neben den Baumstamm. Er wischte sich mit einem Zipfel seines T-Shirts über das schweißnasse rote Gesicht.

»Ich habe sie nicht gefragt«, murmelte Ferdinand und trank einen Schluck Wasser. Er war froh, dass die Wanderung zur Burg Hochgalsaun für ihn hier zu Ende war. Er schwitzte unter der Augustsonne und spürte schon wieder verdächtige Schmerzen an den Fußsohlen. Sicherlich hatte er sich auf dem Weg hierher Blasen zugezogen. Das Wandern war einfach nicht seine Leidenschaft – mit einem steifen Bein würde er diese Ausflüge in die Natur auch nie genießen können.

»Warum nicht? Ich dachte, sie sei deine Freundin«, entgegnete Peter und zwinkerte Andreas zu, der wieder einmal nicht genug Selfies mit seinem Handy verschicken konnte.

»Sie ist nicht meine Freundin. Wir gehen nur zusammen zur Schule«, antwortete Ferdinand mürrisch. Das Thema »Antonia« ging ihm schrecklich auf die Nerven. Er hatte sie gern, aber das hieß noch lange nicht, dass er in sie verliebt war. Wenn ihn überhaupt eine Frau interessierte, dann war das Silvie, die allerdings schon seit Jahren verschollen und vermutlich tot war. Von Zeit zu Zeit besuchte der Engel mit dem roten Kopftuch ihn noch in seinen Träumen. Dann war es, als hätte er sie gestern zum letzten Mal gesehen. Wenn er hingegen versuchte, sich im wachen Zustand ihr Gesicht in Erinnerung zu rufen, so gelang es ihm fast nicht mehr. Silvie verschwamm einfach vor seinen Augen.

»Ist ja auch gleich, Ferdl. Schau mal was für eine tolle Aussicht. Magst du nicht doch noch bis hoch zur Burgruine mitgehen?«

Ferdinand drehte sich um und sah den steilen Sonnenberg hinauf. Die Mittagssonne blendete ihn. Nur etwa einhundert

Höhenmeter weiter ragten die schwarzen Ruinen der Burg Hochgalsaun zwischen vereinzelten Bäumen in den blauen Sommerhimmel. Schon seit fünfhundert Jahren stand das alte Gemäuer als Ruine da oben am Steilhang. Immer wieder war die Burg in den ersten zweihundert Lebensjahren zerstört und wieder aufgerichtet, verschenkt und verkauft worden, bis sie schlussendlich nicht mehr bewohnt wurde und gänzlich zur Ruine verfiel.

»Nein, ich bleibe lieber hier. Aber geht ihr nur hinauf. Ich warte hier«, sagte Ferdinand und zog sich die Schuhe aus. Schweißgeruch stieg ihm in die Nase, an der rechten Ferse klebte ein wenig Blut. Die aufgescheuerte Blase brannte, er verzog das Gesicht. Er sah geradeaus. Dieses Plätzchen im Halbschatten mit der Aussicht auf den Vinschgau gefiel ihm. Er mochte das Zirpen der Grillen, die summenden Bienen und das leise Rascheln der Eidechsen. Seine Cousins Peter und Andreas fragten ihn noch dreimal, ob er sicher war, dass sie ihn allein lassen konnten, Ferdinand beruhigte sie. Ihm taten die Füße so sehr weh, dass er ganz bestimmt nicht davonlaufen würde.

Peter und Andreas entfernten sich, er blickte ihnen noch ein paar Minuten nach, bis sie hinter der nächsten Biegung verschwanden. Dann streckte er sich auf dem liegenden Stamm aus und nickte ein.

*

Ferdinand wachte auf und setzte sich hin. Zwei Männer näherten sich, sie redeten miteinander, es waren eindeutig keine Südtiroler. Ferdinand sagte nichts, als sie ihre Wanderstöcke ins Gras legten. Sie waren beide sehr groß. Ihre Gesichter waren von der Hitze gerötet.

»Guhden Tach«, sagte der eine. Der andere nickte Ferdinand freundlich zu. Ferdinand rückte ein Stück zur Seite, nicht aber, um den beiden Platz auf dem liegenden Baumstamm zu machen. Er traute ihnen nicht. Er traute Fremden prinzipiell nicht.

»Nee, nee, bleib sitzen, Junge. Wir wolln nur ein poor Fohdos mochen.«

Eine seltsame Aussprache, befand Ferdinand und rückte fast automatisch noch ein Stück zur Seite. Einer der Männer ging zu dem großen schwarzen Stein, der ein paar Meter vom Baumstamm entfernt am Abhang lag. Er kletterte hinauf, der andere schoss ein paar Fotos und ließ sich dann in derselben Pose ablichten.

»Mensch, das is eene Aussischt, Werner!«, rief der Fotografierende und nahm einen Schluck aus einer altmodischen Feldflasche, die an seinem grünen Rucksack baumelte.

»Ja, Egon, wunderscheen«, kommentierte auch der andere und atmete tief ein. Dann hustete er, weil ihn die staubige Sommerluft in den Lungen kitzelte.

Ferdinand hatte sich keinen Zentimeter bewegt. Er beobachtete die beiden Männer mit dem seltsamen Dialekt, die ein Foto nach dem anderen schossen. Sogar die Bäume und Blumen fotografierten sie. Von der Burgruine konnten sie gar nicht genug bekommen. Kurz bevor sie den Weg hinauf zur Hochgalsaun antreten wollten, drehte der Mann namens Werner sich noch einmal zu Ferdinand um.

»Sach mal, Jungchen, kannste nisch ein Fohdo von uns beeden mochen? Musst nur hier aufn Ausleeser drüggn«, erklärte er ihm und hielt ihm sein Handy hin.

Ferdinand erschrak erst ein wenig, dann nahm er das Telefon in die Hand und nickte schüchtern.

»Bist wohl eher ein stiller, oder? Nu ja, is ja nisch so schwierisch. Nur een oder zwee Fohdos, danke.«

Die beiden Männer stellten sich gemeinsam erst an den Abgrund, Ferdinand machte ein paar Fotos und zeigte sie ihnen. Sie lobten ihn und baten ihn, sie zu zweit sitzend auf dem großen schwarzen Stein zu fotografieren. Auch dies war im Nu erledigt. Ferdinand machte seine Arbeit gut, nun wollten sie auch im Stehen auf dem Stein fotografiert werden.

Ferdinand bewegte sich mit dem Handy in der Hand und versuchte, die beiden Touristen und den Stein auf das Bild zu bringen. Es schien unmöglich.

»Geht noch ein Stück zurück«, rief er, nachdem er sich einige Meter von ihnen entfernt hatte.

Tatsächlich versuchten die beiden Männer, einen Schritt nach hinten zu machen. Zu spät merkte der eine, dass er dabei ins Leere trat. Im Bruchteil einer Sekunde war nur noch ein lauter Schrei zu hören, dann ein krachender Ast und ein fallender Körper. Der andere Mann hatte vor lauter Schreck das Gleichgewicht verloren, aber konnte sich gerade noch fangen, stürzte dann vorneüber und krallte sich an dem schwarzen Stein fest.

Ferdinand hinkte schnell zu ihm hin und versuchte, seine Hand zu nehmen und ihn heraufzuziehen. Unter seinen Füßen fand der Mann kaum Halt, schaffte es aber dann doch mit eigener Kraft, sicheren Boden zu betreten. Er begann, nach seinem Freund zu rufen. Seine Stimme wurde immer lauter, bis sie sich fast überschlug. Sehen konnten sie den Abgestürzten nicht, sosehr sie sich auch über den Abhang beugten. Der Mann war weiß im Gesicht, er zitterte am ganzen Leibe. Schweiß rann von seiner Stirn, er fuchtelte wild mit seinen Armen und schrie immer wieder den Namen des anderen Mannes. Dann schrie er Ferdinand an, warum er denn gesagt habe, er solle zurückgehen.

Ferdinand bekam Angst. Er hatte doch nur gemeint, dass die beiden vielleicht einen Zentimeter zurückgehen sollten, nicht eine ganze Schrittlänge. Unter Südtirolern war der Scherz, einen Menschen beim Fotografieren einen Schritt weiter zurückzuschicken, durchaus bekannt. Ein vernünftiger Bergsteiger drehte sich allerdings um, bevor er einen Schritt zurück machte.

»Was mach isch denn jetzt?«, schrie der Mann verzweifelt und raufte sich die Haare.

»Bergrettung«, flüsterte Ferdinand und hielt ihm das Handy hin, mit dem er eben die schicksalhaften Fotos gemacht hatte.

Der Mann riss es ihm aus der Hand und fummelte hektisch auf dem Telefon herum. Er wollte es gerade ans Ohr halten, als sich vom Weg her Schritte näherten.

»Lass gut sein, Werner. Isch bin zwischen den Bäumen gelandet und konnte misch halten«, schnaufte Egon. Seine Wange und seine Beine waren aufgeschürft.

Wie vom Blitz getroffen ließ der Mann das Handy fallen, rannte auf seinen Freund zu und umarmte ihn. Dann sah Ferdinand, wie er ihn unter Tränen auf die Wange und den Mund küsste. Ferdinand war von dieser Szene irritiert, konnte seinen Blick aber auch nicht von den beiden Männern lassen. Als sie schließlich voneinander abließen, stand er auf und humpelte langsam auf sie zu.

»Es tut mir leid«, sagte er sehr, sehr leise. »Ich wollte nicht, dass Sie hinunterfallen.«

»Menschenskind, das hätte ins Auge gehen können, Junge. Aber es is ja noch mal gut gegangen. Fotograf solltest du besser nisch werden, das ist ja lebensgefährlisch.«

»Du hast wohl noch nie zwei Männer gesehen, die sisch lieb haben, oder, mein Junge?«

Ferdinand schüttelte den Kopf. So etwas war ihm weder im Schnalstal noch im Martelltal passiert.

»Du hast doch sischer och eine Freundin, oder?«, fragte der andere. »Das is so in etwa dasselbe.«

Ferdinand zuckte mit den Schultern und musste plötzlich an Antonia denken. Bei dem Gedanken, sie vor einem Abgrund zu fotografieren und dann hinunterzufallen zu sehen, wurde ihm ganz elend.

»Na siehste, mein Junge. Du hast auch jemanden ganz arg lieb«, antwortete Werner, ohne dass Ferdinand auch nur einen Ton gesagt hatte. »Sonst hättest du jetzt bei dem Gedanken, sie zu verlieren, nicht so ein trauriges Gesicht gemacht. Besser, du sagst es ihr bald.«

Kapitel 24
November 2014

Ferdinand beobachtete seine Großmutter Elisabeth dabei, wie sie den Kaffee aufgoss und gleich danach den Kuchen aus der kleinen Speisekammer holte. Sie stellte die Buchweizentorte auf den Tisch und zwinkerte Ferdinand zu. Er schnupperte vorsichtig daran, der starke Zimtgeruch war unverkennbar. Elisabeth sah auf die Uhr, nahm eine kleine Thermoskanne aus dem Schrank über der Spüle und goss ein wenig vom heißen Kaffee hinein. Dann schnitt sie die Torte auf und legte ein Stück auf einen kleinen Teller. Das Stück Kuchen stellte sie auf die Anrichte. Ferdinand fragte nicht, warum; solange er sich erinnern konnte, hatte seine Großmutter immer ein wenig vom Essen beiseitegestellt. Das Essen sei für den Hans, hatte sie ihm erklärt.

Sie blickte erneut auf die Wanduhr, hielt kurz inne und dachte nach. Dann schüttelte sie den Kopf. Ferdinand nahm eines der alten Comicheftchen von der Bank und begann zu lesen.

»Wo er nur wieder bleibt«, murmelte Elisabeth leise in sich hinein.

»Soll ich den Papi und die Mami holen? Sie sind unten auf der Straße, Omi«, bat Ferdinand seine Hilfe an. Da kamen die beiden auch schon in die Stube.

»Es schneit«, sagte Marie und half ihrer Mutter, die Tassen auf den Tisch zu stellen und den Kuchen zu verteilen.

»Dann kommt er sicher spät«, entgegnete sie. »Fangen wir an, sonst wird der Kaffee kalt.«

Marie und Reinhold blickten sich kurz in die Augen, blieben aber still. Elisabeth Leitner litt unter schwerem Alzheimer, sie konnte weder zwischen Realität und Fantasie noch zwischen Gegenwart und Vergangenheit unterscheiden. Dass sie ein Stück Kuchen für ihren vor Jahrzehnten verunglückten Mann wegstellte und ihm ein wenig Kaffee in die Thermoskanne goss, war nichts Neues. Sie hatten sich damit abgefunden, dass Elisabeth so mit ihrer Trauer besser zurechtkam.

Doch nun rechnete sie scheinbar wirklich damit, dass ihr Mann vom Holzfällen nach Hause kommen würde, obwohl er vor fast vierzig Jahren bei einem Unfall im Wald gestorben war. Der junge Hans Leitner war damals nach getaner Arbeit auf dem vereisten Waldboden ausgerutscht, den Abhang hinuntergestürzt und dort verstorben.

Elisabeth hatte den Tod ihres Mannes bis heute nicht verkraftet. Je älter sie wurde, desto näher schien sie ihm zu sein. Sie schien zu spüren, dass ihr Ende nicht mehr weit weg war, und wollte auf das Wiedersehen mit ihrem geliebten Hans vorbereitet sein. Da durfte es ihrer Meinung natürlich nicht an heißem Kaffee und nach Zimt duftenden Kuchen mangeln.

»Fein ist der Kuchen, Mami«, lobte Marie sie und versuchte ihre Mutter aus den Gedanken zu reißen.

Elisabeth antwortete nicht, stocherte ein wenig in der Torte herum und sah wieder auf die Uhr. Dann schüttelte sie noch einmal den Kopf. »Ich geh noch einmal zur Kirche«, sagte sie entschlossen, »aber alleine.«

»Wir waren doch schon heute Morgen in der Messe«, sagte Reinhold und verbrannte sich beinahe die Zunge am heißen Kaffee. Hastig stellte er die Tasse wieder ab.

»Ich will beten«, entgegnete Elisabeth barsch.

Schweigend aßen sie die Torte zu Ende, dann kümmerten Reinhold und Marie sich wieder um den Dachboden des alten Hofes, der ohne einige Reparaturen nicht mehr lange standhalten würde. Das Gemäuer aus dem 18. Jahrhundert hatte schon lange keine Pflege mehr erfahren.

Elisabeth Leitner ließ sich nicht beirren: Sie packte die Thermoskanne und das einzelne Kuchenstück in ein Säckchen und verließ damit das Haus. Ferdinand stand von seinem Küchenstuhl auf und ging seiner Großmutter hinterher. Tatsächlich lief sie zur Kirche, die sich nur ein paar Gehminuten weiter auf dem Felsen von Katharinaberg befand. Ferdinand folgte ihr in die Kirche, wo seine Großmutter sich wie immer nach einem Gebet in der ersten Reihe neben der Jesusstatue des blinden Malers niederließ. Elisabeth starrte ihn erst von der Seite an, dann stand sie auf und berührte vorsichtig und andächtig Jesus' nackte, blutende Beine. Sie sprach leise mit ihm und zog ein wenig an dem staubigen roten Samtumhang, den man der Statue um die Schultern gelegt hatte. Ihre Lippen bewegten sich, Ferdinand konnte ihre Stimme aber nicht hören. Wahrscheinlich betete sie lautlos.

Plötzlich drehte Elisabeth sich um und kam zur Kirchentür zurück. Ihre dunklen Augen blickten starr geradeaus, ihre Haut und ihr Haare schienen noch weißer als sonst. Sie lief ein wenig gebeugt. Ferdinand wollte sich schon ein Versteck suchen, doch seine Großmutter schien ihn nicht einmal wahrzunehmen. Wie ein Geist durchschritt sie die kleine Kirche, bekreuzigte sich und verließ das Gotteshaus mit dem kleinen Beutel im Arm.

Ferdinand ging davon aus, dass sie nun wieder nach Hause gehen würde, und hinkte ihr langsam hinterher. Der Schnee fiel nun in dichten Flocken auf die menschenleeren Dorfgassen. Ferdinand musste aufpassen, dass er auf dem Weg hinunter zur Straße nicht ausglitt. Langsam erreichte er den Hof. Elisabeth schien allerdings nicht vorzuhaben, in die warme Stube zurückzukehren. Sie lief an ihrem Hof vorbei, die Straße hinauf, an den Weiden entlang und in Richtung Wald.

Er wusste nicht recht, ob er ihr folgen oder besser ins Haus gehen sollte. Es war zu kalt und zu dunkel für einen Ausflug. Am Ende siegte die Neugier und Ferdinand humpelte ihr, so schnell er konnte, hinterher. Ein paarmal blieb sie stehen, um ein wenig zu verschnaufen. Dann ging sie weiter. Nie hatte Ferdinand seine Großmutter so schnell gehen sehen wie am heutigen Abend.

Als Elisabeth am Waldrand angelangt war, verlor Ferdinand sie beinahe aus den Augen.

»Omi«, rief er, »nicht so schnell. Warte doch. Ich komm mit dir.«

Elisabeth drehte sich nicht einmal um. Sie hörte Ferdinand nicht. Sie ging einfach in den Wald hinein und stieg langsam und vorsichtig durch das Unterholz. Einige Male rutschte sie aus und schrie vor Schreck leise auf, rieb sich die Hände an ihrer Kleidung ab und lief weiter. Sehen konnte sie sicher genauso wenig wie Ferdinand, der ihr fast blind zwischen den Bäumen hinterherging und immer wieder versuchte, sie aufzuhalten. Elisabeth zeigte keine einzige Reaktion. Sie ging weiter, bis sie auf der nächsten Forststraße stand, und hielt sich schwer atmend an einem Baum am Straßenrand fest. Der Aufstieg über den steilen, nassen Waldboden war anstrengend gewesen. Ferdinand erschrak, als er ihr Rufen hörte: »Hans! Hans, wo bist du? Komm endlich zurück nach Hause.«

Ferdinand rief ihr zu, sie solle umdrehen und mit ihm nach Hause gehen.

Doch Elisabeth rief noch einmal nach Hans. »Komm nach Hause! Hans, es ist kalt, hier erfrierst du doch nur.«

Ferdinand lief zu ihr, endlich hatte er es geschafft, sie einzuholen. Er zog an ihrem Arm und schrie, sie solle aufhören und heimkommen. Elisabeth ließ den Beutel mit dem Kuchen und der Kanne fallen und wehrte sich mit Faustschlägen.

»Was willst du? Lass mich in Frieden!« Ihre Stimme war schrill und panisch, sie erkannte ihren eigenen Enkelsohn nicht mehr.

»Omi, ich bin's, der Ferdl. Komm bitte nach Hause. Es ist kalt. Der Opa kommt nicht mehr wieder. Der ist im Himmel.«

Elisabeth entgegnete nichts mehr, sie schlug und trat um sich, nahm eine Handvoll Erde vom Boden und schleuderte sie Ferdinand ins Gesicht. Ferdinand wurde gleichzeitig wütend und traurig, weil seine Großmutter so auf seine Hilfe reagierte. Er wusste nicht mehr, was er tun sollte, und ging ein paar Schritte zurück. Auch Elisabeth entfernte sich, er konnte nur schemenhaft wahrnehmen, wie sie von der Forststraße in den

Wald zurückging. Ferdinand blieb stehen und wartete einen Moment. Es war mittlerweile stockdunkel, er konnte nicht einmal die eigene Hand vor seinen Augen sehen.

Er hörte noch einmal die Stimme seiner Großmutter, bevor ein paar Zweige knackten und sie vor Schreck laut aufschrie. Dann wurde es still, sehr still. Er hörte keine Geräusche mehr, nicht einmal ihre Schritte. Er näherte sich dem Baum, wo sie sich zuvor festgehalten hatte, und lauschte angestrengt. Dann, nach einigen Sekunden, vernahm er die leise Stimme seiner Großmutter. Sie klang nun wieder wie früher, als sie noch gesund gewesen war. Sie klang, so schien es Ferdinand, glücklich.

»Jetzt bin ich bei dir, Hans«, sagte sie. »Jetzt sind wir wieder beisammen.«

Dann kehrte die Stille zurück.

Ferdinand fragte leise ins Dunkel: »Omi? Wo bist du? Ich kann dich nicht sehen.«

Er erhielt keine Antwort. Ferdinand hielt sich an dem Baum fest und ging vorsichtig in die Richtung, die seine Großmutter eingeschlagen hatte. Immer wieder rief er nach ihr, doch Elisabeth blieb still. Ferdinand setzte langsam einen Schritt vor den anderen, um nicht auszurutschen und hinzufallen. Sein Bein begann zu schmerzen, die Nerven unterm Knie spielten ein schräges Konzert. Nachdem er sich einige Meter weiter vorgewagt hatte, stieß er an den Körper seiner Großmutter. Er erschrak ein bisschen, sagte aber keinen Ton. Er suchte einen sicheren Stand und versuchte, seine Großmutter an den Schultern zu packen und sie zu schütteln. Er sprach auf sie ein, doch Elisabeth reagierte nicht. Sie atmete nicht mehr.

Ferdinand schaffte es, ihren Oberkörper umzudrehen, sodass sie nicht mehr mit der rechten Gesichtshälfte auf dem Waldboden lag. Er kniete zu ihr nieder. »Das ist nicht mehr witzig, Omi«, schrie er sie an, »wir müssen heim. Hier ist es saukalt und es schneit. Der Opi kommt nicht mehr. Jetzt steh doch endlich auf.«

Ferdinand nahm ihren Arm und zog daran, die Hand seiner Großmutter war schwer und schlaff. Er zog so fest daran, dass er den Halt verlor und auf dem Hosenboden landete.

»Ich hol den Papi, Omi. Der kann dir sicher besser helfen. Warte hier. Ich bin gleich wieder zurück«, sagte Ferdinand und ging, so schnell sein schmerzendes Bein es zuließ, zurück ins Dorf.

*

Noch nie hatte Ferdinand so viele Tränen gesehen wie die, die über die Wangen seiner Mutter liefen. Marie hatte seit dem Moment, als Ferdinand plötzlich dreckig und nass auf dem Dachboden stand und flüsterte, dass die Omi nun beim Opi im Himmel sei, nicht mehr aufgehört zu weinen. Nur in den ersten Sekunden hatte sie ihn ungläubig angestarrt, dann hatte sie plötzlich geschrien und sich heftig gekrümmt, fast so, als täte ihr der ganze Körper auf einmal schrecklich weh. Sie hatte einfach nicht aufgehört, laut zu schreien. Reinhold hatte sich zu ihr heruntergebeugt und versucht, sie aufzurichten, doch Marie hatte ihn abgewehrt und war auf den staubigen Boden gesunken. Reinhold hatte Ferdinand an sich gezogen, dann hatte auch er sich nicht mehr halten können. Langsam, wie in Zeitlupe, hatten sie sich zu der laut weinenden Marie gesetzt und sich gegenseitig gehalten.

Ferdinand hatte erwartet, dass man ihn wegen des Drecks auf seiner Kleidung ausschimpfen würde, doch nichts dergleichen passierte. Nach einigen Minuten merkte Reinhold, dass sein Sohn zitterte. Marie weinte nun lautlos und ließ sich von ihm aufhelfen. Er brachte beide in die Stube zurück und legte Ferdinand eine warme Decke über. Seiner weinenden Frau flößte er heißen Tee ein. Dann rief er den Notarzt und die Bergrettung, setzte Ferdinand ins Auto und ließ sich die Stelle zeigen, an der Elisabeth gestürzt war.

Wenige Zeit später erhellten Blaulichter und Taschenlampen das Waldstück über Katharinaberg. Sie war nicht tief gestürzt, vielleicht einen halben Meter. Vermutlich, so sagte der Arzt, sei sie einfach nur zusammengebrochen. Er würde sie untersuchen lassen, um die Todesursache festzustellen.

Reinhold fragte Ferdinand noch einmal, was genau passiert war. Ferdinand erzählte ihm, wie er seiner Großmutter durch den Wald gefolgt war, dass sie immer wieder nach Hans gerufen habe und er sie schließlich eingeholt habe. Als er sie nach Hause begleiten wollte, habe sie sich gewehrt und ihn mit Dreck beworfen. Dann sei sie ein paar Schritte nach hinten gegangen und gestolpert. Sie habe kurz geschrien und dann mit Hans gesprochen.

»Es kann natürlich sein, dass sie einen plötzlichen Herzinfarkt hatte«, sagte der Arzt und schloss den metallenen Sarg, »bei so viel Anstrengung und Aufregung wäre es kein Wunder. Geht nach Hause und kümmert euch um Marie.«

Maries Geschwister Lenz und Katharina waren längst in ihrem Elternhaus eingetroffen. Sie saßen gemeinsam in der Stube, als Reinhold und Ferdinand gegen neun Uhr abends aus dem Wald zurückkamen. Es roch nach kaltem Kaffee. Ihre Tassen waren voll, keiner der drei Geschwister hatte einen Schluck getrunken. Wie versteinert saßen sie am Tisch, hielten sich bei den Händen und sprachen kein einziges Wort. Katharinas Wangen waren nass, Maries Tränen liefen unentwegt, sie schien es nicht einmal zu bemerken. Langsam drehte sie den Kopf zu Reinhold und ihrem Sohn. Ihre Augen waren rot, ihr Gesicht geschwollen.

»Wo ist sie?«, fragte sie. Ihre Stimme klang rau.

»Der Arzt muss sie untersuchen. Er ist sich nicht sicher, woran sie gestorben ist«, erklärte Reinhold, »morgen Vormittag bringen sie sie hierher. Zur Totenwache.«

»Der wird unsere Mutter nicht aufschneiden«, rief Lenz und stand so brüsk auf, dass der hölzerne Stuhl nach hinten kippte.

»Setz dich nieder, Lenz. Das wird nicht nötig sein«, flüsterte Katharina und drückte seine Hand.

*

Bereits am kommenden Morgen wurde Elisabeth Leitner in ihrem eigenen Bett aufgebahrt. Man hatte sie nicht aufgeschnitten und der Arzt bestätigte den plötzlichen Tod durch einen akuten Herzinfarkt. Sie habe nicht lange gelitten, tröstete er die Familie. Der Priester kam, zündete die Sterbekerze an und betete zur heiligen Katharina. Dann segnete er Elisabeth. Katharina und Marie legten ihrer Mutter das einzige weiße Kleid an, das sie im Kleiderschrank finden konnten, schließlich hatte Elisabeth seit über vierzig Jahren nur noch schwarz getragen.

»Nun brauchst du kein schwarzes Kleid mehr, Mami. Schau nur, wie fein du aussiehst. Da wird der Papi aber Augen machen«, flüsterte Katharina und lächelte unter ihren Tränen.

Lenz hängte sorgfältig den Spiegel zu und hielt die Uhr im Zimmer der Toten an. Dann öffnete er das Fenster einen Spaltbreit. Die Sonne war ein wenig herausgekommen und schien auf Elisabeths Gesicht.

»Damit deine Seele besser in den Himmel findet, Mami«, sagte er und legte ihr den Rosenkranz zwischen die gefalteten Hände. Er setzte sich auf den Stuhl neben dem Bett und begann, gemeinsam mit seinen beiden Schwestern zu beten.

Ferdinand hatte in der Tür zum Schlafzimmer gestanden und seine Familie dabei beobachtet, wie würdevoll sie um die eigene Mutter trauerte. Seine Großmutter lag still auf dem Bett, ihr Gesicht hatte einen friedlichen Ausdruck. Manchmal hatte Ferdinand Angst vor ihr gehabt, weil sie so barsche Antworten gegeben oder wirre Dinge gesagt hatte. Oft hatten ihre dunklen Augen mit dem stechenden Blick ihm Furcht eingeflößt. Nun schien sie im Reinen mit sich selbst und der Welt zu sein.

War das Sterben vielleicht gar nicht so schlimm, fragte Ferdinand sich und sah noch einmal seine tote Großmutter, Marie und ihre Geschwister an. Nur die Omi war glücklich, seine Mutter und seine Tante weinten unentwegt, sein Onkel hatte tiefe Furchen in der Stirn und wischte sich auch ab und an eine Träne aus dem Augenwinkel. Ferdinand fragte sich, ob der Tod die Menschen gleichzeitig so glücklich und so traurig stimmen konnte. Er löste sich vom Türrahmen und ging langsam zum Bett seiner Großmutter. Die Dielen knarrten leise unter seinen Schritten. Er beugte sich zu ihr nieder und berührte vorsichtig ihre kalte weiße Stirn. Er hielt einen Moment inne und dachte an den gestrigen Abend, als er ihr in die Kirche und dann in den Wald gefolgt war. Wie finster sie dort dreingeschaut hatte und wie zufrieden sie nun aussah.

Er öffnete die Lippen und flüsterte ihr, so leise er konnte, ins Ohr: »Weißt du, Omi, ich bin glücklich darüber, dass du tot bist.«

Kapitel 25
Juli 2015

Ferdinand und Marie traten aus dem kühlen Sportgeschäft. Die Hitze schlug ihnen entgegen, obwohl sie sich im Schatten der Bozener Lauben befanden. Menschen liefen an ihnen vorbei, so viele hatte Ferdinand noch nie gesehen, nicht einmal auf dem Marteller Erdbeerfest. Manche von ihnen trugen beige Kleidung, alberne Sonnenhüte und Bergstiefel. In den Händen hielten sie grüne Stadtpläne, mit der sie sich in der Landeshauptstadt besser zurechtfinden sollten.

»Wo sind die Lauben?«, fragte einer.

»Wir stehen drunter«, antwortete ein anderer.

»Wir wollten noch die Kathedrale besichtigen«, rief eine Frau.

»Das ist doch der Dom«, erklärte wieder eine andere Stimme.

Marie war vorausgegangen, Ferdinand suchte sich einen Weg durch das Gewirr aus Touristen, Geschäftsleuten und den wenigen Einheimischen, die man in den Sommermonaten im Zentrum Bozens noch antreffen konnte. Er sah sich um, blieb vor den Schaufenstern einer Buchhandlung stehen und betrachtete die Auslagen. Die schönsten Südtiroler Trachten – fünf Euro. Das Beste aus Südtirols Küche – acht Euro, ein Speckknödel im Krautbett zierte das Buch. Ein paar Meter weiter hingen blaue *Schurze*, genau wie sein Großvater Franz sie trug. »Ich bin der Chef, wenn die Frau nicht daheim ist« stand auf einer. »Überarbeitet und unterbezahlt«, verriet die daneben. Im Schaufenster lagen federkielbestickte Geldbeutel und pausbackige Engelsfiguren. Ferdinand konnte mit Marie kaum Schritt halten, sie war bereits im nächsten Laden verschwunden. Er folgte ihr durch die bunten Kleiderständer und beobachtete seine Mutter dabei, wie sie sich ein Kleid nach dem anderen vor den Leib hielt und es dann doch wieder zurückhängte.

»Auf dem Hof kann ich das sowieso nicht tragen, also was soll's«, sagte sie enttäuscht und verließ mit Ferdinand das kühle

Geschäft, um erneut gegen die Wand aus schwerer sommerlicher Hitze zu laufen. Ferdinand hatte das Gefühl, von der Wärme zu Boden gedrückt zu werden.

Sie liefen weiter und passierten den Obstmarkt, der täglich zwischen den Lauben und der Museumstraße stattfand. Rechts roch es nach gekochten Würstchen, links nach frisch gebackener Pizza. Schwitzende Touristen hielten ihre leeren Plastikflaschen unter den Wasserstrahl eines Brunnens. Gemüse wurde angeboten, eine Frau sprach lautstark über die wundervolle Pasta und das fruchtige Olivenöl, die sie als hübsche Geschenkpäckchen verkaufte. Olivenöl aus Südtirol? Diese Frage stellte sich Ferdinand.

Er sah sich um, einige Händler mit dunkler Haut und schwarzen Haaren boten Nüsse und getrocknetes Obst an. Ein junger Mann, seine Haut war dunkler als Schokolade, sah Ferdinand eine Sekunde lang traurig in die Augen und bat ihn um Geld. Ferdinand konnte ihm nicht antworten, so kräftig zog Marie ihn durch das Menschenknäuel, das sich am Obstmarkt gebildet hatte. Ein paar Meter weiter standen zwei Polizisten, die versuchten, eine junge Frau zu beruhigen. Sie gestikulierte wild und rief immer wieder: »Mi hanno rubato il portafoglio!«

Ferdinand konnte sich kaum an den vielen Menschen sattsehen, die durch Bozen liefen. Eine junge Frau mit dunklen, schmalen Zöpfen kam ihnen entgegen und gab lustige Pfeiftöne von sich. Ferdinand lachte, weil sie sich noch bunter angezogen hatte als die anderen Menschen. Auch sie hielt eine kleine Schüssel in der Hand, mit der sie Geld sammelte. Neben einem Bäckerladen ertönte Panflötenmusik. Ein bunt gekleideter Peruaner mit ruhigem Gesichtsausdruck spielte gleichzeitig ein Lied auf seiner Panflöte und seiner Gitarre. Ferdinand betrachtete ihn fasziniert, dann schloss er kurz die Augen. Die Musik gefiel ihm. Als er die Augen wieder aufmachte, konnte er seine Mutter nicht mehr sehen. Sicher war sie inzwischen weitergegangen, dachte er und lief weiter bis zum Ende der Museumstraße.

Bei einem großen Schild blieb Ferdinand stehen. Es zeigte einen übergroßen Mann mit nacktem Oberkörper und Hosen aus Tierfellen. Seine Haare waren schulterlang und verfilzt, sein Vollbart braun und grau. An seinem Gürtel hingen einige Utensilien, in seiner rechten Hand hielt er einen langen hölzernen Stab. »Frozen stories« lautete das Motto der neuen Dauerausstellung im Landesmuseum. Ferdinand ging ein paar Schritte zurück und betrachtete den Mann genauer. Er staunte: Er stand vor dem Abbild Ötzis, des Mannes, der über fünftausend Jahren nach seinem Tod gefunden worden war. Wie oft hatte er in der Schule von dem Mann und all den Mythen gehört, die sich um seinen Tod rankten. Es war Mord, sagte man sich nicht nur in Südtirol und untersuchte die bestens erhaltene Gletschermumie auf Hinweise. Jeder Zentimeter seines Körpers war analysiert worden und immer wieder fand man neue Hinweise darauf, wie der Mann aus der Kupferzeit gelebt hatte und wie er zu Tode gekommen war.

*

Marie hatte dem Wunsch ihres Sohnes nachgegeben und ihm erlaubt, das Museum anzusehen, während sie ihre Erledigungen in der Landeshauptstadt machte. Sie hatte ihn ermahnt, sich ordentlich zu benehmen, keinen Schaden anzurichten und vor allem nichts anzufassen. Ferdinand hatte gehorsam genickt und war dann, mit einer Eintrittskarte in der Hand, in Ötzis Welt eingetaucht. Noch nie zuvor hatte er ein Museum besichtigt: Er lief staunend durch den Eingangsbereich, der einer Gletscherspalte glich. Man hatte hohe weißblaue Wände aufgestellt, durch die dunkles Licht fiel. Ein paar kleine Bildschirme zeigten den Fund der Gletschermumie im Jahr 1991 am Tisenjoch im Schnalstal, der Heimat seiner Mutter. Ob Ötzi wohl mit mir verwandt war, wenn man ihn dort gefunden hatte? Einen Moment lang fühlte Ferdinand sich dem Mann aus dem Eis richtig verbunden.

Er betrachtete die vielen Zeitungsausschnitte an den Museumswänden. Die ganze Welt hatte über ihn berichtet. Im Jahre 1991 hatten ihn ein paar Wanderer am Rande des Gletschers gefunden und für einen toten Bergsteiger gehalten. Sie konnten natürlich nicht wissen, dass es sich bei der Leiche um einen Mann aus der Kupferzeit handelte, die nun schon über 5000 Jahre zurücklag. Sein Körper wurde daraufhin nach Innsbruck gebracht, dort untersucht und schließlich im Landesmuseum zu Bozen ausgestellt. Nach und nach fand man seine Ausrüstung und Bekleidungsstücke. Ferdinand betrachtete seine Pfeile, die Überreste seines Köchers, seine Kappe aus Bärenfell und das, was von seinem Lendenschurz und seinem Beinkleid übrig geblieben war.

Im ersten Stock stellte er sich in die Schlange, die sich vor der ausgestellten Mumie gebildet hatte. Als er endlich dran war und sich auf das kleine Podest stellte, um Ötzi betrachten zu können, bekam er plötzlich Mitleid mit dem alten Mann aus dem Eis: Man hatte ihn in einen abgetrennten Raum gelegt, dessen Temperatur bei sechs Grad unter null lag. Seine Haut glänzte an manchen Stellen bräunlich, an anderen schien sie fast golden zu sein. An seinen Fingern hatten sich kleine Eiszapfen gebildet. Sein rechter Arm lag über seiner Brust; als man ihn ermordet hatte, war er darauf gefallen und in dieser Stellung gestorben. Man konnte seine Zähne noch ansatzweise erkennen, seine Oberlippe hingegen war durch die Erfrierungen beschädigt worden. Der Anblick der eingefrorenen Leiche machte Ferdinand nachdenklich. Er sah sich noch einmal kurz um, als er vom Podest stieg, und ging weiter.

Im zweiten Stockwerk wurde von all den Untersuchungen berichtet, die man an Ötzi unternommen hatte. Man hatte herausgefunden, dass er nicht aus dem Schnalstal, sondern aus dem Eisacktal stammte. Er war knapp fünfzig Jahre alt geworden, das war für damalige Verhältnisse ein hohes Alter. Ein paar Krankheiten hatten ihn auch gequält, besonders die Arthrose im Knie und die Würmer im Darm mussten ihm zu schaffen gemacht haben. Ferdinand schwirrte der Kopf, er hatte in dieser letzten Stunde so viele Bilder gesehen, so viel über Ötzi gelesen, dabei hatte er sich eigentlich erhofft, dem Mann so zu begegnen, wie er wirklich einmal gewesen war, nämlich als Mensch.

Keine zwei Minuten später wurde er belohnt: In einem eigenen Raum, auf einer weißen Tribüne, stand der Mann aus dem Eis. Ferdinand bestaunte die lebensgroße Puppe mit den Fellhosen, Fellschuhen, dem langen Bogen in der rechten Hand, dem verfilzten Haar und dem Vollbart. Sein Gesicht war stark gebräunt, Sonne, Kälte und ein Leben in der freien Natur hatten es gegerbt. Seine Augen waren schmal und braun, ein wenig wie die seiner Großmutter, die im Jahr zuvor im Wald gestorben war. Ötzi schien in die Ferne zu schauen, er schien etwas zu beobachten, vielleicht ein Tier oder einen Menschen. Sein Blick war konzentriert und klug, wachsam, aber auch ein wenig traurig. War er auf der Flucht oder auf der Jagd? Was ihm wohl widerfahren war, dachte Ferdinand und wandte sich ab.

Er war müde. Nun würde er sich ein wenig in der Besucherlounge ausruhen. Seine Mutter würde sicher noch so einiges in der Stadt zu tun haben, da konnte er sich auch ein kleines Nickerchen auf einem der Sessel im oberen Stockwerk gönnen. Nur ein paar Minuten, dachte Ferdinand und hinkte in den Raum, in dem sich viele bunte Sessel befanden.

*

Ferdinand hatte sich auf einen blauen Sessel gelegt. Der Schlaf übermannte ihn sofort, innerhalb weniger Minuten fiel er in tiefen Schlaf. Die kleinen Kinder, die um ihn herumtobten, störten ihn nicht. Er träumte.

Er befand sich im Pedertal, in der Nähe der Schildhütte, in der seine Großeltern Else und Franz lebten. Im Tal sah es aus wie früher, als die Rodelbahn noch nicht stand. Alles war grün, hier und da lagen dicke Felsbrocken. Ferdinand konnte leicht gehen, er hatte kein steifes Knie. In seiner Hand hielt er eine Lanze, an seinen Beinen trug er Fellhosen und einen Lendenschurz aus Tierhäuten. Er sah sich um, niemand kreuzte seinen Weg, nur in der Ferne konnte er einen Steinbock erkennen, der gerade geschickt eine Felswand erklomm. Er ging weiter, lief immer schneller, in seinem Traum konnte Ferdinand plötzlich wieder rennen. Er nahm die Lanze, drehte sie um und stieß sich mit ihr ab. Mit riesigen Schritten näherte er sich der Schildhütte.

Die Hütte schien unbewohnt, keine Ziegen grasten davor, es gab keinen Garten, keinen Zaun, kein Panda stand davor. Ferdinand blieb stehen und beobachtete die Hütte seiner Großeltern eine Weile. Erst rührte sich nichts, dann ging plötzlich die Tür auf. Ferdinand ging schnellen und leichten Schrittes hinauf zur Hütte und lugte vorsichtig hinein. Er fragte nach seinen Großeltern, doch sie waren nicht da. In der Küche stand jemand anderes, eine junge Frau mit blondem Haar und einem roten Kopftuch. Sie trug ähnliche Fellkleidung wie er selbst. Ferdinand erschrak, als sie sich umdrehte und er in Silvies Gesicht blickte.

»Silvie?«, fragte er. »Was machst du hier?«

»Ferdi, du Dummerchen. Ich habe auf dich gewartet. Setz dich. Es gibt etwas zu essen«, antwortete sie.

»Ferdl, nicht Ferdi«, ermahnte Ferdinand sie und lächelte.

Auch Silvie lächelte und sah wieder aus wie ein Engel. Sie setzten sich an den Tisch und aßen Fleisch. Sie sprachen miteinander, als wäre es nie anders gewesen. Das Fleisch schmeckte herrlich und Ferdinand lobte sie. Mit einem Mal verstummte Silvie und bedeutete Ferdinand, leise zu sein. Draußen waren Stimmen zu hören.

»Sie sind zurückgekommen«, flüsterte Silvie. Ihr Blick war ängstlich, hektisch suchte sie nach einem Versteck.

»Wer? Wer, Silvie?«

»Die Jungs«, sagte sie und er konnte Tränen in ihren Augen sehen. »Sie wollen sich an dir wegen des Zehs rächen«, sagte sie aufgebracht und warf ihm Pfeil und Bogen zu.

Ferdinand war nicht schnell genug gewesen. Er hatte gerade den ersten Pfeil in den Bogen gespannt, als der dicke Junge, dem er in der Herz-Jesu-Nacht vor vielen Jahren mit seinem Beil den großen Zeh abgetrennt hatte, in die Hütte stürmte. Auch er war in Fell gekleidet und noch größer und dicker als damals. Ferdinand zielte auf ihn, doch der Junge war schneller und stürzte sich direkt auf Silvie. Sie schrie laut um Hilfe. Er zog sie am rechten Arm, um sie aus der Hütte zu schleifen. Ferdinand sah ihr Gesicht, es war genauso zerkratzt und tränennass wie in jener Nacht, als sie in der Scheune neben der Hütte vergewaltigt worden war. Er griff nach Silvies linkem Arm und schrie den Jungen an, er solle sie loslassen.

»Hau bloß ab, du bekommst sie nicht zurück! Geh weg, lass uns in Frieden«, schrie er aus Leibeskräften. »Raus aus meiner Hütte!«

Der dicke Junge ließ nicht los und so kämpften sie minutenlang um die arme weinende Silvie.

Plötzlich trat Ferdinands Mutter in die Hütte und sagte leise: »Wach auf, Ferdl! Komm, wir müssen nach Hause.«

Ferdinand wachte auf und blickte fassungslos um sich.

Marie stand neben seinem blauen Sessel und sah ihn gutmütig an.

»Ferdl, das Museum schließt. Komm, du Schlafmütze. Wir müssen nach Hause.«

Sie drückte ihm einen sanften Kuss auf die Stirn. Dann verließen sie das Museum.

TEIL V

Kapitel 26
Oktober 2015

Ferdinand taumelte zur Tür hinaus und lief langsam zur Bushaltestelle, die sich gleich neben dem Gasthaus befand. Die kalte regennasse Luft schlug ihm entgegen und ließ ihn schaudern. Den ganzen Abend hatte er in der Gaststube verbracht, mit all den Jugendlichen aus dem Dorf, die er noch nicht einmal besonders gut leiden konnte.

Reinhold hatte ihn überredet, zum Törggelen ins Gasthaus im Dorf zu gehen. Ein Schulkamerad hatte Ferdinand anlässlich seines 18. Geburtstags dazu eingeladen. Mit fünfzehn Jahren wurde es für Ferdinand allerhöchste Zeit, eine Hetz zu haben, auszugehen und all das zu tun, was die jungen Leute im Tal jedes Wochenende machten. »Raus aus der Hütte!«, hatte Reinhold lachend gerufen. Ferdinand war skeptisch gewesen, die Gesellschaft der Kerle aus dem Dorf reizte ihn überhaupt nicht. Gutes Essen gab es auch zu Hause und ein Mädchen, nun, ein Mädchen hatte er doch schon. Selbst nach fast zehn Jahren hatte er seinen Engel keinen einzigen Tag lang vergessen. Er wollte Silvie, eine andere gab es für ihn nicht. Gegen sie kam nicht einmal Antonia an. Als er dies seinem Vater sagte, stieß Reinhold ihn an und nannte ihn einen Trottel, er solle sich lieber nach einer Gleichaltrigen umschauen.

Am Parkplatz hatte Reinhold ihn aus dem Auto steigen lassen und war ohne ein weiteres Wort wieder nach Hause gefahren. Um Mitternacht würde er wieder da sein, er solle dann einfach bei der Bushaltestelle auf ihn warten.

Ferdinand war lustlos die Stiege zur Gaststätte hinaufgegangen, in der Hoffnung, dass die nächsten vier Stunden bald vorübergehen würden. Der junge Wirt des Restaurants hatte ihn überaus herzlich empfangen und nach Reinhold und Marie gefragt; sie waren schon lange miteinander befreundet. Dann brachte er ihn in die hintere Stube, wo bereits ordentlich zugelangt wurde. Gerade eben brachte die Bedienung die Schlachtplatte mit Selchbraten und Rinderzunge auf Sauerkrautbett herein. Wer denn Blutwürste wolle, rief sie in die Runde, woraufhin fünf Hände in die Luft gestreckt wurden.

Martin rückte in der Bank auf und ließ Ferdinand Platz nehmen. Ausgerechnet der Martin, der ihm jeden Tag in der Mittelschule so übel mitspielte.

»Die Knödel hast jetzt verpasst, Ferdl, aber vielleicht leiht eine von den Mädchen dir ihre für eine Nacht«, lachte er, schlug Ferdinand kräftig auf die Schulter und wurde dabei ganz rot im Gesicht.

»Was soll sie mir leihen?«, fragte Ferdinand. Aus dem Witz seines Sitznachbars wurde er nicht recht schlau. Warum die anderen sich vor Lachen ausschütteten, konnte er ebenso wenig nachvollziehen. Knödel ausleihen, so ein Blödsinn.

»Ihre Knödel, du Depp! Iss das auf, ich werd's dir später erklären.«

Die Runde lachte noch einmal und prostete Ferdinand zu. Dieser zuckte mit den Schultern und aß seinen Teller leer, ohne dabei aufzusehen.

Gleich danach wurde der Nachtisch gereicht, die süßen gebackenen Mohnkrapfen schmeckten herrlich. Noch bevor die gerösteten Kastanien auf dem Tisch standen, fing die Runde an, den neuen, süßen Wein zu kosten. Er schmeckte auch Ferdinand, der Most war angenehm säuerlich und erfrischend. Mit einem Glas nach dem anderen löschte er seinen Durst nach dem schweren Essen.

Nachdem sie zu zehnt der Schlachtplatte, den Mohnkrapfen und den Kastanien den Garaus gemacht hatten, verlangte Martin nach einer Flasche Schnaps, ein paar Gläsern und einem Becher mit zwei Würfeln.

»Aber saufen tun nur die Volljährigen«, sagte der Wirt streng.

Ferdinand war in diesem Moment schon recht warm und er zog sich den wollenen Pullover aus, den man bei den Außentemperaturen auch tatsächlich brauchte. Antonia, die ihm die ganze Zeit gegenübergesessen hatte, schaute auf und warf ihm einen schüchternen Blick zu. Ferdinand erwiderte den Blick zwar kurz, schaute dann aber schnell wieder weg, er wollte schließlich nicht, dass sie ihm ihre Knödel für eine Nacht lieh. Er hatte, offen gestanden, einfach keinen Appetit mehr. Die Bedienung, ein dralles Mädchen im Dirndl, brachte einige Minuten später den Würfelbecher und den Schnaps.

Die nächsten eineinhalb Stunden verbrachten Ferdinand und vier Jungs der Gruppe mit *Poschen*. Natürlich kannte Ferdinand das Spiel, bei dem man eine Elf würfeln musste, um zu gewinnen, oder wenigstens die Lüge des Vorspielers aufdecken sollte. Ferdinand log zwar wie gedruckt, aber es schien, als wolle sein Talent ihn an diesem Abend in Stich lassen: Die richtige Zahlenkombination wollte einfach nicht kommen und sein Nachspieler ließ sich auch nicht so ohne Weiteres ins Bockshorn jagen. So verbrachte Ferdinand, der in seinem Leben noch keine Handvoll Schnäpse getrunken hatte, mehr Zeit mit dem Treberkippen als mit *Poschen*.

Als ihm plötzlich schwindelte und er dringend nach ein wenig frischer Luft verlangte, stand Antonia auf und brachte ihn vor die Türe. Hier stand er nun, an der Bushaltestelle, mit einem Kopf, der sich so weich wie Watte anfühlte, und seinem Nachbarsmädchen, das ihn unentwegt anstarrte.

»Der Martin war immer schon so gemein. Selbst verträgt er nichts, aber andere füllt er dauernd ab. Armer Ferdl, morgen wirst du ganz schön Kopfweh haben. Kommt dein Papi dich abholen?«

Ferdinand dachte einige Sekunden lang nach und schaute das Mädchen, das ihm in dieser Nacht seine Knödel leihen sollte, an. Sie verschwamm vor seinen Augen.

»Ferdl, warum schaust du denn so komisch? Geht es dir nicht gut?«

Ferdinand versuchte, ihr zu antworten, dass er ihre Knödel nicht wolle, doch seine Zunge gehorchte ihm nicht. Er lallte etwas Unverständliches und wandte sich ab. Ihm war übel.

»Ferdl, kann ich etwas für dich tun?«

Er drehte sich wieder zu ihr um und sah sie fragend an.

»Soll ich deinen Vater anrufen?«

Bei dem Wort Vater konnte Ferdinand sich nicht mehr beherrschen und ließ seinem Mageninhalt freien Lauf. Antonia hatte es gerade noch geschafft, sich ein paar Meter weiter in Sicherheit zu bringen, und schrie angeekelt auf. Dann lief sie wieder ins Gasthaus, um Reinhold anzurufen. Sie wollte doch wenigstens dafür sorgen, dass Ferdinand in seinem volltrunkenen Zustand wieder gut nach Hause käme.

Ferdinand brauchte ein paar Minuten, um sich von dem Befreiungsschlag seiner Organe zu erholen. Dann fühlte er sich sogleich ein wenig besser. Antonia jedoch war verschwunden. Er sah sich um, wankte über den Parkplatz und rief ein paarmal nach ihr. Doch sie war einfach nicht mehr da. »Komisches Mädchen«, dachte er und schüttelte den Kopf. »Vielleicht geht sie gerade die Knödel holen, die sie mir leihen wollte.«

*

Als Antonia nicht mehr auftauchte, wusste Ferdinand nicht so recht, ob er nun den Nachhauseweg alleine antreten oder ob er lieber wieder ins Wirtshaus gehen sollte, um auf seinen Vater zu warten. Ihm war immer noch ein wenig schwindlig, daher entschied er sich, noch ein wenig an der frischen Luft zu bleiben. Und wo er schon mal hier war, konnte er seinem Vater ja auch entgegengehen. So weit war er ja nicht von zu Hause weg. Er ging einige Schritte, der Weg schien ihm aber viel steiler und kurviger als je zuvor. Ihm wurde wieder schwindlig. Schnaufend hielt er sich an einer Hauswand fest, als ihn die Übelkeit erneut überkam.

Ein paar Minuten später ging es ihm schon wieder besser. Er sah sich um und ging weiter. In der Dunkelheit konnte er nichts erkennen, auch der Mond schien nicht, dazu kam der Nebel, der dem Weg aus dem Dorf hinaus ein gespenstisches Gesicht verlieh. Nicht, dass Ferdinand sich in der Dunkelheit gefürchtet hätte, schließlich wusste er genau, wo er sich befand. Er konnte einfach nur nicht erkennen, wie weit es noch sein würde. Immerhin fühlte sein Kopf sich nun ein klein wenig klarer an, das Wattegefühl verschwand mit der kalten Nachtluft.

Plötzlich fuhr er zusammen: Er hatte ein nahes Geräusch gehört. Eine Maus konnte es nicht gewesen sein, die machte weniger Krach. Das Geräusch kam näher, es hörte sich an wie ein Trampeln, ein Schnauben, immer näher kam es, immer gewaltiger schien es zu werden. Ferdinand erstarrte vor Schreck, als er nun doch erkennen konnte, was da auf ihn zu galoppierte: Es war ein ausgewachsener Hirsch, ein stolzes Tier mit mächtigem Geweih. Nie hatte er so ein Tier aus dieser Nähe beobachten können. Der Hirsch war in voller Fahrt, Ferdinand musste ihn wohl aufgeschreckt haben. Er nahm einen herumliegenden Ast auf und schmiss ihn weit von sich weg auf den Weg, in der Hoffnung, den Hirsch damit in die Irre zu führen. Es gelang; das mächtige Tier stob um Haaresbreite an ihm vorbei und rannte den Weg in Richtung Dorfkern hinunter. Schwer atmend sah Ferdinand ihn im Nebel verschwinden. Nun hatte er es doch mit der Angst zu tun bekommen.

Sekunden später hörte man in der Ferne ein Motorengeräusch, dann das Quietschen der Reifen und gleich darauf einen dumpfen Knall und Blech, das eingedrückt wurde. Eine Autohupe ertönte. Dann wurde es wieder still. Ferdinand war sich nicht ganz sicher, ob er wirklich einen Aufprall gehört oder sich das alles nur eingebildet hatte. Er plädierte für Einbildung und beschloss, nie wieder so viel Alkohol wie an diesem Abend zu trinken.

*

Tatsächlich hörte Ferdinand bereits nach weiteren fünf Minuten Fußweg ein Auto, das sich ihm langsam näherte. Ferdinand hielt sich so weit rechts wie möglich, er wollte schließlich eine weitere unsanfte Begegnung vermeiden. Bald stand er im Licht der Scheinwerfer. Reinhold fuhr im Schritttempo an ihm vorbei, wendete an einer Stelle, an der die Straße ein wenig breiter wurde und ließ seinen Sohn einsteigen.

Erschrocken betrachtete er ihn und rümpfte die Nase: »Mein Gott, Junge, du stinkst vielleicht. Was hast du denn alles gesoffen?«

»Ich geh nie wieder törggelen, Papi. Die spinnen alle.«

Reinhold lachte leise und kurbelte das Fenster herunter, um den Gestank seines Sohnes ein wenig besser ertragen zu können.

Als sie zu Hause ankamen, half Reinhold ihm aus dem Auto und anschließend dabei, sich in sein Bett zu legen. Er schmunzelte und dachte dabei an seine eigene Jugend. »Die Antonia hat mich angerufen, damit ich dich abholen komme. Hast dich gut mit ihr unterhalten?«

»Lass mich mit den blöden Weibern in Frieden, Papi. Ich will schlafen", brummte Ferdinand und drehte sich auf die andere Seite, als sein Vater vorsichtig versuchte, ihm die Schuhe auszuziehen.

»Aber du wirst es kaum glauben, Papi. Ich habe einen Hirsch gesehen ... mit einem riesigen Geweih. Er ist an mir vorbeigerannt und dann ins Dorf hinunter.«

Schon gab er den ersten zufriedenen Schnarcher von sich. Reinhold lächelte noch einmal und löschte das Licht in seiner Kammer. Das musste ja ein Gelage gewesen sein, wenn der Junge nun schon mitten in der Nacht Hirsche auf der Dorfstraße sah.

*

Am nächsten Morgen erwachte Ferdinand, genau wie Antonia es ihm prophezeit hatte, mit heftigen Kopfschmerzen. Auch sein Bein tat nach dem nächtlichen Ausflug weh. Er versuchte, die Erinnerungen an den vorherigen Abend zu sortieren. Martin, der ihm so böse mitgespielt hatte, Antonia, die ihn erst an die frische Luft begleitet hatte und dann wieder verschwunden war, die Begegnung mit dem mächtigen Hirsch auf dem Waldweg, den er für eine Einbildung hielt und das seltsame laute Geräusch. Es hatte sich angehört wie ein dumpfer Aufprall, knirschendes Blech und eine Autohupe, aber sicher war Ferdinand sich noch immer nicht.

Eine Stunde vor dem Mittagessen ging Ferdinand vor die Hütte, um nach den Kühen zu sehen. Keine drei Minuten später kam Antonia vorbei und rief nach ihm.

»Hoi, Ferdl«, sagte sie schnaufend, »hör mal, heute Nacht ist etwas Furchtbares passiert.«

Völlig außer Atem und schockiert berichtete Antonia ihm von dem Wildunfall an der Friedhofsmauer. Nachdem sie Ferdinand in der vergangenen Nacht nach draußen begleitet hatte, war sie wieder ins Gasthaus gegangen, um Reinhold zu benachrichtigen. Seine Nummer konnte sie auswendig, schließlich waren die beiden ja Nachbarn. Dann war sie zu Martin gegangen und hatte ihn angeschrien, er solle damit aufhören, die Leute immer abzufüllen, dem Ferdinand gehe es schlecht und es sei nun seine Aufgabe, ihn wenigstens ein Stück weit nach Hause zu begleiten. Martin hatte erst gelacht, doch dann war sie zornig geworden, und hatte ihm sein Schnapsglas über den Kopf gekippt. Daraufhin war Martin wutentbrannt aufgestanden und hinausgegangen.

Als sie auf dem Parkplatz standen, war Ferdinand bereits verschwunden. Antonia hatte ihn bei der Kirche gesucht, Martin hatte sich in seine *Ape* gesetzt, um ihn auf der Dorfstraße nach Gand zu suchen. Dort hatte er niemanden gefunden und war zurückgefahren. Keine zwei Minuten später hatte Antonia einen schrecklich lauten Aufprall gehört und war zum Gasthaus zurückgerannt. Sie hatte ihre Freunde alarmiert, sie waren alle zur Friedhofsmauer hinuntergestürmt, wo sie Martin blutend in dem kleinen Fahrzeug vorfanden. Das Gefährt war gänzlich demoliert. An der Kühlerhaube klebte dichtes braunes Fell, das vermutlich von einem Hirsch stammte.

Sie riefen den Notarzt und die Polizei, die allerdings eine Weile brauchten, bis sie in Martell ankamen. Sie hatten versucht, den Martin warm zu halten, sie hatten ihm Decken umgelegt und er war sogar noch einmal kurz zu Bewusstsein gekommen, doch dann war er beim Transport ins Krankenhaus gestorben. Er war dem Hirsch ausgewichen und gegen die Friedhofsmauer gefahren. Der starke Aufprall hatte ihm buchstäblich das Genick gebrochen. Die Polizei hatte sie dann befragt, aber niemand konnte den Beamten etwas zum Unfall sagen, schließlich waren sie alle weit weg gewesen.

»Ich habe denen nicht gesagt, dass wir dich suchen wollten«, endete Antonia verschwörerisch ihren Bericht, »ich will ja nicht, dass sie dir die Schuld dafür geben.«

Ferdinand nickte. Nun tat es ihm um den Martin doch ein wenig leid, auch wenn der ihn am Vorabend betrunken gemacht hatte. Deshalb hatte er noch lange nicht verdient, von einem Hirsch über den Haufen gerannt zu werden.

»Weißt du«, gab Antonia nun zu, »mir tut es eigentlich gar nicht leid um den Martin. Er ist immer so gemein zu dir gewesen. Na ja, ist ja gleich. Wir sehen uns beim Rosenkranz. Mach's gut inzwischen.«

»Pfiati, Antonia. Nein, warte, ich wollte dich noch etwas fragen«, erwiderte Ferdinand und rieb sich den Magen, inzwischen hatte er doch wieder Appetit, »kannst du mir deine Knödel doch noch leihen? Ich habe solchen Hunger.«

Plötzlich wurde Antonia wütend, ihre dunklen Augen blitzten auf und ihre zierliche Hand schoss dem verwunderten Ferdinand eine saftige Ohrfeige auf die linke Wange. Völlig verdattert sah er das Mädchen an. Was hatte er denn nun schon wieder falsch gemacht?

»Jetzt will ich dir mal was sagen, Ferdinand Gufler. Ich habe meine Knödel immer dabei, aber verleihen werde ich sie ganz sicher nicht. Dir schon gar nicht! Das kannst du dir ein für alle Mal merken!«, schrie sie, drehte sich um und lief zurück nach Hause.

Ferdinand verstand die Welt nicht mehr. Er hatte doch nur ein wenig Hunger verspürt und sie ganz nett nach ihren Knödeln gefragt. »Die Weiber sind schon seltsame Leute«, dachte er und ging mit einer brennenden Wange ins Haus zurück, in der Hoffnung, dass seine Mutter ihm nun die Speckknödel vom Vortag in Butter anbraten würde.

Kapitel 27
September 2016

Das Pedertal hüllte sich in den ersten frühen Herbstnebel. Ein zaghafter Sonnenstrahl bahnte sich den Weg durch die dichten grauen Wolken und ließ den Morgentau auf den niedrigen Gräsern und Moosen glänzen. Die Luft war frisch und kitzelte in den Lungen. Einige frühe Vögel zwitscherten, in der Ferne hörte man einen Specht, der sein Frühstück unter einer Baumrinde vermutete.

Ferdinand lief stumm neben seinem Großvater her, der sein altes Schrotgewehr geschultert hatte. Mit dem geknickten Lauf schien es sich an Franz' Schulter zu schmiegen. Die Hand seines Großvaters lag locker obenauf, von Zeit zu Zeit spielten seine Fingerspitzen mit den beiden nebeneinanderliegenden Läufen oder streichelten sie zärtlich. Ferdinand lächelte bei dem Gedanken, dass Franz tatsächlich so etwas wie Liebe und Leidenschaft für seine alte *Suhl* empfand. Er musste sich anstrengen, um mit ihm Schritt zu halten, in seinem Jagdfieber konnte der Schildbauer schon einmal vergessen, dass sein Enkelsohn nicht rennen konnte. Ferdinand ließ sich jedoch nichts anmerken; wie sein Großvater selbst freute er sich auf die Hasenjagd, die wie jedes Jahr mit Mitte September begonnen hatte. Er hatte ihn *heuer* zum zweiten Mal mitgenommen und versprochen, dass er den ersten Schuss machen dürfe.

Etwa dreihundert Meter vor dem kleinen Waldstück machten Franz, Ferdinand und Krambambuli Rast. Krambler, wie sie ihn alle nannten, war hellwach und schnüffelte aufgeregt an allen herumliegenden Steinen, an den ersten Bäumen, im Gras. Er schien die Hasen, die Franz kürzlich hier beobachtet hatte, zu riechen. Franz musste ihm eine Leine anlegen, sonst wäre Krambler alleine auf die Jagd gegangen. Erst später würde er ihn loslassen, in der Hoffnung, dass der Hund den Hasen zu ihnen treiben würde.

Es wurde sechs Uhr, halb sieben, sieben Uhr, doch Franz wollte warten. Er beschloss, sich ein wenig hinzusetzen und sich am mitgebrachten Kaffee zu wärmen. Nach dem letzten Schluck ließ er Krambler frei. Der Hund schnüffelte erneut und verschwand hinter den Bäumen am Waldrand.

»Und wenn nun gar kein Hase kommt?«, fragte Ferdinand. Er war das Warten leid. Er wollte endlich selbst ausprobieren, mit der Schrotflinte einen der schnellen Nager zu erlegen, genau wie sein Großvater es ihm versprochen hatte.

»Jagd heißt Geduld, Bub. Ein paar Stunden musst du es schon noch aushalten. Sonst gehen wir am kommenden Samstag wieder.«

»Wir können doch auch morgen früh wieder gehen«, schlug Ferdinand vor.

»Bist du narrisch?«, fragte Franz und sah ihn streng an. »Du willst doch wohl nicht enden wie der alte Stallwieser?«

Eine Legende berichtete, dass vor langer Zeit einmal ein Mann namens Stallwieser gelebt hatte, der an Sonntagen lieber der Jagd frönte, als zum Gottesdienst zu gehen. An einem heiligen Tag war er zur Schluderspitze hinaufgestiegen, wo er eine weiße Gämse gesichtet hatte. Er stieg ihr hinterher, die Gämse lockte ihn hinauf ins steile Gebirge, der Stallwieser folgte ihr, als sei er selbst ein Steinbock. Immer weiter ging er hinauf, über Stock und Stein, er kraxelte und kletterte, die weiße Gämse hatte er immer im Visier. Als er ihr endlich den Weg abgeschnitten hatte, zielte der tapfere Jäger auf seine Beute. Die Gämse schlug einen wilden Haken und verschwand, während im Tal die Glocken läuteten und die Leute zur heiligen Messe riefen.

Der Stallwieser stand an seiner kahlen Wand und bemerkte erst jetzt, wie sehr er sich in den Felsen verstiegen hatte. Kein Strauch oder Baum stand da, an dem er sich hätte festhalten können. Er hatte sich selbst den Weg zum Tal abgeschnitten und konnte ohne Hilfe nicht mehr hinunterklettern. Die weiße Gämse war inzwischen geflüchtet. Der Stallwieser verbrachte zwei Tage in der Wand unter der Schluderspitze. Die Menschen im Tal hatten sein Verschwinden bemerkt und wollten ihn aus seiner misslichen Lage befreien – es gelang ihnen nicht. Am Morgen des dritten Tages fand man seine Leiche unter der Wand. Er war wohl vor lauter Schwäche und Verzweiflung abgestürzt.

*

Krambler kam zurück, er lief langsam, ein Hase war nicht in seiner Nähe. Er blieb stehen, spitzte die Ohren und knurrte. In der Ferne hörte man ein lautes Bellen. Franz griff nach seiner Flinte und starrte in Richtung Wald. Er hielt seinen knochigen Finger vor den Mund und bedeutete seinem Enkel, still zu sein. Dann winkte er ihn zu sich. Ferdinand erhob sich langsam und ging vorsichtig zu Franz, der sein Gewehr bereits mit zwei Schrotpatronen geladen hatte.

»Da hatte wohl noch jemand dieselbe Idee. Wenn das mal nicht der Pfattner ist«, flüsterte er und nickte in Richtung Pederwald. »Der hat wohl noch immer nicht begriffen, wo seine Grenzen sind. Du musst jetzt entsichern. Und wenn der Hase kommt, erst zielen und dann zweimal schießen. Verstanden?«

Ferdinand nickte, entsicherte das schwere Gewehr und legte es an die Wange, genau wie Franz es ihm gezeigt hatte. Keine drei Sekunden später begann auch Krambler aufgeregt zu bellen und rannte wieder in Richtung Wald. Einen Augenblick später rannte ein graubrauner Hase an ihnen vorbei, dicht gefolgt vom Hund des Försters.

»Zielen, schießen!«, befahl Franz.

Ferdinand drückte zweimal ab, die Schüsse ließen ihn heftig zusammenzucken, seine Ohren pfiffen lautstark. Mit dem Blick suchte er das Gebiet nach dem Hasen ab. Er hatte das Tier genau im richtigen Moment erwischt: Der Hase war ein paar Meter über die Wiese geflogen und liegen geblieben. Hinter ihm lag

Pfattners Hund. Krambler lief aufgeregt zwischen der Beute und seinem Herrchen hin und her. Er bellte laut.

»Waidmannsheil«, beglückwünschte Franz seinen Enkel und gab ihm die Hand. Ferdinand grinste stolz, und das beim allerersten Schuss seines Lebens, dachte er. Bald würde er genau so ein großartiger Jäger wie sein Großvater sein. Gemeinsam gingen sie zur frisch erlegten Beute. Sie hörten ein paar schrille Pfeiftöne, der Förster rief nach seinem Hund. Ferdinand wunderte sich, dass der Hund des Försters nicht aufstand und bellte. Er war die ganze Zeit neben dem Hasen liegen geblieben.

»Opi, was ist denn mit dem Hund vom Förster? Der geht ja gar nicht weg.«

Franz nahm den toten Hasen auf und streichelte dem Försterhund über den Kopf. Seine Augen waren geschlossen, er atmete nicht mehr. Ferdinand sah den Hasen an, den sein Großvater nun kopfüber in der rechten Hand hielt. Dann betrachtete er den Hund des Försters. Sein Bauch war voller kleiner Löcher, aus denen Blut sickerte.

»Da hattest du wohl doppeltes Jagdglück, Bub. Der Hund ist auch hin.«

»Kannst ihm nicht helfen, Opi? Und was sagen wir jetzt dem Förster?«

In diesem Moment kam der dickbäuchige Pfattner zu ihnen. Er schwitzte und schnaufte trotz der kühlen Temperaturen. Als er seinen Hund tot am Boden sah, fluchte und schimpfte er, als gäbe es kein Morgen. Er stritt mit Franz, der natürlich behauptete, selbst geschossen zu haben, um Ferdinand vor dem tobenden Mann zu schützen. Franz versuchte, ihn zu beschwichtigen, und versprach ihm einen neuen Hund. Der Förster winkte beleidigt ab und trug den Kadaver seines Hundes nach Hause.

»Opi, das hab ich wirklich nicht gewollt. Ich habe doch nur auf den Hasen gezielt«, versuchte Ferdinand sich für die missliche Lage zu entschuldigen.

Er wusste in diesem Moment nicht, wie er sich fühlen sollte. Da war einerseits der Hase, dessen Körper nun schlaff über dem Rucksack seines Opas lag. Seine erste Jagdtrophäe, die ihn mit Glück erfüllte. Niemals hätte er damit gerechnet, schon beim ersten Jagdausflug so ein prächtiges Tier mit nach Hause zu bringen. Es zeigte, dass er ein geborener Jäger war, und machte seinen Großvater sicher unendlich stolz auf ihn. Er sah sich schon mit ihm auf die Hirschjagd gehen oder weiße Gämsen erlegen, genau wie der alte Stallwieser – nur mit einem glücklichen Ende. Andererseits musste Ferdinand an den Hund des Försters denken, um den es ihm schrecklich leidtat. Das dumme Tier, warum war es ihm auch direkt ins Schussfeld gerannt? Wenn er nur einmal abgedrückt hätte, wäre dem Hund nichts passiert und Franz hätte nicht mit dem Pfattner streiten müssen. Dazu kam auch noch, dass der Großvater eine Schuld auf sich genommen hatte, die gar nicht seine war. Würde er wegen ihm nun etwa bestraft werden?

»Weißt du«, sagte Franz, »Der Pfattner Karl, der war immer schon nur ein halber Jäger, auch mit seinem Hund. Ist schon gut, dass er ein für alle Mal kapiert hat, wo sein Revier ist.«

Kapitel 28
September 2016

Ferdinand schloss leise die Haustür hinter sich. Zu Hause hielt er es nicht mehr aus, hier konnte er nicht bleiben. Seit der letzten Nacht stritten Marie und Reinhold nahezu pausenlos. Reinhold hatte nach dem Jagdunfall beschlossen, dem Förster vom Pedertal einen jungen Hund zu schenken. Er hatte einem Freund einen Welpen abgekauft und ihn kurz mit nach Hause gebracht. Ein süßes Tier, das später einmal einen guten Jagdhund abgeben würde.

Am frühen Abend war er zum Förster gefahren, der mit seiner Frau Anneliese unterhalb des Pederwaldes am Talschluss lebte. Er hatte versprochen, gleich wieder nach Hause zu kommen, doch dann war er um Mitternacht noch immer nicht zu Hause gewesen. Marie hatte ihren Mann angerufen, doch der hatte das Telefon nicht gehört, sein Handy hatte im hinteren Martelltal schlechten Empfang. Den Förster selbst hatte sie nicht anrufen wollen, um sich nach dem Verbleib ihres Mannes zu erkundigen.

Gegen zwei Uhr nachts war Reinhold dann endlich nach Hause gekommen. Angeheitert war er zu Marie ins Bett geschlüpft, die ihn sofort auf das Sofa in der Stube verbannt hatte. Sie hatten lauthals gestritten, Ferdinand war davon wach geworden. Es folgten einige Stunden der Nachtruhe, bis der Streit am nächsten Morgen wieder losging. Marie hielt Reinhold vor, er habe sie mit der Försterfrau Anneliese betrogen, schließlich sei diese ja schon lange in ihn verliebt gewesen.

Reinhold behauptete, er habe nur beim Förster gesessen, der ihm ein paar Schnäpse und ein oder zwei Bier angeboten hatte. Dank ihm habe der Förster am Ende sogar von einer Anzeige abgesehen, schließlich hatte Franz ja seinen Hund erschossen.

»Alles Ausreden!«, zeterte Marie und begann zu heulen. »Um einen Schnaps und ein Bier zu trinken, bleibt man nicht bis nach Mitternacht weg.«

Reinhold versuchte seine Frau vom Gegenteil zu überzeugen, doch es gelang ihm nicht. Jedes Mal, wenn sie sich im Haus oder bei der Arbeit über den Weg liefen, wackelten die Wände vor Zorn und Eifersucht.

Ferdinand fühlte sich schuldig. Er hatte nun nicht nur den armen Hund des Försters, sondern auch den Haussegen und vielleicht sogar die Ehe seiner Eltern auf dem Gewissen. Der Streit war furchtbar mit anzuhören, doch noch schlimmer war diese trügerische nächtliche Ruhe. Er wusste, dass seine Eltern nicht im selben Bett schliefen – ein Gedanke, der ihn unendlich traurig stimmte. Fast so sehr, dass er weinen musste. Würden sie sich jemals wieder vertragen, fragte er sich und setzte sich vorsichtig auf die Stufe vor der Haustür. Dann sah er hoch in den Himmel, es war eine Vollmondnacht, keine einzige Wolke war zu sehen. Er wusste nicht, was er nun tun sollte. Zurück ins Haus wollte er nicht, zu seinen Großeltern konnte er nicht. Vielleicht würde es ihm ja guttun, wenn er einfach ein wenig die Straße ins Dorf hinauflief und ein bisschen frische Nachtluft schnappte. Er stand auf, ging ums Haus herum und machte ein paar Schritte.

»Hoi, Ferdl, was machst du denn da?«, fragte eine leise Stimme. Ferdinand sah sich um, konnte aber niemanden entdecken.

»Hier oben«, zischte die Stimme. Ferdinand sah auf, konnte aber noch immer nicht erkennen, wer ihn da rief.

»Ferdl, hier! Auf dem Balkon«, rief die Stimme nun etwas lauter.

Endlich konnte er Antonia sehen, die auf dem Balkon ihres kleinen Zimmers stand. Sie hielt etwas rot Glühendes in der Hand und winkte ihm zu.

»Hoi, Toni«, sagte er leise und wollte weitergehen.

»Wo gehst du denn hin um die Uhrzeit?«

»Weiß ich nicht. Ich brauche frische Luft. Zu Hause ist der Krieg ausgebrochen.«

Antonia ließ den roten Punkt stärker glühen. »Komm herauf zu mir«, sagte sie leise, »da drüben an der Wand steht eine Leiter.«

»Kannst mir nicht einfach die Tür aufmachen?«, fragte Ferdinand. »Fensterln ist total out.«

Antonia lachte leise. »Nein, dann kriegen meine Eltern es mit. Das wäre nicht gut, bei uns ist nämlich auch gerade Bombenstimmung.«

Ferdinand suchte die Leiter und lehnte sie so vorsichtig wie möglich an Antonias Balkon, der sich im ersten Stockwerk befand. Langsam stieg er die Stufen hinauf. Oben angekommen, half Antonia ihm über die Brüstung. Dann drückte sie die rote Glut auf dem Holzboden aus. Es roch nach Rauch.

»Seit wann rauchst du denn?«, fragte Ferdinand.

»Ach, seit vorgestern. Meine Eltern haben mich erwischt und nun habe ich drei Tage Hausarrest. Nur zur Schule darf ich, danach muss ich sofort wieder nach Hause. Ein Scheiß, sag ich dir.«

»Wieso rauchst du?«

»Es ist ja nicht so, dass es mir schmeckt. Es ist halt so, dass gerade alle rauchen. Ohne Zigarette gehört man nicht dazu. Vielleicht solltest du auch anfangen, Ferdl. Dann machen sie dich in der Schule vielleicht nicht mehr so fertig«, erklärte sie ihm.

»Ach«, winkte Ferdinand ab, »vielleicht morgen. Ich muss jetzt eh wieder heim. Bis morgen.«

»Jetzt wart halt mal«, sagte Antonia, »kannst gern noch ein bisschen bleiben. Besuch haben sie mir ja nicht verboten.«

Antonia stellte sich direkt vor Ferdinand, so nah, dass er sie riechen konnte. Eine Mischung aus Stallgeruch, süßem Mädchenparfüm und Zigarettenrauch stieg ihm in die Nase. Das Mondlicht erhellte ihr Gesicht und ließ es fahl aussehen. Ihre braunen Rehaugen leuchteten, das kleine Piercing an ihrer Nase glitzerte. Plötzlich fand Ferdinand seine Nachbarin unwiderstehlich und drückte seine Lippen auf ihre. Er rechnete mit einer schallenden Ohrfeige, doch stattdessen öffnete Antonia leicht ihren weichen Mund und erwiderte seinen Kuss. Ferdinand wusste nicht recht, was er nun tun sollte, und hielt einfach still. Antonia kitzelte seine Oberlippe ein wenig mit ihrer Zungenspitze. Ferdinand erschrak, wie versteinert stand er da.

Antonia ließ von ihm ab. »Das hast du wohl noch nie gemacht, oder, Ferdl?«

Ferdinand schüttelte den Kopf.

»Komm, ich zeig es dir. Irgendjemand muss es dir ja beibringen. Mach einfach dasselbe wie ich. Ist ganz einfach«, beruhigte sie ihn und stellte sich erneut auf die Zehenspitzen. Dann küsste sie Ferdinand noch einmal.

Antonia schmeckte gut, ihre Lippen waren so weich, dass er sie am liebsten nicht mehr losgelassen hätte. Immer mehr traute er sich, sie dabei anzufassen und ihr langes schwarzes Haar zu streicheln. Auch Antonia nahm ihn dabei in den Arm und klammerte sich ein wenig an seinem Pullover fest. Bald vergaßen beide Atem zu holen und ließen sich erst wieder los, als sie fast an ihren Küssen erstickten.

»Gefällt es dir?«, fragte Antonia.

Ferdinand nickte.

»Gott sei Dank, Ferdl. Ich hatte nämlich schon befürchtet, du magst keine Frauen.«

Ferdinand starrte sie entgeistert an.

»Wie kommst du denn da drauf?«

»Weil du nie eine Freundin hattest. Nicht mal mit mir wolltest du es probieren. Aber jetzt weiß ich ja, dass ... na ja, ist auch egal.«

Ferdinand hielt sich einen Moment lang am Geländer des kleinen Balkons fest. Er holte tief Luft. Dann erzählte er zum ersten Mal einer anderen Person von Silvie. Er erzählte Antonia, wie sie vor vielen Jahren auf die Schildhütte gekommen war, wie sie ausgesehen hatte, dass sie wie ein leibhaftiger Engel war. Er erzählte davon, wie er ihr rotes Kopftuch im Schnee und ihr Gipfelbüchlein in der Scheune der Großeltern gefunden hatte. Er erzählte Antonia auch, dass Silvie ihn immer wieder in seinen Träumen besuchte und er sie einfach nicht vergessen konnte, obwohl das alles schon so lange zurücklag.

Antonia hörte ihm schweigend zu und wartete, bis er nicht mehr sprach. Dann legte sie ihm die rechte Hand auf den Arm. »Warum hast du mir das denn nie erzählt, Ferdl?«

»Das hätte mir die Silvie auch nicht zurückgebracht«, sagte er traurig.

»Aber es hätte dich vielleicht befreit.«

»Von der Liebe kann man sich nicht befreien, Toni. Wenn sie kommt, bleibt sie. Da hilft auch das Reden nicht. Dank dir trotzdem, dass du mir zugehört hast.«

Mit diesen Worten stieg Ferdinand vorsichtig vom Balkon und ging zurück nach Hause. Er öffnete leise die Haustür und schlich durch die Stube. Das Sofa war leer, nur ein einsames Kissen lag neben der Fernbedienung. Er lächelte, näherte sich auf Zehenspitzen dem Schlafzimmer seiner Eltern und spähte durch den Türspalt. Auch Reinhold und Marie hatten sich nicht von der Liebe befreien können.

Kapitel 29
Mai 2017

Ferdinand lauschte. Aus der *Schupfe* ertönte erst ein Rumpeln, dann fielen Gegenstände um und schließlich hörte man ein herzhaftes Fluchen. Reinhold stieß die Tür auf, hüpfte auf einem Fuß an die frische Luft und hielt sich den Zehen. Sein Gesicht war rot vor Zorn, er kniff die Augen vor Schmerzen zusammen. Ferdinand beobachtete seinen Vater, der einen absurden Tanz in seinen Sandalen aufführte.

»Die Kiste muss hier raus«, schimpfte er wild, »das ist jetzt das dritte Mal, dass ich mir einen Zeh verstauche, bloß weil ich einen Eimer brauche.«

Reinhold sprach von der mysteriösen Kiste, die seit dem Tod seines Onkels Horst im Schuppen hinter dem Haus stand und die niemand öffnen wollte. Keiner wusste, was sich darin befand, und niemand hatte bisher den Mut oder das Interesse gehabt, sie wegzuwerfen und vorher von ihrem Inhalt zu befreien. Reinhold drückte Ferdinand ein paar Schraubendreher in die Hand und humpelte ins Haus, um seinen verletzten Zeh zu kühlen.

Die Schrauben waren alt und verrostet, mit dem Schraubenzieher kam Ferdinand nicht weit. Er warf ihn in die Ecke und holte eine schwere Zange, mit der er schließlich das Schloss entzweibrach. Er öffnete den hölzernen Deckel. Zum Vorschein kamen ein paar alte braune Decken. Er legte sie auf den Boden, Staub wirbelte auf. Darunter befanden sich drei schneeweiße Tierschädel, die ihre graubraunen Hörner in die Höhe reckten. Man hatte sie sorgfältig in der Kiste verstaut, kein einziges Horn war abgebrochen, alle Schädel waren über die vielen Jahrzehnte erhalten geblieben. Ferdinand nahm einen von ihnen hoch, er sah in die Augenhöhlen und die Nasenlöcher eines Steinbocks. Ein leicht staubiger, muffiger Geruch stieg ihm in die Nase.

Vorsichtig legte er den Tierschädel in die Kiste zurück und die Decke wieder darüber. Er hoffte, dass sein Vater diese Trophäen nicht wegschmeißen würde, schließlich waren sie einmal der ganze Stolz eines Jägers gewesen. Soweit er wusste, war sein Großonkel Horst, der verhasste Bruder seines Großvaters Franz, allerdings kein Jäger gewesen. Horst hatte sich lieber mit ein paar Flaschen Bier und Schnaps an die Plima gesetzt und gefischt. Ferdinand schloss den hölzernen Deckel der Kiste und ging ins Haus zurück. Reinhold saß in der Stube und hielt sich ein Eispäckchen an den rechten großen Zeh.

»Da sind Tierschädel drin«, erklärte Ferdinand. »Dabei dachte ich, der Horst sei ein Fischer gewesen.«

»Das war er auch, der Horst. Muss einmal den Vater fragen, woher die Dinger kommen. Vielleicht hat er am Ende sogar noch eine Verwendung dafür.«

»Er könnte sie ja als Touristenscheuchen hernehmen«, rief Marie aus der Küche. »Damit sich keiner vom Rodelpark zu nahe an die Schildhütte wagt.«

*

Franz war über Ferdinands Entdeckung so erstaunt, dass er sich noch am selben Nachmittag in seinen Panda setzte und nach Martell zu Besuch kam. Er wollte nicht einmal in der Stube Platz nehmen, sondern ging sofort in die *Schupfe*, wo Ferdinand wieder vorsichtig den Deckel anhob, mit den alten Decken noch einmal Staub aufwirbelte und ihm dann die Tierschädelsammlung zeigte. Franz stand stumm davor und hielt sich die Hand vor den Mund. Eine halbe Minute lang stand er vollkommen still vor den Jagdtrophäen. In seinen Augen schwammen Tränen.

»Horsti, Horsti«, flüsterte er. »Warum hast du mir das denn nie gesagt?«

Franz beugte sich herunter, ein Zipfel seines blauen *Schurzes* blieb an einem Span der hölzernen Kiste hängen, er löste ihn vorsichtig. Dann nahm er einen der Tierschädel heraus und streichelte über die Hörner dessen, was einst ein Steinbock gewesen war. Ferdinand beobachtete seinen sichtlich gerührten Großvater, konnte sich auf seinen Gefühlsausbruch aber keinen Reim machen.

Erst nachdem Reinhold ihn in die Stube geholt und ihm drei Schnäpse eingeschenkt hatte, begann Franz zu erzählen. »Ich habe dem Horst so viel Unrecht getan«, sagte er leise und fasste sich an die Stirn, »und nun kann ich ihn nicht einmal um Verzeihung bitten.«

Er nahm die Schnapsflasche und schenkte sich noch einen Schluck ein.

»Damals, als wir junge Burschen waren, haben wir geschmuggelt. Jeder hat geschmuggelt, wir haben Schnaps nach Österreich gebracht und dort gejagt. Nicht des Fleisches wegen, um die Trophäen ging es. Die waren hier viel Geld wert. Viel mehr, als man mit der Feldarbeit verdienen konnte.

Eines Abends nach Sonnenuntergang sind wir losgezogen, zum Reschen hin und dann über die Grenze nach Österreich. Wir waren eineinhalb Tage unterwegs, der Horst war einfach nicht schnell genug zu Fuß. Im ersten Dorf wurden wir unseren Schnaps los, die Finanzer hatten uns nicht entdeckt. Dann sind wir auf die Pirsch gegangen und haben tatsächlich am kommenden Morgen gemeinsam diese drei Steinböcke erlegt.

Für einen Jäger war es die Nacht der Nächte, wir konnten gar nicht aufhören, uns zu beglückwünschen. Eine Flasche Schnaps hatten wir für uns selbst aufgehoben und nach der erfolgreichen Jagd haben wir uns ordentlich betrunken. Ein dummer Fehler war das, kaum waren wir über die italienische Grenze getorkelt, hörte ich auch schon hinter mir einen Warnschuss und dann die lauten Stimmen der Finanzer. Horst war ein paar hundert Meter vor mir, er hatte es bemerkt und konnte sich gerade noch verstecken. Mich nahmen sie fest und konfiszierten mein Gewehr, ab ging's zur nächsten Polizeiwache. Dort wurde ich zwei Tage lang festgehalten und verhört. Sie hatten den Verdacht, dass ich schmuggelte, und ich bekam eine Anzeige wegen Wilderei und unerlaubten Waffenbesitzes. Dann durfte ich wieder gehen.

Als ich nach Hause kam und den Horst sah, war ich so wütend auf ihn, dass ich nicht mal wegen der Tierschädel gefragt habe. Ich war mir sicher, dass er sie inzwischen verkauft und das Geld selbst wieder ausgegeben hatte. Ich suchte sie natürlich, konnte sie aber nirgends finden. Vermutlich hatte er sie einem Jagdkollegen zum Auskochen gegeben. Ist ja auch richtig gewesen, das Fleisch musste ordentlich aus den Schädeln entfernt werden, sonst wäre alles verfault. Ich wusste es nur nicht, und ich war zu wütend, um nachzufragen.

Ich ließ ihn nicht aussprechen, als er versuchte, mir alles zu erklären. Ich war enttäuscht von ihm, weil er mir nicht geholfen, sondern sich einfach aus dem Staub gemacht hatte, als die Finanzer mich festnahmen. Für mich war der Horst seit jenem Tag nur noch ein schlimmer Verräter und kein Bruder mehr. Jahrelang habe ich nur noch das Nötigste mit ihm gesprochen. Dann bin ich auf die Schildhütte gezogen und habe ihn nicht mehr gesehen. Den Rest kennt ihr ja, der Horst hat nicht mehr aufgehört zu saufen und ist im Schnee von der Straße abgekommen. Erfroren ist er, mit gebrochenen Beinen. Nun erfahre ich, dass die Schädel immer hier waren, er hatte sie nicht einmal verkauft, sondern fein säuberlich vor der Finanzwache versteckt. Reinhold, wo hast du die Kiste denn damals gefunden, als du hierhergezogen bist?«

»Auf dem Dachboden, Vater«, antwortete Reinhold.

»Ich muss mit dem Horst reden«, sagte Franz plötzlich und ging aus der Stube hinaus ins Freie.

Marie, Reinhold und Ferdinand blickten sich stumm an. Sie traten vor die Tür und folgten Franz ein paar Schritte die Dorfstraße hinunter. Er ging schnell, mit kräftigen Schritten, als würde ihn jemand antreiben. Sie folgten ihm, erst bei der Kirche machte Franz Halt und ging die paar Stufen zum kleinen Friedhof hinauf.

Franz hatte das Grab seines Bruders Horst nie besucht, fand es aber sofort. Er blieb davor stehen, bekreuzigte sich, faltete seine Finger zum Gebet und schloss die Augen. »Verzeih mir, Horsti«, sagte er leise. Dann drehte er sich um, lief über den Rollsplitt und ging mit Reinhold, Marie und Ferdinand zum Hof zurück.

Kapitel 30
Dezember 2017

Der Winter näherte sich mit frostigen Temperaturen und somit stand Ferdinands liebste Zeit bevor. Noch hatte es kaum geschneit, nur ein paar Flocken waren im November gefallen und sogleich wieder geschmolzen. Anschließend war ein eisiger Wind durch das Hochtal gezogen und hatte dafür gesorgt, dass die Schildbauern ihre Hütte nur selten verlassen hatten. Nun war er abgeflaut und es stellten sich die üblichen kalten, aber sonnigen Dezembertage in Südtirol ein. In den Städten und Dörfern war bereits der Vorweihnachtsrummel ausgebrochen, man karrte Touristen aus Nord und Süd nach Bozen, Meran und Brixen, es wurden Touren zu den Christkindlmärkten organisiert, um auch ja keinen der vielen traditionsreichen Märkte zu verpassen.

Sogar auf der Enzianalm am Talschluss wurde eine weihnachtliche Attraktion geboten: Hier fand der höchstgelegene Adventsmarkt der Alpen statt. In einer alten Scheune konnte man den Holzdrechslern und Klöpplerinnen bei ihrer Arbeit zuschauen, die Kinder durften einen Bastelkurs besuchen und ihre Kunstwerke als Mitbringsel mit nach Hause nehmen, den Erwachsenen wurde eine große Auswahl an allerlei heimischen Spezialitäten angeboten. Wer außerdem den Schneid hatte, den Außentemperaturen zu trotzen, legte gutes Schuhwerk an und begab sich auf die Lyfialm. Hier hatte man eine lebende Krippe inszeniert, mit der Jung und Alt sich in Adventsstimmung versetzen ließen.

Auch auf der nahen Rodelbahn fehlte der Weihnachtszauber nicht. Die Buden und die improvisierte Almhütte waren festlich geschmückt worden, Weihnachtslieder wurden rauf und runter gespielt, Glühwein und *Strauben* wurden angeboten. Außerdem hatte Weggli, der nicht nur Bauherr, sondern nun auch offizieller Betreiber des Peder-Freizeitparks war, es sich nicht nehmen lassen, einen Skiverleiher anzuheuern. Die weißen Berge luden zu abenteuerlichen Skitouren ein. Das Angebot wurde sehr gut angenommen: Täglich sah man in der Ferne bunte Punkte, die die steilen Hänge der Dreitausender herunterwedelten.

In der Schildhütte wurde diese heilige Jahreszeit sehr viel spartanischer, aber traditionsreich eingeläutet. Großmutter Else hatte zum ersten Advent ein paar süße Kekse gebacken und die erste Kerze am Adventskranz angezündet. Als es am späten Nachmittag dunkel wurde, setzte sie einen Filterkaffee auf und die Familie ließ sich das Gebäck schmecken.

»Siehst du«, sagte Franz und steckte sich zufrieden einen mit Marmelade gefüllten Spitzbuben in den Mund, »eine Kerze und einen Keks und schon ist es fast wie Weihnachten. Den ganzen Zirkus da draußen braucht es gar nicht.«

»Komm, Vater, nun lass es halt einmal gut sein. Wenn die Leute ihren Spaß haben wollen, dann sollen sie doch rodeln gehen. Ist doch halb so wild da draußen«, entgegnete Reinhold, dem das ständige Brummen des Vaters über Wegglis Rodelbahn gehörig auf die Nerven ging. Else warf ihrem Mann einen scharfen Blick zu, um eine weitere Auseinandersetzung zwischen Vater und Sohn zu unterbinden; schon allzu oft waren sie in letzter Zeit wegen dieses Themas aneinandergeraten.

Zwar gab Reinhold seinem Vater keineswegs Unrecht, aber die andauernde Nörgelei strapazierte die Stimmung in der Schildhütte. Franz' Groll auf die Touristen und den Freizeitpark nahm mit fortschreitendem Alter ungeheure Dimensionen an.

»Soll den Schweizer der Krampus holen«, brummte er und steckte sich einen weiteren Keks in den Mund.

Reinhold lachte und trank seinen Kaffee aus. Dann verließen er, Marie und Ferdinand die Hütte, um wieder nach Martell hinunterzufahren. So pathetisch die Aussage des Großvaters auch klang, so ernst hatte er sie gemeint. Vom Krampus wollte niemand geholt werden. Mit der Schreckensgestalt, die in den Abenden um den heiligen Sankt Nikolaus in den Dörfern und

Städten Tirols ihr Unwesen trieb, war nicht zu spaßen. Grausam sah ein Krampus in all seinen grotesken Varianten aus, wie der leibhaftige Teufel. Er war mit zotteligem dunklem Pelz bekleidet, trug furchterregende hölzerne Masken mit echten Steinbockhörnern und spitzen Reißzähnen, einem riesigen Maul und ausgehöhlten Wangen, blitzenden Augen und Fledermausohren. Mit diesem Aussehen und dem lauten Scheppern der Glocken, der Bleche und der schweren Ketten machte er nicht nur den Kindern Angst, sondern schlug auch so manchen Erwachsenen in die Flucht.

Auch vor dem Martelltal machten die höllischen Gesellen keinen Halt. In diesem Jahr sollte es am 5. Dezember so weit sein, also genau am Abend vor St. Nikolaus.

*

Ferdinand hatte das Spektakel kaum erwarten können. Seit er ein Kind gewesen war, hatten die Großeltern ihm jedes Jahr vom Krampus erzählt. Wie grausam und erschreckend er war, wie gemein, ein wahrer Höllenhund. Wenn er um die Weihnachtszeit nicht brav gewesen war, hatte man ihm nicht etwa damit gedroht, kein Geschenk zu bekommen, nein, man hatte ihn vor dem Krampus und dem Tuifl gewarnt, die an die Hüttentüre klopfen würden und ihn mitnehmen würden, wenn er denn nicht sofort artig war.

Vor vielen Jahren, erinnerte er sich, als er ganz besonders über die Stränge geschlagen hatte, hatte Franz ihn am Ohr gepackt und die Tür aufgestoßen, in den Nebel vor der Hütte gezeigt und gedroht, er würde ihn schon riechen, den Krampus, gleich käme er, ihn zu holen!

Ferdinand hatte sich erschrocken an den Großvater geklammert und ihn zitternd um Entschuldigung gebeten, er möge nur bitte die Türe wieder schließen, damit dieses schreckliche Wesen nicht zu ihnen käme. In der Nacht hatte er kein

Auge zugetan, bei jedem Geräusch war er zusammengezuckt. Einmal hatte er sogar geglaubt, draußen Ketten rasseln zu hören. Erst als es Tag wurde und die nächtlichen Nebelgeister verschwanden, fand Ferdinand ein wenig Ruhe und Erholung.

Am nächsten Tag hatte der Großvater sich über ihn lustig gemacht. Es sei doch nur ein Spaß gewesen, damit er brav war. Ferdinand war wütend auf seinen Großvater geworden, der ihn so sehr an der Nase herumgeführt hatte. Es sei doch nur eine alte Geschichte, beteuerte Franz, aber im Dorf, da konnte man sie sich jedes Jahr beim Krampuslauf anschauen.

*

Am heutigen Dezembertag zitterten die Mauern des Dörfchens Martell, als etwa fünfzig pelzige Gestalten mit schaurigen Masken die Hauptstraße entlangzogen. Um ihre Hüften hatten sie schwere Eisenketten gebunden, die bei jedem Schritt auf die darunter hängende hohle Blechkiste donnerten. Sie hielten Reisigbesen in der Hand, mit denen sie nach den Schaulustigen schlugen. Wild schrien sie umeinander, brüllten aus Leibeskräften, rannten in die kreischende Menge aus Einheimischen und Touristen hinein, nahmen den einen oder anderen beim Schlafittchen und überwältigten die Jugendlichen. Man hörte das Kreischen der jungen Mädchen, die sich an der Friedhofsmauer versammelt hatten. Ferdinand stand ein wenig abseits, ganz geheuer waren ihm die Krampusse immer noch nicht, auch wenn er genau wusste, dass sich darunter echte Menschen versteckten. Reinhold stand neben ihm und rieb sich die Hände, die in der Kälte rot geworden waren. Ferdinand sah sich um und lachte, als einer von ihnen von einem Wagen abstieg und sich ihm und seinen Eltern näherte. Die Gestalt war groß, sie überragte Ferdinand um ein, wenn nicht sogar zwei Köpfe. Beeindruckend waren aber vor allem die geschwungenen Steinbockhörner, die mindestens einen Meter vom Kopf abstanden.

Der Krampus kam direkt auf Ferdinand zu, es schien, als ob er sich sein Ziel ganz genau ausgesucht hätte. Ferdinand wollte sich seinem Gegenüber natürlich zur Wehr setzen, doch da hatte das schaurige Wesen ihn bereits bei den Schultern gepackt. Ferdinand schlug um sich, versuchte, sich zu befreien und dabei nicht hinzufallen. Stürze mit einem steifen Bein waren schmerzhaft, das wollte er tunlichst vermeiden. Da hatte der gehörnte Geselle auch schon von ihm abgelassen und war weitergerannt, seinen Kameraden hinterher. Ferdinand suchte seine Eltern im Gedränge, fand sie und wurde lachend empfangen. Ferdinand amüsierte das Ganze nicht mehr. Er wollte nach Hause.

»Nein, wir können jetzt nicht nach Hause. Wir müssen warten, bis es vorbei ist«, erklärte Marie ihrem Sohn, schließlich sei die Dorfstraße eigens für dieses Spektakel gesperrt worden.

Die nächsten Wagen fuhren vorbei, einer zog einen Anhänger mit einem Käfig, in dem sich weitere fünf Krampusse befanden. Der Zug hielt an und der Fahrer sprang von seinem Sitz, kletterte auf den Anhänger und öffnete den Käfig, an dem die Insassen seit geraumer Zeit ungeduldig gerüttelt hatten. Einer nach dem anderen stieg aus. Dann verteilten sie sich um den Wagen und stießen wie auf Kommando in die Menge. Wieder erwischte es den armen Ferdinand, doch dieses Mal blieb es nicht dabei, dass man ihn bei den Schultern packte und mit dem Reisigbesen auf die Beine schlug. Ein rotgesichtiger Krampus mit schwarzen Augen, kurzen Hörnern und dunkelbraunem Fell sprang um ihn herum, bis ihm schwindlig wurde. Dabei schepperte er mit seinen Blechutensilien so laut, dass er das Rufen seiner Eltern nicht mehr wahrnahm. Der Krampus rückte ihm auf die Pelle, stupfte ihn mit dem Reisigbesen, nahm ihn wie bei einem Tanz bei den Schultern. Ein zweiter seiner Art kam dazu, packte den Jungen von hinten und eher er sich's versah, lag er auch schon unter den beiden Pelzträgern.

Ferdinand versuchte, sich zu wehren, und schrie, es schien nun kein Spaß mehr zu sein, er trat mit seinem gesunden Bein um sich, um sich irgendwie zu befreien. Würde er am Ende doch noch vom Krampus geholt werden, schoss es ihm durch den Kopf. Plötzlich hatte der Spuk ein Ende und die beiden ließen von ihm ab. Der eine hüpfte scheppernd davon, der andere reichte ihm sogar die Hand. Ferdinand ließ sich hochziehen, klopfte notdürftig den Schmutz von seiner Kleidung und stellte sich mit verdrießlicher Miene wieder zu seinen Eltern.

Zwei Minuten später, als er in seine Jackentasche griff, bemerkte er, dass das rote Tuch fehlte. Seit jenem Wintertag vor vielen Jahren hatte er es stets bei sich getragen, immer in der Hoffnung, es Silvie eines Tages wiedergeben zu können. Nun war es nicht mehr da. Ferdinand klopfte seine Kleidung ab, suchte auf dem Boden, doch er konnte es nirgends finden. Den Krampussen zum Trotz wagte er sich erneut auf die Straße und versuchte, in der Dunkelheit und zwischen den trampelnden Beinen etwas zu erkennen; doch hier lag es auch nicht. Einer der Krampusse, die es auf ihn abgesehen hatten, hatte es wohl als Trophäe mitgehen lassen.

Wütend ging er die Dorfstraße hinunter, er humpelte den rotgesichtigen Gestalten hinterher, die gerade unterhalb der Friedhofsmauer angekommen waren. Ferdinand näherte sich ihnen und schlug dem Nächstbesten auf die Schulter. Brüllend drehte dieser sich um und neigte bedrohlich das rote Haupt mit den kurzen Hörnern.

»Mein Tuch!«, schrie Ferdinand ihn an.

Der Krampus stieß ihn zurück.

»Ihr habt mir mein Tuch gestohlen! Ein rotes! Ich will es sofort wiederhaben«, schrie er noch einmal. Er war außer sich vor Wut.

Ohne ihm eine Antwort zu geben, nahm der Krampus ihn bei der Hand und zog ihn langsam hinter sich her. Ferdinand verstand nicht recht, der Teufel sollte ihm endlich das Tuch geben und ihn dann in Frieden lassen. Er versuchte, sich loszureißen, doch der Krampus hatte einen kräftigen Griff und ließ nicht locker. Bis zum Eingang des Friedhofs zog er Ferdinand, dabei ging er sehr langsam voran, als ob er wüsste, dass Ferdinand nicht schnell laufen konnte.

Immer wieder schrie Ferdinand ihn an, bis sie endlich am Eingang des Friedhofs stehen blieben. Ferdinand zog an seinen kurzen Hörnern und versuchte, seinem Widersacher die Maske vom Gesicht zu reißen. Der Krampus wehrte sich, es verstieß schließlich gegen die erste Krampusregel, sein wahres Gesicht zu zeigen. Nachdem er sich von Ferdinand befreit hatte, ging er ein paar Schritte zurück und kam dann mit offenen Armen auf ihn zu. Er schlang seine Arme um ihn. Hinter seiner Maske vernahm Ferdinand etwas Dumpfes, das sich mit viel Fantasie wie ein »Danke!« anhörte. Als der Krampus Ferdinand losließ, rückte er seine bedrohliche Maske zurecht und versteckte blitzschnell eine blonde Locke im Pelzkragen. Dann nahm er das Tüchlein aus seinem Pelz, drückte es Ferdinand in die Hand und lief scheppernd auf die Dorfstraße zurück.

Ferdinand blieb ratlos am Eingang des Friedhofs zurück. Der Krampus hatte ihn geholt, aber so schlimm war es eigentlich gar nicht gewesen. Jedenfalls hatte er ihn nicht mit in die Hölle genommen, sondern ihn am Ende sogar noch umarmt und ihm sein rotes Tüchlein wiedergegeben. Also war der Krampus eigentlich ein richtig Netter, schloss Ferdinand, grinste kurz, steckte das Tüchlein wieder in seine Jackentasche und ging langsam zurück zur Dorfstraße, seinen suchenden Eltern entgegen. Wenn er das erzählte, würden sie und die Großeltern vielleicht nicht mehr ganz so schlecht über den Krampus reden.

Kapitel 31
31. Januar 2018

Es war der 31. Januar. Um neun Uhr morgens hatten Reinhold und Marie ihre Rucksäcke geschultert, die Gamaschen angelegt und die Tourenskier angelegt. Marie hatte übers ganze Gesicht gestrahlt, sie war so glücklich, endlich schneite es nicht mehr und die Sonne schien und man sah die Berge wieder. Tagelang hatten sich die weißgrauen Riesen hinter den grauen, schweren Wolken versteckt, die sich nun langsam auflösten und nach und nach einen milchig weißen Himmel freigaben. Ein leichter, fast schon lauer Wind war aufgezogen, zum ersten Mal seit Monaten lag die Temperatur nicht mehr unter dem Gefrierpunkt.

Reinhold trieb Marie zur Eile an, er wollte noch am Vormittag die Plattenspitze erreichen. Ganz lawinensicher sei diese Jahreszeit nicht, aber es würde schon schiefgehen. Viele Touristen seien ja nicht unterwegs, und die paar anderen Skitourengeher würden sicher nicht gerade ihre Route wählen. Beim Abschied drückte er Ferdinand seinen Feldstecher in die Hand, damit er sie beim Auf- und Abstieg beobachten konnte.

Ferdinand hatte sie noch ein paar Schritte den zugefrorenen Bach entlang begleitet, dann wurde ihm das Gehen zu anstrengend. Reinhold und Marie drehten sich noch einmal um und winkten ihm fröhlich zu, bevor sie hinter dem nächsten kleinen Hügel verschwanden. Ferdinand ging zurück zur Hütte, streichelte Krambler kurz über den flaumigen Hundekopf und ließ sich dann in der Stube nieder.

»Das Wetter passt mir gar nicht«, brummte Franz, schob den Vorhang zur Seite und schaute kritisch in den Himmel. »Es ist viel zu warm. Und dann der Wind, das ist kein gutes Zeichen.«

»Vertrau dem Reini, der weiß schon, was er tut«, entgegnete Else und machte sich daran, Kartoffeln zu schälen. Schließlich würden die beiden halb verhungert sein, wenn sie am Nachmittag wieder bei der Hütte ankamen.

Ferdinand stellte sich neben den Großvater ans Fenster. Die Rodelbahn hatte ihren Betrieb in den Morgenstunden wieder aufgenommen. Nach und nach schaukelten immer mehr Menschen mit dem Sessellift über das Hochtal, wie bunte Punkte flogen sie über die karge weiße Landschaft. Ein paar hundert Meter oberhalb der Schildhütte wurden sie abgesetzt. Einige gingen direkt in die heimelig anmutende Holzhütte, um sich vor der Abfahrt noch ein wenig aufzuwärmen, andere stellten sich bei der Rodelbahn an, die nächsten wiederum verschwanden auf Tourenskiern in den Bergen.

»Nicht einmal im Winter geben sie Ruhe«, brummte Franz und wandte sich ab. »Hoffentlich gehen nicht zu viele Leute Ski fahren. Bei diesem Wetter ... nein, das passt mir gar nicht.«

*

Die Stunden, in denen sie auf die Rückkehr der beiden Wanderer warteten, vergingen schleppend. Ferdinand saß in der Stube, blätterte in ein paar alten Zeitschriften und schaltete sich durch die wenigen Kanäle, die der alte Röhrenfernseher hergab. Er konnte nicht still sitzen. Etwas stimmte nicht, doch er verstand nicht, was es war. Das Wetter wurde zunehmend besser, die Wolken verschwanden nach und nach, einige lösten sich auf, andere flogen in kleinen grauen Fetzen über den Himmel, ein paarmal blitzte sogar die Sonne durch das Fenster herein. Er blätterte erneut in einem der wenigen Bücher, die sich in der Schildhütte fanden, doch das Geschriebene interessierte ihn nicht. Er starrte die Buchstaben an, doch ihren Sinn konnte er nicht erfassen. Seine Gedanken flüchteten immer wieder zu Marie und Reinhold, in den Schnee, in die weite weiße Welt vor der Hütte.

Ein paarmal ging er hinaus zu Krambler und warf ein Stöckchen. Dann brachte er ihm die Knochen vom Mittagessen, in dem er nur lustlos herumgestochert hatte, so lange, bis Franz ihn ermahnte, endlich aufzuessen. Hin und wieder dachte er ein wenig an Silvie und ihm wurde bewusst, dass er sich nicht einmal mehr richtig an ihr Gesicht erinnern konnte. Er wusste noch, dass sie lange blonde Haare und braune Augen gehabt hatte. Das rote Kopftuch und ihr Gipfelbüchlein waren das Einzige, was Ferdinand von ihr geblieben war. Manchmal hielt er sich ihr Tuch an die Nase, atmete den Geruch des Stoffes ein und versuchte mit fest geschlossenen Augen, die Erinnerungen an jene Herz-Jesu-Nacht wieder heraufzubeschwören, doch sie war einfach zu weit weg, es war zu lange her, schließlich war er damals noch ein Kind gewesen.

Oft wurden seine Erinnerungen an Silvie zudem von dem Gedanken an Antonia gestört. Er sah sie fast täglich, schließlich wohnte sie im Hof nebenan. Zwar besuchte sie nun eine andere Schule als er, aber trotzdem kam sie oft vorbei, um ihn zu begrüßen. Ein paarmal war er über die Holzleiter auf ihren Balkon geklettert, immer in der Hoffnung, dass sie ihn noch einmal küssen würde. Leider hatte sie es nie wieder getan und ihm kurze Zeit darauf erklärt, dass sie nun einen festen Freund habe.

*

Gegen zwei Uhr nachmittags war Ferdinand hinausgegangen, um das Treiben auf der Rodelbahn von der kleinen Holzbrücke aus zu beobachten und zu schauen, ob er seine Eltern vielleicht mit dem Fernglas entdecken konnte. Doch er sah sie nicht, da waren nur die Rodelbahn und ihre Besucher. Er hörte in der Ferne ihre vergnügten Schreie und die Schlager, die aus der Holzhütte drangen. Er spürte einen kleinen, aber frischen Luftzug und zog den Reißverschluss seiner Jacke hoch. Ihm fröstelte, dieses Gefühl der Kälte und die Gänsehaut am Körper waren ihm fremd.

Er starrte eine Weile lang in die Gegend, kniff die Augen zusammen, setzte noch einmal den Feldstecher an, dann plötzlich hörte er das unnatürlich laute Rattern eines Helikopters, der sich vom Tal her näherte und in Richtung der hohen Berge flog. Er brauchte keine zehn Sekunden, um das Hochtal zu überfliegen. Ferdinand hob die Hand gegen die Stirn, um das blendende Weiß des Himmels abzuschirmen, und duckte sich ein wenig, obwohl der Hubschrauber der Bergrettung natürlich viel zu hoch flog, als dass er die Menschen am Boden in Gefahr gebracht hätte. Ferdinand sah ihm nach, Krambler bellte, der Lärm, vom Echo der nahen Berge noch verstärkt, machte ihn nervös. Das Rattern entfernte sich, der Helikopter wurde kleiner, dann kam er wieder ein Stück näher, als ob er die Berge in der näheren Umgebung in riesigen Schleifen abfliegen würde.

Franz trat aus der Tür und rief Ferdinand zu sich. »Komm her, Ferdl. Das musst du dir anschauen.«

Ferdinand hinkte zur Hütte zurück, er fühlte sich ein wenig schwach, das Gehen fiel ihm plötzlich noch schwerer als gewohnt. Er war außer Atem, als er wieder bei den Großeltern war, und verspürte das dringende Bedürfnis, sich hinzusetzen. Sein Herz schien nicht mehr den richtigen Rhythmus zu finden, es war seit dem kleinen kühlen Windstoß aus dem Takt gekommen.

Franz und Else beachteten den Jungen nicht weiter, sie starrten nur gebannt auf den Fernseher. Der Regionalsender brachte die neuesten Nachrichten, gerade eben sprachen sie von einem Lawinenabgang im Martelltal. Ein Schneebrett war vor etwa einer halben Stunde über der Flegelwand abgegangen, es war gewaltig gewesen. An die dreihundert Meter breit, so etwas hatte man in dieser Gegend noch nie gesehen. Die Bergrettung sei inzwischen vor Ort, man suche bereits nach der Gruppe, die von einem deutschen Touristen als vermisst gemeldet worden war. Zu viert waren sie gewesen, zwei Männer und zwei Frauen. Er hatte es geschafft, sich selbstständig aus der Schneemenge zu befreien – zum Glück hatte ihn das Schneebrett nicht voll erwischt. Als er dann von seiner Gruppe weit und breit niemanden mehr entdecken konnte, hatte der Mann sofort reagiert und die Bergrettung alarmiert.

Die Bilder überwältigten Ferdinands Sinne. Sie zeigten mindestens zehn Menschen, die mit langen Stäben im Schnee herumstocherten, ein paar Schäferhunde, die aufgeregt umeinanderliefen, überall schnüffelten und hier und da bellten. Auf Kommando gingen die Personen mit den Stäben vorwärts, stachen sie in den Schnee und fühlten konzentriert hinein, ob sie auf etwas Weiches stießen. Dann schwenkte die Kamera zu einem Pressesprecher, der Mann hatte ein trauriges, ja richtiggehend verzweifeltes Gesicht, sprach dabei aber sehr ruhig und besonnen. Er sagte, sie würden alles geben, um die Menschen aus der Lawine zu bergen, und man solle die Hoffnung nicht aufgeben.

Überhaupt sprachen die Menschen bei Lawinen immer von Hoffnung und dass man sie nie verlieren solle. Die Hoffnung, so schien es Ferdinand, war das einzige Mittel, mit dem man eine Lawine überleben konnte.

Ein weiterer Mann wurde zu dem Unglück befragt. Er war alt, hatte weiße Haare, trug eine runde Brille und ging an einem Stock. Er sprach sehr gebildet und sagte dann etwas, was Ferdinand wohl nie wieder vergessen würde: »Die Berge haben keine andere Chance, sich zu behaupten. Sie können sich nicht gegen uns Menschen wehren. Weder gegen unsere Gewalt noch gegen unseren Leichtsinn, unseren falschen Mut und unsere Dummheit. Wir rennen hinauf in Scharen, aneinandergekettet mit unseren Hochgebirgsseilen, wir überrennen sie, zerstören sie. Wir trampeln über ihre Wiesen, ihre Blumen, erklimmen ihre Wände und Gipfel. Im Winter schnallen wir uns die Skier an die Füße, die Schneeschuhe, ganz egal wie, Hauptsache, hinauf auf den Gipfel. Und dann passiert es. Der Berg wehrt sich, das Wetter ist sein Komplize, manchmal hilft ihm sogar unser eigener Übermut. Wir queren eine Wand, stapfen durch den Tiefschnee, schwitzen unter der Wintersonne und merken es erst, wenn es längst zu spät ist. Der Ruck unter unserem Gewicht, das dumpfe Grollen, das in den unteren Schneeschichten entsteht, kündigt es an, doch die Warnung kommt zu spät. Das Schneebrett löst sich knapp über uns, wir können uns nirgends halten, kein Baum, kein Felsen weit und breit, es nimmt uns einfach mit. Die Lawinen sind der Berge einzige Waffe. Und bei diesem Unglück kann man ja nur von Leichtsinn sprechen. Hätte die Gruppe nicht das Schneefeld gequert, müssten wir nun nicht nach den ganzen Verschütteten suchen. Aber so ist es nun mal.

Haben Sie schon einmal eine Lawine erlebt? Die Dunkelheit, den Staub, bevor sie einen überrollt und verwirbelt? Wissen Sie, das Licht ist schneller als der Schall. Es wird dunkel, bevor man das erste Grollen vernimmt. Dann wird es lauter, wie eine Explosion, eine Bombe, die Natur schreit, sie warnt dich, renn weg, flüchte, solange du noch kannst. Doch der Mensch ist zu langsam. Er kann ihr nicht entkommen. Was mit einem winzigen weißen Krümel begonnen hat, endet in einer Katastrophe. In einem Weltuntergang, im Untergang der Menschen, in ihrem Ersticken unter den Massen, unter den Trümmern, die die weiße Macht hinterlässt, sobald das Tauen beginnt.«

»Der Reini und die Marie sind aber nicht dort entlanggegangen?«, fragte Else leise. Ihre Stimme klang belegt, ihre Augen füllten sich mit Tränen.

Franz hielt einen Moment lang inne, dann wählte er eine kurze Telefonnummer und beschrieb dem Mann am anderen Ende der Leitung, welche Route Reinhold und Marie gegangen waren und was sie heute Morgen am Leibe getragen hatten.

»Nur zur Vorsicht«, sagte er dann sanft zu Else, die erschrocken das nasse, schmutzige Geschirrtuch vor den Mund presste und sich bekreuzigte. »Wenn ich mich recht erinnere, wollten sie über die Kalvenwand direkt zur Hütte absteigen. Das ist auch der beste Weg. Die Flegelwand müssen sie aber doch queren. Nun, sie werden schon rechtzeitig vor den anderen abgestiegen sein.«

Ferdinand hatte den Worten des Großvaters nur halbherzig zugehört. Zu beängstigend waren die Bilder, die während der Nachrichten gezeigt wurden. Der Lawinenabgang selbst war nicht gefilmt worden, doch dort, wo sie abgegangen war, sah man ihr ganzes zerstörerisches Ausmaß. Mehrere hundert Kubikmeter Schnee waren losgetreten worden und einfach die Wand heruntergerutscht. Es schien, als sei eine riesige Scheibe vom Berg abgeschnitten worden. Wo einst alles weiß gewesen war, sah man nun ein immenses graues Rechteck, das zum unteren Ende hin immer breiter wurde. Man würde über die Suche weiterhin berichten, dann plötzlich stoppte der Bericht, und der Meteorologe warnte mit Trauer in der Stimme davor, in diesen Tagen außerhalb der Pisten Ski zu fahren, man habe ja nun gesehen, wohin dieser Leichtsinn führe.

*

Es roch nach kalt gewordenem Filterkaffee und den letzten selbst gebackenen Weihnachtskeksen. Else hatte sie hingestellt, doch niemand hatte das Gebäck angerührt. Drei Stunden lang saßen sie an dem kleinen Holztisch in der Stube. Man konnte das Ticken der Wanduhr hören, anfangs noch das prasselnde Feuer im Holzofen, das nach und nach kleiner wurde und dann verglühte. Else hatte nicht daran gedacht, Holz nachzulegen, Franz hatte nicht nachgefragt und auch Ferdinand hatte die schleichende Kälte kaum bemerkt.

Immer wieder musste er dieses unbekannte beklemmende Angstgefühl herunterwürgen und sich an das eigene Herz fassen, das in seiner Brust einen seltsamen Tanz aufführte. Er war fahrig, konnte nicht still sitzen, doch umhergehen konnte er auch nicht. Sein Körper schien ihm nicht gehorchen zu wollen, es war, als ob eine fremde Macht ihn erst wie eine Marionette tanzen und gleich danach zusammenbrechen ließe. Er wurde traurig, so traurig, dass er am liebsten in Tränen ausgebrochen wäre. Dann verspürte er das Verlangen, zu beten. Einen greifbaren Grund für seine plötzliche Gottesfurcht und die Traurigkeit gab es nicht, schließlich hatten sie ja keine schlechte Nachricht erhalten, jedenfalls noch nicht.

Er versuchte sich auf etwas anderes zu konzentrieren. Plötzlich ertönte Kramblers Gebell vor der Hütte, als der Helikopter über ihren Köpfen in Richtung Tal flog. Dann wurde auch er still und verzog sich in seine Hütte, um zu schlafen. Noch einmal sah Ferdinand aus dem Fenster. Der weiße Himmel hatte sich verfärbt. Es hatte noch ein wenig mehr aufgeklart, nun spielte der Abend mit all seinen Winterfarben. Ein wenig gelb, gemischt mit Orange und grellem Rosa, dann und wann ein Streifen Blau. Graue Wolkenfetzen, die sich am Horizont zu einem dunklen Band vereinigten und die weißen Berge noch ein wenig hervorhoben.

Franz, Else und Ferdinand, sie saßen beieinander, doch keiner von ihnen sprach ein Wort. Die Kartoffeln waren gekocht, der Speck war aufgeschnitten, immer wieder schob Franz die Gardine zur Seite, um zu schauen, ob die beiden nicht doch den Hügel zur Hütte heraufstapften, doch niemand kam des Weges. Das Surren des Sessellifts stellte sich ein, die letzten Jubelschreie der Touristen auf der Rodelbahn verklangen. Die Dunkelheit legte sich übers Pedertal, erst sanft, in immer dunkler werdendem Blau, dann wurde es schwarz, dann wieder ein wenig heller, der Mond war aufgegangen. Immer noch kein Wort, immer noch keine Schritte vor der Hütte.

Sie waren so sehr in ihre Gedanken und Ängste versunken, dass das Klingeln des Telefons sie wie ein Donnerschlag auffahren ließ. Else gab einen spitzen Schrei von sich und bekreuzigte sich dann eilig, so sehr war sie erschrocken. Franz nahm den Hörer ab, sagte nicht viel, nur ein paar Wortfetzen, den Rest verschluckte er. Ferdinand war aufgestanden, hatte die Fingernägel in den Küchentisch gekrallt, er schaffte es kaum, zu atmen. Das Gesicht des Großvaters war während des Telefonats fahl geworden, im

Schein der Glühbirne sah es fast grünlich aus. Als er auflegte, fuhr er sich mit der Hand übers Gesicht, als wolle er die Nachrichten, die er eben von der Bergwacht erhalten hatte, abwischen.

»Sie haben sie gefunden. Sie leben noch«, mehr sagte er nicht.

Ferdinand starrte seinen Großvater an, vor ihm tat sich eine schwarze Leere auf. Klitzekleine Sternchen tanzten vor seinen Augen.

Else presste die Hand vor ihren Mund, schluchzte laut, erhob sich, ging einen Schritt rückwärts und fuchtelte mit der Hand, als wolle sie Franz' Worte vertreiben.

Ferdinand wurde schlecht. Er hielt sich am Stuhl fest, suchte Halt, so sehr schwindelte ihm. Mami, Papi, wollte er schreien, doch aus seiner Kehle drang nur Luft. Sie würden heute Abend nicht mehr zurückkommen. Sie hatten unter der Lawine gelegen. Unter all dem Schnee, dem kalten, eisigen Schnee, unter dem heruntergerutschten Hang, den sie im Fernseher gezeigt hatten.

»Ferdl, komm, wir fahren ins Krankenhaus nach Meran. Zieh dir etwas Warmes an«, flüsterte Else, doch Ferdinand verstand es nicht.

Er hörte nichts, die Stimmen seiner Großeltern drangen nicht zu ihm durch, er war taub vor Schreck. Else nahm eine Jacke und legte sie dem Jungen über die Schultern, dann nahm sie ihn bei der Hand und zog ihn vorsichtig zum Auto. Ferdinand nahm nichts wahr, weder die Autofahrt noch das Weinen der Großmutter noch die aufgeregten Worte des Großvaters. Er begriff nicht einmal, dass er aussteigen sollte, als sie eine Stunde später vor dem Krankenhaus parkten.

Und wieder mussten sie warten, eine halbe Stunde, eine ganze Stunde lang, bis endlich eine Ärztin die Zeit fand, ihnen Bericht zu erstatten. Reinhold hatte das Unglück überlebt, obwohl er lange unter den Schneemassen gelegen hatte. Eine halbe Stunde lang hatten sie nach ihm gesucht, dann hatten sie ihn kopfüber unter dem Lawinenkegel gefunden. Er war bewusstlos gewesen. Die Bergretter hatten ihn sofort wiederbelebt, doch zu sich gekommen war er nicht. Im Krankenhaus hatten sie ein schweres Schädel-Hirn-Trauma festgestellt und nun lag er im Koma. Man konnte nicht viel tun, er hing an Geräten und man musste nun hoffen, dass er wieder aufwachen würde. Ob er Schäden davontragen würde, das wusste man erst, wenn er wieder bei Bewusstsein war.

»Und die Mami?«, fragte Ferdinand die Frau mit dem weißen Kittel, ohne sie aussprechen zu lassen. Seine eigene Stimme schien ihm fremd.

»Wir haben alles versucht. Oben am Berg war sie noch am Leben, aber kaum hatten wir sie auf der Intensivstation, konnten wir leider nichts mehr für sie tun ...«

Else schluchzte laut, sie bekreuzigte sich rasch, dreimal hintereinander. Franz' Gesicht wurde erst rot, dann weiß, er fasste sich unwillkürlich an die Brust.

Ferdinand sprang auf und verlor das Gleichgewicht, fiel zurück in den Stuhl. Er starrte die Ärztin an. »Wie geht's ihr jetzt, der Mami?«, fragte er. »Ich will zu ihr.«

»Ferdinand, es tut uns aufrichtig leid, aber deine Mutter hat es nicht geschafft.«

»Was hat sie nicht geschafft? Die Mama schafft alles. Ich will jetzt zu ihr. Wo ist sie?«, fragte er sie erneut und stand auf, immer noch etwas wackelig auf den Beinen.

Der Krankenhausflur schien nicht enden zu wollen. Sie folgten der Frau, Franz und Else hielten sich aneinander fest, Else weinte lautlose Tränen. Franz' Unterkiefer malmten und zitterten abwechselnd, ein paarmal musste er sich an der weißen Wand festhalten, so schwach fühlte er sich. Sie kamen zu einem Fahrstuhl, fuhren ein paar Stockwerke tiefer, dann gingen sie einen schlecht beleuchteten Gang entlang. Am Ende des Flurs wartete ein schwarz gekleideter alter Mann auf sie und nahm sie in Empfang, an seinem einfachen Gewand hing ein Kreuz. Er schüttelte Franz und Else die Hand und drückte ihnen sein Beileid aus. Ferdinand beachtete ihn nicht, er stürmte in das

Zimmer, eine Kerze flackerte, die Vorhänge waren zugezogen. So schnell er konnte, hinkte er an das Bett seiner Mutter, in dem sie friedlich zu schlafen schien. Er beugte sich über sie, strich ihr sanft über das weiße Gesicht, küsste ihre Stirn, dann bemerkte er, dass seine Mutter davon nicht aufwachte.

Er zuckte zurück, legte die Hand auf ihre Schultern und rüttelte sie ein wenig. »Mama? Komm, wach auf, es ist ja alles gut gegangen. Du hast dir ja nicht einmal wehgetan. Komm jetzt, wir fahren nach Hause.«

Doch Marie reagierte nicht. Sie blieb still liegen.

Hinter sich nahm Ferdinand das Schluchzen seiner Großmutter wahr, er drehte sich zu ihr um und bat sie freundlich, Marie aufzuwecken. »Die Mami wacht nicht auf, Oma. Hilf mir mal.«

Dann wandte er sich wieder seiner Mutter zu und strich ihr über die Wangen. Sie waren eiskalt. Er bemerkte die dunklen Flecken unter ihren Augen, auf ihren Händen und Armen, die sie wie beim Gebet über der Brust verschränkt hielt. Marie atmete nicht mehr. Ihre Lippen waren weiß wie der Schnee, kalt und blass, die Wimpern ihrer Augen lagen still, ihre Brust hob sich nicht, sie atmete nicht. Ihr Herz schlug nicht mehr.

Ferdinand brauchte einige Sekunden, dann endlich begriff er, dass seine Mutter tot war. Er begann zu schreien, Tränen schossen ihm in die Augen, sein Herz wummerte in seiner Brust. Sein Großvater nahm ihn bei den Schultern, nahm ihn in den Arm, doch Ferdinand ließ sich nicht halten, er lief, so schnell er nur konnte, aus dem Zimmer, in dem die Tote lag, heraus. Dort stand die Ärztin, auch sie wollte ihn halten und ihm Trost spenden, aber Ferdinand stieß sie von sich. Ein Pfleger kam hinzu, hielt ihn fest, dann plötzlich war Franz da und verpasste ihm eine schallende Ohrfeige.

»Reiß dich zusammen!«, sagte er laut und eindringlich. Dann zog er den zitternden Jungen an sich.

EPILOG

Kapitel 32
26. Februar 2018

»Das gehört vor Gericht. Die dürfen nicht ungestraft davonkommen«, brummte Franz, als Else den Suppentopf auf den Küchentisch stellte.

»Jetzt fang nicht schon wieder damit an, Franz. Die Leute sind schon gestraft genug, zwei von ihnen haben die Lawine auch nicht überlebt«, entgegnete sie und rieb sich die Hände am *Schurz* ab. »Und jetzt Mahlzeit.«

»Die haben dem Jungen die Eltern genommen und uns den Sohn und die Schwiegertochter. Das darf nicht sein. Die Gegend sollte für Skifahrer gesperrt werden. Am liebsten würde ich den Weggli anzeigen. Wenn der seine Rodelbahn nicht aufgestellt hätte, wär das alles nicht passiert.«

»Franz, jetzt gib Ruhe. Wenn die Leute außerhalb der Piste fahren, ist das sicher nicht die Schuld von dem Schweizer. Das hätte ohne die Rodelbahn genauso gut passieren können.«

»Verschütten sollte man sie, das ganze Pack. Damit sie's am eigenen Leibe erfahren, wie es ist, elendig zu ersticken«, stieß Franz aus und nahm einen kräftigen Schluck und knallte den Bierkrug mit einem lauten Poltern auf den hölzernen Küchentisch. Das Bier schwappte über, ein paar Tropfen landeten auf der bestickten Tischdecke. Sein Gesicht war rot, seine Augen glänzten, die groben Bauernhände zitterten.

»Sei nicht immer so grob. Davon wird der Reini nicht gesund und die Marie nicht wieder lebendig«, fuhr Else ihn an und rieb mit ihrer Schürze über den Bierfleck.

»Ist doch gleich, oder? Wegen der paar Tropfen«, bellte Franz zurück, wischte über den Tisch und stieß dabei den Stamper mit dem Treber um. Der selbstgebrannte Schnaps ergoss sich über den Tisch. Else schüttelte nur den Kopf und gab sich redlich Mühe, sich nicht aus der Ruhe bringen zu lassen.

Ferdinand nahm zwei Löffel Suppe, dann hatte er keinen Appetit mehr. Er starrte vor sich hin, sein Blick verlor sich im nassen Tischtuch. Mit den Fingern fuhr er die roten und weißen Quadrate nach und schnippte einige Brotkrumen weg. Er vermisste seine Eltern. »Mami«, schrie es in ihm, »Papi, ihr fehlt mir so sehr. Kommt zurück.« Weinen wollte er, doch er konnte nicht. Er fand keine Tränen, keinen Schlaf, keine Ruhe. Immer wieder sah er ihre Gesichter vor sich. Seine Mutter Marie, als sie auf dem Totenbett lag, bleich, mit farblosen grauen Lippen und geschlossenen Augen, den dunklen Flecken im Gesicht, dort, wo sie mit dem Kopf auf dem Felsen aufgeschlagen war. Wie ein Engel im weißen Gewand hatte sie im Totenbett gelegen, einen Tag und eine Nacht lang. Die Großeltern hatten Totenwache im Krankenhaus gehalten, das hatten sie sich nicht nehmen lassen.

Die Erinnerung an den Leichnam seiner Mutter wechselte sich mit der Realität des leeren Blicks aus den Augen seines Vaters Reinhold ab. Er hatte das Unglück in der Flegelwand überlebt. Ein Schädel-Hirn-Trauma, hatten die Ärzte gesagt, dritten Grades, da musste man erst mal warten, bis der Patient wieder zu sich käme, dann konnte man eine Diagnose stellen. Tagelang lag er im Koma, den Blick starr zur Decke gerichtet. Man hatte ihm die Augen mit zwei winzigen Streifen transparentem Leukoplast zugeklebt, so sah er fast wie ein Schlafender aus. Zu lange hatte er unter den Lasten des Schneebrettes gelegen, über eine halbe Stunde lang. Ein wenig Sauerstoff war ihm geblieben, doch der hatte nur für ein paar Minuten gereicht. Als die Bergretter ihn endlich kopfüber im Lawinenkegel gefunden hatten, war er längst bewusstlos gewesen. Sein Schädel und seine Beine waren gebrochen, man hielt ihn bereits für tot. Und doch, sie versuchten ihn wiederzubeleben, minutenlang, mitten im kalten Weiß. Sie beatmeten ihn, massierten sein Herz, schleppten ihn auf einer Trage in den Hubschrauber und flogen ihn hinunter ins Krankenhaus. Intensivstation, operieren konnte man ihn in diesem Zustand nicht.

So lag er da, tagelang, ohne sich auch nur einen Zentimeter zu rühren. Dann hatte er das Bewusstsein wiedererlangt. Was erst wie ein Hoffnungsschimmer schien, erwies sich als böses Erwachen: Seitdem er aufgewacht war, litt Reinhold unter schweren Muskelkrämpfen, Schmerzen und Fieber.

Die Erinnerungen verschwammen, Marie und Reinhold wurden zu undeutlichen Schatten. Ferdinand rutschte auf seinem Stuhl hin und her, erhob sich leicht, dann setzte er sich wieder hin. Der Blick seines Großvaters aus den blutunterlaufenen Augen streifte ihn und hielt ihn fest. Ferdinand lächelte ihn nicht an, er wusste, dass der Großvater es nicht erwidern würde. Sein Lächeln existierte nicht mehr. Es gab nur noch die Kälte, die Trauer und den brennenden Alkohol. Das Gesicht des Großvaters war eingefroren, seit sein Sohn und seine Schwiegertochter vor knapp vier Wochen verunglückt waren.

Statt sich den Schnaps in ein Gläschen einzugießen, setzte Franz nun die Flasche an, nahm einen kräftigen Schluck und schlief keine Minute später auf dem Küchenstuhl ein. Ab und zu schnarchte er kurz, öffnete einen Moment lang die Augen und schloss sie wieder.

Nach getaner Hausarbeit legte Else sich schlafen. Seitdem Marie nicht mehr unter ihnen war und Reinhold im Krankenhaus lag, schloss sie lieber die Augen, als die erdrückende Stille in der Schildhütte im wachen Zustand ertragen zu müssen.

Ferdinand blieb beim Großvater sitzen, stellte den Fernseher leiser und sah aus dem Fenster. Allein heute Nachmittag waren weitere zehn Zentimeter Schnee gefallen. Sicher würden in den nächsten Wochen noch mehr Lawinen abgehen. Der Weggli sei schuld an allem, hatte der Großvater gesagt. Er hatte die Rodelbahn aufgestellt und die Touristen angelockt, die außerhalb der vorgegebenen Pisten fuhren. Wäre die Rodelbahn nicht, dann hätte auch niemand eine Lawine losgetreten und seine Eltern würden jetzt bei ihnen sitzen. Wenn die Rodelbahn nicht wäre, dann würde niemand die Ruhe im Pedertal stören, dann wäre der Opa wieder guter Dinge und die Oma nicht so traurig. Dann hätte der Papi nicht die furchtbaren Schmerzen und sie hätten die Mama nicht so früh zu Grabe tragen müssen.

Ja, ohne die Rodelbahn wäre alles anders. Was wäre, wenn nun ein schlimmes Unglück passieren würde? Wenn nun wieder eine Lawine abgehen würde, die die Rodelbahn und den Sessellift zerstörte? Wenn nun so viel Schnee fallen würde und die Temperaturen wieder steigen und sinken würden, ein starker Wind aufkäme und eine Lawine auslöste? Oder wenn ein Mensch eine Lawine über der Rodelbahn auslösen würde? Würde diese Lawine das Werk des Schweizers zerstören? Würde sie alles zunichtemachen, was seine Familie ins Unglück gestürzt hatte? Wenn eine Lawine über der Rodelbahn gesprengt würde, wie man damals in den Sechzigerjahren die Strommasten gesprengt hatte?

Ohne den Gedanken zu Ende zu bringen, fast als würde eine fremde Macht ihn leiten, verließ Ferdinand leise die warme Stube, trat aus der Hüttentür und ging in die Scheune. Im Dunkeln tastete er sich zu der alten Holzkiste, in der seit Jahrzehnten die Schätze seines Großvaters schlummerten. Franz hatte schon recht gehabt damals, als er dem Gruber Sepp sagte, er würde sie dort lassen, wo sie sind. Man wisse ja nie, wofür man sie noch brauchen könne.

Wie ein Dieb sah Ferdinand sich noch einmal um, bevor er die alten Werkzeuge zur Seite legte, die Kiste öffnete und vorsichtig zehn der Sprengsätze herausnahm. Er versteckte sie in seinen Jacken- und Hosentaschen und in den Ärmeln. Dann verschloss er vorsichtig die Truhe und ging zurück in die Hütte. Der Großvater schlief tief und geräuschvoll vor dem Fernseher. Ferdinand ging in sein Zimmerchen, schob die Dynamitstangen weit unter sein Bett und deckte sie behutsam mit einer alten Wolldecke ab. Dabei stieß er gegen Silvies Gipfelbuch und die drei Marmeladengläser, die er vor über zehn Jahren dort versteckt hatte. Er betrachtete sie kurz, der große Zeh des Deutschen war zu einem undefinierbaren braunen Klumpen zusammengeschnurrt. Im zweiten Schraubglas befand sich der grüne Stofffetzen seiner Lehrerin, die bei dem Unfall mit dem Zuchtbullen gestorben war. Im dritten hatte er die schwarze Haarsträhne seiner Mutter versteckt.

Kurz entschlossen öffnete Ferdinand das Fensterchen über seinem Bett und warf den Inhalt der Gläser in den Schnee. Etwas sagte ihm, dass er für diese Trophäen nun keine Verwendung mehr hatte. Die Gläser stieß er vorsichtig wieder unter sein Bett.

Zehn Stangen Dynamit. Würden sie reichen, um eine Lawine auszulösen, die die Rodelbahn unter sich begraben konnte? Der höchste Punkt nach der Rodelbahn lag auf der Bergkette, die sich die Vertainen nannte. Hier befand man sich immerhin auf knapp dreitausend Metern, das Gelände war abschüssig und lag direkt über der Rodelbahn. Zur Rodelbahn hin wurde das Gelände natürlich wieder flach, doch das würde die Lawine nicht aufhalten: Wichtig war, dass die Lawine auf einer Steigung von mindestens dreißig Grad ausgelöst wurde, das hatte Reinhold ihm erklärt. Die Schildhütte würde diese Lawine nicht in Gefahr bringen, schließlich war sie weit genug weg und lag zudem auf einer Anhöhe.

Plötzlich musste Ferdinand grinsen. Er würde es schon schaffen, das Pedertal wieder zu dem zu machen, was es früher einmal gewesen war. Die Großeltern würden es ihm danken, da war er sich ganz sicher.

Als er ein paar Minuten später im Bad stand, um sich die Zähne vor der Nachtruhe zu putzen, fiel sein Blick auf das Medizinschränkchen. Hier befand sich das Pulver, das Else ihm stets gegeben hatte, wenn die Schmerzen in seinem Bein zu arg wurden. Sie hatte gesagt, ein halbes Gramm würde schon genügen, um sie zu lindern. Wenn die Ärzte Reinhold schon nicht von seinem Leiden befreien konnten, konnte er es vielleicht tun. Gleich morgen wollte er seinem Vater etwas von dem Pulver geben, dann würde es ihm sicher besser gehen und vielleicht konnte er dann auch endlich wieder zu ihnen nach Hause kommen. Ferdinand war froh, es schien doch noch Hoffnung zu geben, seinem Vater zu helfen und dem Schweizer endgültig das Handwerk zu legen.

Kapitel 33
27. Februar 2018

Ferdinand konnte es nicht fassen. Erst zweifelte er an seinem Sehvermögen, dann an seinem Glauben und schlussendlich an seinem Verstand. Das konnte doch nicht wahr sein. Oder hatte er es die ganzen letzten Wochen übersehen? Er stand auf, trat näher an das Bett seines Vaters heran und fixierte das hölzerne Kreuz an der Wand. Er verengte die Augen, um die Jesusfigur schärfer zu sehen. Nach einem Monat lächelte der Sohn Gottes ihn zum ersten Mal an. Ja, tatsächlich, Jesus sah heute genauso friedvoll aus wie Reinhold, er schien nicht mehr zu leiden. Im Gegenteil, seine Mundwinkel schienen sich ein wenig nach oben zu ziehen, seine Augen erstrahlten in einem seltsamen, der Welt entrückten Glanz. Ferdinand zuckte zurück, soeben hatte er das Gefühl gehabt, Jesus hätte ihm direkt ins Gesicht gesehen. Dann entspannte er sich. Plötzlich war auch er ruhig, die Wut war verflogen, sie hatte ein Gefühl der Glückseligkeit hinterlassen. Ferdinand verstand, dass Jesus ihm mit diesem Lächeln das Zeichen gegeben hatte, auf das er so lange gewartet hatte. Das Zeichen, dass nun alles gut würde, wenn er nur den Mut aufbrächte, seinem Vater die richtige Medizin zu geben. Endlich hatte er zu ihm gesprochen und nicht mehr geschwiegen. Es war gut so.

Ferdinand setzte sich wieder, rückte den Besucherstuhl noch etwas näher an Reinholds Bett heran. Heute hatte er einen guten Tag gehabt, er war fieberfrei und die schlimmen Muskelkrämpfe waren bis jetzt auch ausgeblieben. Er lag friedlich in seinem Bett und schlief tief und fest.

»Jetzt wäre ein guter Zeitpunkt, nicht wahr?«, dachte Ferdinand, sah noch einmal zu dem Kreuz hinauf, tauchte dann die Hand in die linke Jackentasche und nahm das Gläschen mit dem weißen Pulver heraus. Er drehte es in der Hand und betrachtete es eingehend. War es auch wirklich die richtige

Medizin? Nicht, dass er das falsche Fläschchen erwischt hatte? Nein, das war unmöglich. Er kannte es, die Großmutter hatte stets dieses benutzt und dann wieder sicher in dem kleinen Medizinschränkchen verstaut.

Doch wie viel davon hatte die Großmutter ihm immer gegeben? Sicher weniger als eine Messerspitze, viel weniger, sie hatte es sogar auf eine kleine Waage gelegt, um ganz sicher zu sein, dass die Dosis nicht zu hoch war. Ferdinand hatte aber keine Waage dabei, er hatte sich nur einen kleinen Holzspatel aus dem Küchenkasten genommen, der ihm geeignet erschienen war. Er öffnete vorsichtig den braunen Drehverschluss, beugte sich über seinen Vater und drückte mit dem Daumen auf sein Kinn, sodass sich sein Mund leicht öffnete. Reinholds Haut fühlte sich rau an. Sein Mund ging leicht auf, so entspannt war Reinhold heute. Dann nahm Ferdinand den Holzspatel und schüttete mit ruhigen Fingern eine winzige Menge in Reinholds Mund. Ob das genug war, um den Papi wieder gesund zu machen? Ferdinand kamen Zweifel, er wollte schließlich sicher sein, und so verabreichte er seinem Vater eine weitere kleine Menge des weißen Pulvers. Dann klappte er den Mund seines Vaters wieder zu und bat ihn flüsternd, die Medizin zu schlucken. Er schien von der Prozedur nichts mitbekommen zu haben, sein Atem war weiterhin gleichmäßig und seine Gesichtszüge ruhig.

»Du wirst schon sehen, bald geht es dir besser, Papi. Dann kommen wir dich holen und bringen dich nach Hause. Bis morgen.«

Ferdinands Herz schlug Purzelbäume, als er das Krankenhaus durch den Haupteingang verließ. Er war glücklich, er lachte, er hätte Luftsprünge machen wollen. Endlich hatte das Leiden seines Vaters ein Ende, endlich würde alles wieder gut. Er sang und pfiff ein wenig vor sich hin, dann schaute er sich um, ob der Großvater ihn denn schon auf dem Parkplatz erwartete.

Tatsächlich stand er dort. Er war aus dem Auto ausgestiegen, eine junge Frau war bei ihm. Sie trug eine rote Wollmütze, unter der blonde lange Locken hervorquollen.

Ferdinand ging langsamer voran, beobachtete sie dabei, wie sie sich verabschiedeten und die Frau dann in ein anderes Auto einstieg und davonfuhr.

Franz hatte ihn gesehen und winkte ihn zu sich. »Ferdl, was ist denn mit dir los, du siehst so fröhlich aus. Wie geht's denn dem Reini?«

»Dem Papi geht's bald wieder gut, Opi. Jetzt musst du dir keine Sorgen mehr machen.«

Franz zuckte ungläubig mit den Schultern, murmelte etwas wie »Dein Wort in Gottes Ohrwascheln« und ließ den Motor an.

»Wer war das denn, Opi?«

»Wer?«

»Die Frau, mit der du geredet hast.«

»Keine Ahnung, Ferdl. Die arbeitet im Krankenhaus. Aus Deutschland kommt sie, hat sie mir erzählt. Aber inzwischen lebt sie schon seit zwölf Jahren hier.«

»Und was wollte sie?«

»Sie hat mir nur gesagt, dass man den Parkplatz zahlen muss, aber das war mir egal. Wir haben noch zwei Minuten über das Wetter geredet und dann ist sie weggefahren. Irgendwie ist mir die junge Dame bekannt vorgekommen.«

Ferdinand sah aus dem Fenster, die verschneite Landschaft zog langsam an ihnen vorbei. Der Schnee machte eine Verschnaufpause, genau wie der Wettermann im Fernsehen es angekündigt hatte. Nur heute, morgen erwartete man schon das nächste Tief. Inzwischen war ein starker Wind aufgezogen, der die nächsten schneebeladenen Wolken zu ihnen schickte.

Ferdinand dachte kurz an sein nächstes Vorhaben. Er malte sich aus, wie er auf die Vertainen hinaufwandern und die Sprengladungen in den Schnee stecken und zünden würde. Je mehr Schnee kam, desto sicherer konnte er sein, dass von der

Rodelbahn und vom Sessellift nach der Schneeschmelze nur noch die Trümmer geborgen werden würden.

Seine Großeltern und sein Vater würden stolz auf ihn sein. Er griff in seine Jackentasche und fühlte nach dem Glasfläschchen mit dem Pulver. Ob es wohl schon gewirkt hatte? Vielleicht war Reinhold ja schon putzmunter. Nun, so schnell ging es sicher nicht. Aber morgen, ja, morgen würde alles gut werden. Den kleinen Holzspatel hatte Ferdinand nicht mehr mitgenommen, er hatte ihn in den kleinen Mülleimer neben dem Krankenhausbett geworfen.

Eine Stunde später kamen Franz und Ferdinand bei der Schildhütte an, inzwischen war es fast dunkel. Der Wind peitschte ihnen kalt ins Gesicht, als sie die Autotüren schlossen. Hier im Hochtal wütete er noch viel stärker als unten in der Stadt. Sie hatten gerade mit Mühe das Hoftor geöffnet, als Else aus der Hütte trat. Ihr sonst so straff geflochtenes weißes Haar wurde vom Wind zerzaust, in langen dünnen Strähnen flog es im Wind umher. Sie zog die Strickjacke enger um den Körper, ihr war kalt. Ihre Augen standen weit offen, als hätte sie einen Geist gesehen. Sie hatte eine rote Nase, auf ihren Wangen zeichneten sich Tränenspuren ab.

»Dem Reini geht's gar nicht gut. Da ist irgendwas passiert. Er liegt auf der Intensivstation«, heulte sie und klammerte sich im Sturm an Franz' Arm fest.

Ferdinand erschrak zu Tode. Hatte er doch die falsche Medizin erwischt? Hatte er ihm zu viel von dem Pulver gegeben? Oder hatte er es womöglich nicht vertragen? Er hatte seinem Vater doch nur helfen wollen, und nun ging es ihm so schlecht, dass er auf der Intensivstation lag? Ihm wurde schlecht. Er schwitzte trotz der eisigen Temperatur. Sollte er es den Großeltern sagen? Nein, das konnte er nicht. Sie würden ihm die Schuld geben, sie würden ihn aus der Hütte werfen, sie würden ihn dafür hassen. Besser, sie würden es nicht erfahren. Er musste ins Bad, das Gläschen wieder an seinen angestammten Platz stellen.

Hektisch stolperte Ferdinand in die Hütte und lief ins Bad. Er verstaute das Pulver dort, wo er es hergeholt hatte.

Seine Hände zitterten, ihm war eiskalt, als er sich anschließend am warmen Ofen niederließ und seiner weinenden Großmutter den Rücken streichelte. »Dem Papi geht's morgen sicher wieder besser, Omi. Du brauchst dir keine Sorgen machen. Es ist sicher nichts Ernstes.«

Else antwortete nicht. Sie hielt sich nur verkrampft an ihrem Küchentuch fest und weinte. An diesem Abend verzichteten sie auf das Abendessen, keiner brachte auch nur einen Bissen herunter. Zu groß war die Sorge um Reinhold. Als die Großeltern ins Bett gegangen waren, blieb Ferdinand noch eine Weile am Tisch sitzen. Vor ihm stand Großvaters halb volle Schnapsflasche. Er schaltete den Fernseher ein und starrte in den Kasten, ohne die Wetterwarnung und den anschließenden Film mitzubekommen. Als er sich zwei Stunden später ins kalte Bett schleppte, war die Flasche fast leer.

Kapitel 34
28. Februar 2018

Ferdinand erwachte am nächsten Morgen mit dumpfen Kopfschmerzen und einem faulen Geschmack im Mund. Er hinkte in die Küche, doch anstelle seiner Großeltern und frisch aufgebrühten Kaffees fand er nur einen Zettel vor. Else hatte in krakeliger Schrift ein »Haben dich nicht wachgekriegt. Sind beim Reinhold im Krankenhaus« hinterlassen. Ferdinand legte den Zettel wieder hin und zog sich eine Jacke an. Die Großeltern hatten kein Feuer im Ofen gemacht. Die Hütte war kalt. In der Spüle stapelte sich das Geschirr vom Vorabend. Der Wasserhahn tropfte einmal in der Sekunde, als wolle er dem heulenden Sturm vor der Hüttentüre den Takt angeben.

Ferdinand ließ sich im alten gedrechselten Schaukelstuhl seines Großvaters nieder. Ging es seinem Vater besser? Hatte die Medizin am Ende vielleicht doch geholfen? Vielleicht waren die Großeltern ja nur ins Krankenhaus gefahren, um ihn endlich nach Hause zu holen. Sein Kopf pochte, sein Magen drückte seinen Inhalt immer wieder nach oben. Alles um Ferdinand herum fühlte sich stumpf und leer an, selbst die Stille, die doch sonst immer sein Freund gewesen war, wurde im Rhythmus des undichten Wasserhahns unerträglich.

Nach ein paar Minuten stand er auf, ging ins Bad und wusch sich das Gesicht mit eiskaltem Wasser. Er sah in den kleinen Spiegel, der über dem Waschbecken hing. Sein Gesicht war blass, er hatte müde glanzlose Augen, die dunkelbraunen Locken klebten halb an seinem Hinterkopf, einige Wirbel standen seitlich ab. Das Wasser perlte von seiner Stirn und seinen Wangen zurück in das winzige Waschbecken. Sicher würden sie bald wieder da sein. Es war an der Zeit, sich herzurichten.

Schnell trocknete Ferdinand sich das Gesicht, ging in seine Kammer zurück und zog sich eine Hose, ein T-Shirt und einen sauberen Pullover an. Er wollte ordentlich aussehen, wenn sein gesunder Vater wieder nach Hause kam. Sicher war er stolz auf ihn, dachte Ferdinand, und schon ging es ihm ein wenig besser. Er lächelte leise vor sich hin. Wie schade nur, dass seine Mutter Reinholds Heimkehr nicht mehr erleben durfte. Immer wieder lugte Ferdinand durch das Fensterchen, von dem aus er die Schotterstraße im Blick hatte. Die weiße Gegend lag still da, weit und breit war niemand zu sehen. Nicht einmal Skifahrer oder Schneeschuhwanderer waren unterwegs, der Neuschnee war unberührt und legte sich wie ein Federbett übers Hochtal. Nur Großvaters Panda hatte zwei schmale Spuren auf der Zufahrtsstraße hinterlassen.

Ferdinand setzte sich auf sein Bett, griff darunter und holte vorsichtig einen Sprengsatz nach dem anderen hervor. Er legte sie neben sich auf die Bettdecke, zählte sie noch einmal durch und verstaute sie dann in dem alten Militärrucksack seines Großvaters. Er war nicht schwer. Ferdinand würde noch heute Nacht, sobald die Großeltern schliefen, auf die Vertainen steigen. Mit seinem steifen Bein musste er viele Stunden für den Aufstieg einkalkulieren, wo andere vielleicht in zwei oder höchstens drei Stunden am Ziel sein würden. Dann bei Sonnenaufgang, lange bevor der Sessellift und die Rodelbahn ihren Betrieb aufnahmen, wollte er die Lawine auslösen. Menschen sollten dabei schließlich nicht zu Schaden kommen, er hatte es nur auf die Anlage des Schweizers abgesehen, die ihr Leben und ihr Hochtal zerstört hatte.

*

Krambler bellte heftig, Ferdinand lehnte sich erneut über das Bett, um aus dem Fenster zu schauen. Ein Jeep näherte sich. Es waren nicht die Großeltern, sondern ein schwarzes Einsatzfahrzeug der *Carabinieri*. Sie waren schnell herangefahren, so schnell der frische Schnee der letzten Tage es ihnen eben erlaubte. Krambler sprang aufgeregt im Hof herum, bellte und knurrte abwechselnd.

Die *Carabinieri*, nicht die Großeltern. Ferdinand griff sich an den Kopf, der kalte Schweiß brach ihm aus. Was wollten sie von ihm? Kamen sie ihn holen? Weil er dem Papi die Medizin gegeben hatte? Aber er hatte ihm doch nur helfen wollen, das mussten die beiden doch verstehen. Da fiel ihm das Holzstäbchen ein, das er in den Mülleimer neben dem Krankenhausbett geworfen hatte. Hatten sie es gefunden? Wenn Reinhold nun doch nicht gesund war, war er daran schuld? Wenn er gestorben war? Hatte er dann seinen Vater auf dem Gewissen? Warum waren die Großeltern noch nicht zurück? Zwei Autotüren wurden zugeschlagen, die beiden *Carabinieri* näherten sich dem Hoftor und drohten dem wütenden Krambambuli mit ihren Schlagstöcken. Knurrend und mit eingezogenem Schwanz zog der Hund sich ein paar Meter zurück.

Ferdinand ging zurück in die Stube. Sie klopften wild gegen die Hüttentür und riefen etwas auf Italienisch, das aber vom Sturm verschluckt wurde. Ferdinand sah keinen Ausweg. Er konnte nicht vor ihnen flüchten, dazu war er zu langsam. Er nahm die alte *Suhl* von der Wand. Eine prächtige Waffe, die er immer nur mit gebührender Ehrfurcht und in Gegenwart des Großvaters in den Händen gehalten hatte. Damals, als er den Hasen und den Försterhund erlegt hatte, hatte Franz sie gleich wieder mit zwei Schrotpatronen geladen. Ferdinand hatte es beobachtet. Sie wog schwer, sicher fünf oder sechs Kilo. Er hielt das kalte geschmeidige Holz an die Brust gepresst, so wie der Großvater es ihm gezeigt hatte. Er umklammerte sie, so fest, als sei sie ein Freund, seine Rettung in letzter Sekunde. Dann schob er den winzigen Riegel vor und entsicherte die Waffe seines Großvaters. Er war bereit. Sollten sie doch die Tür eintreten. Er hatte keine Angst vor den beiden Männern in ihren Uniformen. Er würde sich ihnen nicht stellen, sie durften ihn nicht mitnehmen, so wie sie es damals beim Großvater getan hatten. Ihn hatten sie eine Nacht in Gewahrsam genommen, weil er einen Warnschuss abgegeben hatte. Was würden sie mit ihm machen, wenn er Reinhold nun tatsächlich die falsche Medizin gegeben hatte? Er würde ihn nie wiedersehen, die Großeltern nicht mehr, sein Haus nicht mehr und er würde auch nie herausfinden, was damals mit Silvie passiert war. Sie nie wiedersehen, nie, nie wieder, wenn sie denn noch lebte.

Sie klopften erneut und riefen, dass sie nun die Tür eintreten würden. Ferdinand rührte sich keinen Zentimeter, er stand sicher, die *Suhl* im Anschlag. Franz hatte ihm gezeigt, wie sie funktionierte. Man musste sie einfach nur entsichern, zielen und dann erst den vorderen und anschließend den hinteren Abzug betätigen. Peng und noch einmal peng, ganz einfach. Er legte den rechten Zeigefinger auf den vorderen Abzug.

Es wummerte gegen die Tür, einmal, zweimal, dreimal, dann gab das Schloss nach und die Tür sprang auf. Die zwei Polizisten standen in der Tür, sie zielten mit ihren Waffen auf Ferdinand. Der Größere der beiden schrie etwas.

Ferdinand drückte ab. Es knallte ohrenbetäubend, der Rückschlag war heftig, doch er hielt ihm stand. Der Carabiniere wurde erst gegen die Tür geschleudert, dann sackte er in sich zusammen. Ferdinand schoss erneut. Der zweite Polizist fiel vornüber. Er schrie vor Schmerzen. Die Augen des anderen starrten ins Leere.

Ferdinand ging ein paar Schritte zurück, presste die Flinte an sich und betrachtete die beiden mit weit aufgerissenen Augen. Ihm war übel, der Schweiß lief in Strömen über seinen Rücken. Der Schreiende hielt sich den Bauch, das Blut floss in langsamen Strömen über den Fußboden und sickerte dann in die hölzernen Dielen. Er versuchte, über den Boden zu robben, aus seinem Gürtel drangen krächzende Geräusche, er hatte ein Funkgerät bei sich.

Ferdinand setzte die *Suhl* noch einmal an, zielte auf den Sterbenden. Dann wurde ihm bewusst, dass die Flinte leer war. Die

Patronen befanden sich in einer der kleinen Schubladen unter der Spüle, an die er von hier nicht herankam.

»Mostro … sei un mostro …«, röchelte der Mann, gab ein glucksendes Geräusch von sich und spie dann Blut auf den Boden.

Ferdinand machte einen Schritt zurück. Dann schloss der Mann die Augen und bewegte sich nicht mehr. Er hatte ihn als Monster bezeichnet. Ferdinand, das Monster.

In Ferdinands Ohren wummerten noch die Schüsse, die er vor wenigen Minuten auf die beiden *Carabinieri* abgegeben hatte. Er konnte den Blick nicht von den beiden nehmen. Wie sie da lagen, in ihrem eigenen Blut, das aus ihren Uniformen gesickert war und das sie ausgespuckt hatten. Die gebrochenen Augen des Carabiniere, der sofort gestorben war. Sie waren starr auf Ferdinand gerichtet. Und wenn er doch nicht tot war? Ferdinand näherte sich ihm, stieß ihn mit dem Gewehr in die Seite. Erst vorsichtig, dann stärker. Plötzlich lief ein weiterer Schwall dunkelroten Blutes aus seinem Mund.

Ferdinand wurde schlecht, so schlecht, dass er sich krümmte und sich in das Waschbecken erbrach. Er würgte noch ein paarmal, hielt sich an der Spüle fest, doch es kam nichts mehr. Er stellte das Wasser an, angewidert blickte er auf die Bescherung, die er in der Küche hinterlassen hatte. Dann trank er das kalte Wasser, er hatte solchen Durst, er konnte gar nicht genug davon bekommen. Die beiden Männer, die zu seinen Füßen lagen, rührten sich nicht mehr. Keinen Mucks machten sie mehr. Er hatte ihr Leben ausgelöscht. Peng und noch einmal peng, ganz einfach. Nun musste er sich zusammenreißen, er musste die beiden so schnell wie möglich aus der Hütte schaffen. Die Verstärkung würde nicht lange auf sich warten lassen, das hatte er im Fernsehen gesehen. Dort vergingen meistens nur ein paar Minuten, bis eine ganze Horde von Polizisten anrückte, um nach den Kollegen zu schauen.

*

Es blieb still, nur der Wind heulte weiter, als wolle er den beiden ein Abschiedslied pfeifen. Ferdinand nahm das Funkgerät aus der Tasche des toten Carabiniere. Einen Knopf, um es auszustellen, konnte er nicht finden, und so lief er aus der Hütte und schmiss es kurzerhand in ein Eisloch des Pederbachs. Es würde eine Weile dauern, bis der Bach wieder auftaute und es freigab.

Die *Carabinieri* hatten ihren Wagen nicht abgeschlossen, der Schlüssel steckte noch. Ferdinand setzte sich auf den Fahrersitz, ließ den Motor an, drückte die Kupplung durch, legte den ersten Gang ein und fuhr vorsichtig auf die Hütte zu. Die zwei Leichen mussten verschwinden, bevor die Großeltern zur Hütte zurückkehren würden. Alleine würde er sie jedoch nie ins Auto bekommen, beide Männer waren zu groß und zu schwer. Ferdinand ließ das Auto stehen, ging in den Stall und nahm zwei große Kälberstricke von der Wand. Wenn er sie schon nicht tragen konnte, so würde er sie eben ziehen müssen. Wenigstens bis zur nächsten geeigneten Stelle, um sie dann mitsamt ihrem Auto den Abhang herunter zu stoßen.

Er ging zu den beiden Toten, die im Hütteneingang lagen, band ihnen die beiden Kälberstricke um die Beine und knotete das andere Ende des Stricks an die Anhängevorrichtung des schwarzen Jeeps. Dann nahm er seinen roten Bob aus der Scheune und schmiss ihn auf die Rückbank. Langsam fuhr er einige Meter weit, die beiden wurden polternd aus der Hütte und über den Schnee gezogen, der sich unter ihren blutgetränkten Uniformen sogleich hellrot verfärbte.

Ferdinand schwitzte und betete, dass die Großeltern nicht ausgerechnet jetzt die Zufahrtsstraße heraufkommen würden. Langsam fuhr er weiter, über den festgetretenen Schnee, versicherte sich immer wieder, dass die beiden Körper sich nicht von den Tauen gelöst hatten. Die Knoten hielten. Zehn Minuten später stand Ferdinand unterhalb der Kalvenwand. Hier machte das Gelände einen leichten Knick: Zwischen der Wand und dem

Hochtal verlief eine kleine Schneise. Im Sommer grasten hier die Schafe, jetzt im Winter sammelte sich der Schnee darin.

Ferdinand setzte sich wieder ans Steuer und lenkte den Wagen so weit wie möglich an die Kante. Der Schnee war zu weich, der Wagen grub sich fest. Er würde ihn hierlassen müssen, doch einen der Toten konnte er auf den Bob laden und ihn so in den verschneiten Abhang befördern.

Es war ein unwahrscheinlicher Kraftakt, den ersten Körper auf den kleinen Bob zu rollen und ihn zur Kante zu ziehen. Kaum hatte er ihm jedoch den entscheidenden Stoß versetzt, flitzte der rote Bob mit seiner toten Ladung den Berg hinunter, er wurde immer schneller. Der Körper des Carabiniere wurde ein paarmal leicht in die Luft gestoßen, Ferdinand hätte sich nicht gewundert, wenn er ein fröhliches Jauchzen vernommen hätte. Doch es blieb bei einem schlitternden Geräusch. Der Bob hatte eine breite, mindestens dreißig Meter lange Spur hinterlassen, bevor er unter dem nächsten Abhang verschwunden war.

Ferdinand löste nun auch den zweiten Leichnam vom Fahrzeug, zog ihn zur Kante und stieß ihn die Spur hinunter. Er folgte seinem Kameraden lautlos in den unberührten Tiefschnee.

Noch immer außer Atem und schwitzend begab Ferdinand sich auf den Rückweg zur Hütte. Aus der Ferne konnte er den grünen Panda ausmachen, der gerade im Hof parkte. Die Großeltern waren zurückgekehrt, sie stiegen ein paar Sekunden später aus dem Wagen. Ferdinand blieb stehen und wartete darauf, dass auch Reinhold aus dem Wagen steigen würde, doch nichts geschah. Franz stieß die Fahrertür zu, betrachtete den rötlich verfärbten Schnee und folgte Else in die Hütte. Er lief gebeugt, als habe er keine Kraft mehr. Kaum war Else in die Hütte getreten, kam sie aufgeregt wieder nach draußen.

Ferdinand schämte sich, er hatte die Stube nicht mehr sauber gemacht, nachdem er die *Carabinieri* erschossen und in die Spüle gekotzt hatte. Wie sollte er das den Großeltern nun erklären? Er konnte nicht einfach zu ihnen gehen und ihnen sagen, dass er aus Angst die beiden Polizisten umgebracht und den Hügel hinabgestoßen hatte. Er konnte nicht in die Hütte zurückgehen, er musste warten, bis es Nacht wurde, dann den Rucksack mit den Sprengsätzen aus seinem Zimmer holen und sich anschließend auf die Vertainen begeben, wo seine letzte Aufgabe auf ihn wartete. Erst dann konnte er nach Hause zurückkehren.

Die restlichen Stunden des letzten Februartages verbrachte Ferdinand kauernd im hintersten Winkel des Heustadels. Er hatte sich unter ein paar alte Decken gelegt und Heu darüber ausgebreitet, damit ihn niemand entdecken konnte. Außerdem hielt diese Tarnung die Kälte von ihm fern. Kurz nachdem er sich sein Lager gerichtet hatte, hörte er den Großvater. Er kam aus der Hütte und rief nach Ferdinand. Dann hörte er, wie der alte Mann fluchte und in den Panda stieg, sicher, um ihn zu suchen. Kurz darauf wurde sogar das Scheunentor aufgestoßen und seine Großmutter kam herein, doch sie sah sich nur kurz um und ging dann wieder in die Hütte zurück.

Zu gern wäre Ferdinand zu ihr gegangen, um sie zu trösten und um sich bei ihr zu entschuldigen, doch das ging jetzt nicht. Er hatte vorher noch eine Aufgabe zu erledigen. Erst anschließend würde er nach Hause zurückkehren können. Ferdinand wurde müde. Er schloss einen Moment lang die Augen. Das Heu war weich und duftete so gut, dass er sogar einen Moment lang die toten Polizisten vergaß und nicht an seinen Vater Reinhold denken musste. Dann schlief er ein.

Draußen wurden Stimmen laut, Ferdinand blinzelte, es war noch immer taghell. Franz sprach mit zwei Männern, vermutlich waren das nun die Polizisten, die nach ihren Kameraden suchten. Ferdinand schämte sich, seine Großeltern in diese Situation gebracht zu haben. Hoffentlich hatte Else es rechtzeitig geschafft, die Hütte wieder in Ordnung zu bringen. Es dauerte nicht lange, da wurde wieder ein Wagen angelassen und die Stimmen verschwanden.

Einen Moment lang war Ferdinand kurz davor, sein Vorhaben abzubrechen und in die Hütte zurückzukehren. Er hatte Hunger und Durst und die Knochen taten ihm weh. Er setzte sich kurz auf und streckte sich. Franz war erneut aus der Hütte gekommen und rief etwas, das sich wie ein »Wenn der heimkommt, kann er etwas erleben« anhörte. Daraufhin schlüpfte Ferdinand in sein Bett aus Heu zurück und wartete auf die Dunkelheit.

Kapitel 35
1. März 2018

Ferdinand war spät dran, viel zu spät. Der Morgen graute bereits, und er hatte den höchsten Punkt der Vertainen noch immer nicht erreicht. Er war überzeugt gewesen, es in vier Stunden zu schaffen, und war pünktlich um Mitternacht von der Schildhütte aufgebrochen, um noch vor der Morgendämmerung da zu sein. Und nun lag der gesamte verschneite Grad und somit das schwierigste Stück seiner Wanderung noch vor ihm. Alles schmerzte. Sein Kopf tat weh, weil er furchtbaren Hunger und Durst hatte. Den kleinen Vorrat, den er aus der Speisekammer mitgenommen hatte, hatte er schon vor Stunden aufgegessen. Seine Hände waren taub, weil sich die Winterkälte längst durch die wollenen Handschuhe gefressen hatte. Sein gesundes Bein schmerzte, weil es die doppelte Kraft aufbringen musste, um Ferdinand in die Berge zu tragen. Bei jedem Schritt spürte er sein linkes Knie und wünschte sich nur noch, sich hinsetzen zu dürfen und nie wieder aufstehen zu müssen.

Wie es wohl den Großeltern ging? Ob die Polizisten den Wagen ihrer Kollegen bereits gefunden und die beiden aus dem Abhang geborgen hatten? Immer wieder spielte sich die Szene vor seinem inneren Auge ab. Der Jeep, ihre Stimmen vor der Hüttentür, das Poltern und der Moment, als die Tür aufsprang und sie sich in die Augen sahen. Wie sie ihn angestarrt hatten, fragend, böse und gleichzeitig verängstigt hatten sie dreingeschaut, als sie den jungen Burschen mit dem mächtigen Gewehr entdeckten. Dann der erste Schuss. Ferdinand hatte einfach den Abzug betätigt, ohne genau zu zielen. Peng. Der Polizist, der zu Boden ging, seine starren Augen, sein gebrochener Blick. Der zweite Schuss. Noch einmal peng. Dann die letzten Worte des Carabiniere. Er hatte ihn als Monster bezeichnet. Ferdinand, das Monster vom Pedertal.

Plötzlich wurde er traurig. Was wussten die beiden schon über ihn? Wussten sie davon, dass er als kleiner Bub dem deutschen Mann den großen Zeh mit der Axt abgetrennt hatte, weil dieser sich an Silvie vergangen hatte? Wussten sie, dass Ferdinand den Unfall mit der Lehrerin ausgelöst hatte, wobei er doch eigentlich nur den Bullen ärgern wollte, nachdem dieser ihm so arg mitgespielt hatte? Wussten sie, dass er den Hirsch zum Dorf Martell gelenkt hatte, wo Martin ihm geradewegs entgegenkam, nachdem er Antonia vor allen erniedrigt und ihn betrunken gemacht hatte? Ferdinand wollte kein Monster sein, er mochte es nicht, wenn man ihn als bösen Menschen bezeichnete. Es tat ihm leid, dass er die beiden Polizisten getötet hatte, doch welche Wahl war ihm denn geblieben? Sie hätten ihn mitgenommen und weggesperrt. Nie wieder wäre er freigekommen.

Nun, nach dem Tod der beiden Polizisten, war er frei. Zwar war er müde und hatte schreckliche Schmerzen im ganzen Körper, ihm war kalt und er hatte Hunger, an seinen dunklen Locken hatten sich kleine Eiskristalle gebildet, doch er war frei. Er legte seinen Rucksack in den Schnee, streckte sich und blickte in die Ferne. Die Sonne blitzte eben über den ersten Berggipfel. Ein wunderbarer Moment, den man nur in dieser Höhe erleben konnte. Noch nie in seinem Leben hatte Ferdinand etwas so Wunderschönes gesehen. Der Himmel war nun nicht mehr dunkel, er wurde langsam hellblau, die Berge waren noch immer schwarz. Die letzten Sterne verblassten am wolkenfreien Himmel. Zum ersten Mal seit vielen Wochen schneite es nicht. Die Berge und die verschneiten Wiesen wurden immer heller, der Sessellift und die Rodelbahn waren nun deutlich sichtbar, sie lagen direkt unter ihm.

Zum ersten Mal in seinem Leben überblickte Ferdinand das Hochtal und seine Heimat, das Land, in dem er aufgewachsen war und das er so sehr liebte. Er konnte die Schildhütte erkennen, die Berge, die hinter ihr lagen, die Flegelwand auf der linken Seite, die ihm die Eltern genommen hatte, die Kalvenwand zu ihrer Rechten, an deren Fuß nun die beiden toten Polizisten lagen. Die Wiese vor der Hütte, wo Silvie und die jungen Männer das Herz-Jesu-Feuer beobachtet hatten. Die Scheune, die ihn in der letzten Nacht beherbergt hatte.

*

Etwas störte die Ruhe über dem frühen Hochtal. Ein fremdes Geräusch, ein Rattern, erst weit entfernt, dann kam es immer näher. Ferdinand kniff die Augen zusammen, versuchte, den Störenfried zu erkennen. Das Rattern wurde lauter, Wind kam auf, peitschte ihm den frischen Schnee wie Eisnadeln ins Gesicht. Er erkannte einen kleinen schwarzen Punkt. Ein Helikopter, er kreiste über dem Hochtal. Sie suchten ihn. Drei Minuten, vielleicht vier, dann würden sie ihn erkennen, landen, ihn umzingeln und mitnehmen. Flüchten konnte er nicht mehr, zu groß waren die Schmerzen, zu erschöpft war er. Wenn er seinen Plan umsetzen wollte, dann jetzt.

Ferdinand öffnete hektisch den Rucksack, nahm die Sprengsätze und das Benzinfeuerzeug heraus. Würden sie reichen, um die Rodelbahn zu verschütten und zu zerstören? Er musste es riskieren. Wieder das Rattern, wieder der peitschende Wind. Mit klammen Fingern zog Ferdinand zwei Sprengladungen aus den kleinen braunen Jutesäckchen, klappte zitternd das Feuerzeug auf und hielt die roten Schnüre an die flackernde Flamme. Sie zuckte kurz auf und kroch dann die Schnüre entlang. Vorsichtig steckte er sie vor sich in den Schnee und nahm eine dritte aus dem Rucksack. Einer der Helikopter setzte zur Landung an. Noch einmal das Feuerzeug, noch eine züngelnde Flamme, Ferdinand schaffte es nicht mehr, sie in den Schnee zu stecken.

Um ihn herum explodierte die weiße Welt, ohrenbetäubender Krach, ein Höllenspektakel, Schneefontänen spritzten meterweit in die Höhe, Ferdinand wurde von der Druckwelle erfasst und zur Seite geschleudert, fand keinen Halt im frischen Schnee und kollerte ein paar Meter über den Abhang. Dann ein Rucken unter ihm, der Boden gab nach, das Schneebrett löste sich, Ferdinand ruderte mit den Armen, suchte etwas, wonach er greifen konnte, einen Stein vielleicht, einen Baum, doch da war nichts, was ihn halten konnte. Er rutschte mit dem riesigen Schneebrett in die Tiefe, über ihm das Rattern des Helikopters, der Sturm, ausgelöst von seinen rotierenden Blättern und Ferdinands eigener Lawine, die Last des Schnees, seine Kälte, der Druck auf seinem Leibe, er wurde herumgewirbelt. Plötzlich verstand er nicht mehr, wo oben und unten, wo links und rechts war, ob über ihm das Weiß des Himmels oder das des Schnees lag. Er versuchte, zu schwimmen, zu atmen, zu schreien, spürte, wie die kalte Macht an seinen Kleidern zerrte, wie seine Kräfte immer kleiner wurden, wie seine Knochen unter dem Gewicht brachen.

Plötzlich wurde alles langsamer. Stillstand. Kälte. Weiß. Druck. Keine Luft mehr zum Atmen, kein Wille mehr, zu überleben. Keine Hoffnung mehr. Um ihn herum nur noch kaltes, eiskaltes Weiß.

Glossar

Ape – dreirädriger Kleintransporter der Marke PIAGGIO
Blauer Eisenhut – hochgiftiges Hahnenfußgewächs. ACHTUNG: Alle Pflanzenteile sind stark giftig. Bereits 2 Gramm der Wurzel sind tödlich.
Bombenjahre – Zeitraum zwischen 1957–1964, während dem der Befreiungsausschuss Südtirol gegen die italienischen Machthaber in Südtirol protestierte
Buschen – Unterholz, Gestrüpp
Carabinieri – italienische Staatspolizei
Cinquecento – Kleinwagen der Marke FIAT
Doige – Dorfbewohner, seit jeher Ansässige
Feuernacht – Nacht vom 11. auf den 12. Juni 1961, in der in Südtirol Strommasten gesprengt wurden. Die Feuernacht war der Höhepunkt der Anschläge durch den Südtiroler Befreiungsausschuss
heuer – in diesem Jahr
Josefi – Josefstag, am 19. März
juzen – freudiger Ausruf beim Wandern und Bergsteigen
Option – zwischen 1939 und 1943 wurden die Südtiroler vor die Wahl (»Option«) gestellt, nach Deutschland auszuwandern oder in Südtirol zu bleiben und sich der Italianisierung ihrer Heimat zu beugen
Plattahex – Sagengestalt aus Südtirol
Plimatal – Tal am Fluss »Plima«; heute Martelltal
Poschen – Würfelspiel
Schupfe – Heustadl
Schurz – traditionelle blaue Südtiroler Arbeitsschürze
Strauben – frittierte Süßspeise
su per il culo – italienischer Kraftausdruck
Suhl – Schrotflinte der Marke Suhl
Trattla – Freizeitgelände in Martell

Südtirol Krimi

Der 7. Band der Erfolgsreihe

Wut kommt selten allein

Gibt es einen Mord ohne Motiv? Schwer vorzustellen für Commissario Fabio Fameo und seinen Freund Carabiniere Tommaso Caruso. Beide ermitteln sie in verschiedenen Fällen und doch gibt es Verbindungen, die spät, sehr spät ans Licht kommen. Auf ihrer Suche nach den Zusammenhängen begegnen die Ermittler der bunten Welt des Schauspiels, in der Gefühle professionell dargestellt werden. Aber was, wenn die auf der Bühne dargestellte Wut der Realität beängstigend nahe kommt? Schauplatz dieses 7. Südtirolkrimis ist das Dorf Tirol und das Südtiroler Unterland.

BIBLIOGRAFISCHE INFORMATION DER DEUTSCHEN NATIONALBIBLIOTHEK
Die Deutsche Nationalbibliothek verzeichnet diese Publikation in der Deutschen Nationalbibliografie; detaillierte bibliografische Daten sind im Internet abrufbar: http://dnb.d-nb.de

Umschlagfoto: © schankz – stock.adobe.com
Autorenfoto: Oliver Oppitz
Design & Layout: Athesia-Tappeiner Verlag
Druck: CPI Moravia Books s.r.o.

ISBN 978-88-6839-386-1

www.athesia-tappeiner.com
buchverlag@athesia.it